TEMPORADA
de CURA
no ATELIÊ
SOYO

YEON SOMIN

TEMPORADA *de* CURA *no* ATELIÊ SOYO

Tradução do coreano
Laura Torelli

1ª edição

BERTRAND BRASIL
Rio de Janeiro | 2024

CIP-BRASIL. CATALOGAÇÃO NA PUBLICAÇÃO
SINDICATO NACIONAL DOS EDITORES DE LIVROS, RJ

S678t Somin, Yeon
Temporada de cura no ateliê Soyo / Yeon Somin ; tradução Laura Torelli. – 1. ed. – Rio de Janeiro : Bertrand Brasil, 2024.

Tradução de: 공방의 계절
ISBN 978-65-5838-306-2

1. Ficção sul-coreana. I. Torelli, Laura. II. Título.

24-93384 CDD: 895.73
CDU: 82-3(519.5)

Meri Gleice Rodrigues de Souza - Bibliotecária - CRB-7/6439

Publicado em inglês com o título: *The healing season of pottery*.

Texto revisado segundo o Acordo Ortográfico da Língua Portuguesa de 1990.

Direitos exclusivos de publicação em língua portuguesa somente para o Brasil adquiridos pela:
EDITORA BERTRAND BRASIL LTDA.
Rua Argentina, 171 — 3º andar — São Cristóvão
20921-380 — Rio de Janeiro — RJ
Tel.: (21) 2585-2000

Mais quente que o verão

Jeong-min jamais se esqueceria de quando se furou em um espinho pela primeira vez, no outono do ano anterior.

Havia inúmeras castanhas-coreanas caídas na rua. Jeong-min pegou uma que, por sorte, não tinha sido pisoteada. Limpou-a com as mãos, tirando a terra que a cobria, e a descascou. Estava vazia, como se alguém já tivesse tirado o principal — a castanha. Que azar! Deveria abrir outras? De repente, algo espetou sua palma delicada. Em meio aos espinhos inofensivos, havia um particularmente afiado. Jeong-min apertou a casca vazia — queria punir a própria mão, que até então tinha escrito como se o ato não fosse nada de mais —, o que fez uma gota de sangue brotar do machucado. Um arrepio, causado pela dor, percorreu todo o seu corpo.

Depois desse dia, Jeong-min não saiu mais de casa. Na época, fazia apenas uma estação que ela tinha se mudado para a vila Bamgashi.

O verão de quando Jeong-min conheceu a vila, um ano antes, foi tão quente quanto o daquele ano. Ela estava exausta de andar pra lá e pra cá atrás de imóveis, morrendo de sede e coberta de suor. Farta de ter que se mudar a cada dois anos, ela não conseguia entender a necessidade que as pessoas tinham de chamar um lugar de "lar", exceto pelo seu uso prático.

— Esse é o último de hoje? — perguntou Jeong-min, sem energia.

O corretor tinha feito um estardalhaço dizendo que haviam aparecido bons imóveis e fazendo-a andar por todos os cantos de Ilsan, porém Jeong-min ainda não tinha fechado nenhum acordo. Um lugar bom tinha um preço exorbitante, e quando o valor era razoável, o imóvel ficava em um lugar tão afastado da cidade que seria difícil ir e voltar do trabalho.

— Espere, senhorita! Veja só mais um imóvel antes de ir embora. Tem uma vila ótima para quem quer morar sozinho É o último, prometo.

— Está bem. Vamos lá.

E assim prosseguia a guerra psicológica entre o corretor, que queria fechar um contrato a qualquer custo, e Jeong-min, que nunca parecia satisfeita. Porém, a mulher estava determinada a visitar todos os imóveis e tomar uma decisão ainda naquele dia, assim não precisaria se preocupar com isso no final de semana. Como uma roteirista de programas de TV duvidosos que trabalhava o tempo todo, os finais de semana eram preciosos para ela.

— A senhorita gosta de castanha-coreana? — perguntou o corretor de repente, ao chegarem na ruela que levava à vila Bamgashi.

— Não muito.

— Aqui tem um monte de castanheiras. Me disseram que, quando chega o outono, as ruas ficam cheias de castanhas, tudo muito bonito. E que as *ahjummas*, mulheres de meia--idade, saem por aí catando...

Jeong-min ficou em silêncio. No verão, todas as árvores pareciam iguais para ela — um monte de folhas verdes sobre um tronco marrom. Ela não conseguia diferenciar quais eram as castanheiras.

O bloco 4 ficava na parte mais alta do complexo de apartamentos. Até o corretor logo ficou sem ar e sem palavras, subindo a ladeira sem fim, e os dois se concentraram apenas em andar. Frente a frente com a vila, Jeong-min estacou, admirada com o que via. Foi amor à primeira vista. A pintura do edifício estava descascando aqui e ali, porém, a sacada com janela em arco — algo raro de ver — e o exterior marfim, com detalhes em laranja ao longo da moldura da janela para destacá-la, lembravam a Europa. A leve vivacidade que o laranja dava combinava com o verão.

Alguém que morava no terceiro andar havia enchido a janela com vasinhos de suculentas. No último apartamento do quarto andar, meias de várias cores e estampas estavam penduradas no varal, parecendo aproveitar os raios de sol. Havia até um par amarelo de meias de bebê, tão pequenas que poderiam caber na palma da mão. Na janela do apartamento ao lado se via o reflexo de uma estante lotada de livros grossos. Será que essa pessoa era professora universitária? Estranhamente, Jeong-min podia imaginar como era o dia a dia na vila.

Já no apartamento 301, Jeong-min olhou através da janela para o lugar onde esteve pouco antes admirando o prédio. O vento quente e ameno agitou seu longo cabelo. Apesar de estar em um andar baixo, conseguia enxergar bem a cadeia de montanhas que cercava a vizinhança ao longe, afinal estava em uma parte alta da cidade. Foi a primeira vez que ela pensou em decorar a janela de onde ia morar. Ela ficou em silêncio por um tempo, perdida em pensamentos, e voltou à realidade com um sobressalto.

— Vou ficar com este apartamento — falou ela sem titubear ao corretor, que a observava com atenção.

Parecia ser um lugar do qual Jeong-min não enjoaria e onde poderia ficar por muito tempo. Pensou que a vida se desenrolaria sem problemas, como uma bicicleta que pega velocidade e segue andando mesmo quando se para de pedalar. Pela primeira vez, ela estava gostando do próprio lar.

Mas o doce sonho acabou rapidinho, e de repente a bicicleta que Jeong-min pedalava chegou em uma descida. Ela havia acelerado além da conta e se esborrachou no chão, ladeira abaixo. Quando a poeira baixou, ela percebeu que seu pequeno paraíso tinha chegado ao fim. Foi por volta do outono, quando o laranja das janelas desbotou para um vermelho-tijolo.

À época, ela rescindiu o contrato de um programa para a televisão aberta em fase de produção, devolveu seu crachá, juntou suas coisas e foi embora, com uma expressão confiante.

Na verdade, Jeong-min não se recordava muito bem dessa época. Só compreendeu o ocorrido alguns meses depois, quando conversou com um colega roteirista. Ele contou o que tinha acontecido tintim por tintim, descrevendo até mesmo qual roupa Jeong-min vestia no dia em que se demitiu, e as ações dela realmente foram coisa de outro mundo. Não dava para acreditar que ela tinha decidido deixar a emissora, quando um dia havia sido tão devotada ao trabalho. O fato era que só ela sabia dos sentimentos que haviam se embrenhado profundamente em seu peito sem explicação alguma, como uma praga, ao longo de apenas uma estação.

Jeong-min já não batia mais papo com a vizinha apaixonada por plantas, não se perguntava mais quanto o bebê do quarto andar havia crescido e nem pegava mais romances emprestados com o pós-graduando que amava livros. Ela não conseguia ser feliz naquela pequena e pacífica vila, onde a cor dos prédios mudava de acordo com a luz solar. A janela, que de início a havia lembrado da Europa — o que a fazia rir só de recordar —, já não carregava nenhum significado além do de sua função prática de ventilar o ambiente. O alto céu azul-marinho e sem nuvens do outono parecia prestes a desabar sobre a vila a qualquer momento. Em novembro, quando o frio se instalou, Jeong-min não abriu mais as cortinas, então não via mais o céu. O ar do apartamento ficou abafado e, quando a vizinhança ficava muito quieta, a mulher se perguntava se havia nevado. Quando a estação mudou e as chuvas primaveris chegaram, o céu da cor de esfregão sujo parecia prestes a encostar no chão, por conta da altitude de onde ficava a vila. Ao longo das estações, Jeong-min levava a vida em uma monotonia apática, seus dias se confundindo. Estava presa em um labirinto chamado "fase dos trinta" e nem mesmo se sentia desolada, talvez por já ter entregado os pontos. Tinha errado feio ao supor que poderia viver bem naquele lugar.

Passaram-se três estações desde que Jeong-min tinha sido vencida pelos sentimentos ruins. Em uma manhã de verão, quando sua mão direita — onde havia se machucado com o espinho — não doía mais, ela se levantou de súbito com um grito. O que esbravejou não foi uma resolução ou um objetivo plausíveis. Não, aquilo sequer era uma frase. Não era nada além de um berro, nem chegava a ser uma palavra. Mas estava carregado de um sentimento angustiante de que ela tinha que fazer alguma coisa. Na verdade, esses gritos vinham se repetindo desde a última primavera. Se continuasse com a vida de *hikikomori*, isolada do mundo tal qual uma reclusa, acabaria morrendo sozinha. Além disso, o simples ato de respirar lhe custava centenas de milhares de wons. Parecia que estava sendo cobrada todos os meses para *viver*. Então decidiu que deveria começar a aproveitar, senão seria apenas um desperdício do próprio dinheiro.

O grito de Jeong-min ecoou pelo apartamento de dois cômodos pouco mobiliado. Somente ao ouvir o som ela se deu conta de que fazia muito tempo que não usava a própria voz. Quando o barulho se extinguiu, Jeong-min enxaguou a boca para se livrar do mau hálito. Esquecendo que era verão, saiu de casa do jeito que estava, vestindo blusa de mangas compridas e calça.

O sol de agosto era tenaz. Jeong-min cambaleava, sentindo a nuca queimar. Era como se ela tivesse ficado uma eternidade no subterrâneo e, após voltar à superfície, começasse a derreter ao menor sinal de luz solar. Ela suava em bicas. Mas era tudo culpa sua, pois tinha saído vestindo uma blusa de mangas compridas preta e calça jeans largas. Além disso, talvez por ter emagrecido ainda mais, seu traseiro e panturrilhas pareciam moles, como se tivessem perdido suas funções. A sensação era a de que havia perdido todos os seus músculos.

Não fazia nem trinta minutos desde que Jeong-min tinha saído de casa quando buscou refúgio em uma cafeteria. Havia várias franquias de cafeterias com letreiros coloridos pela região. Já que tinha dado o grande passo de sair de casa, ela queria saborear um delicioso café. Não um forte para espantar o sono, mas um requintado. Torcendo para encontrar uma cafeteria, virou em uma ruela. Um estabelecimento sem letreiro algum, mas que parecia uma cafeteria, chamou a atenção de Jeong-min. Apesar de a loja ter uma enorme vidraça, não dava para ver o interior porque a fachada do lugar era coberta por vasos. Parecia a casa de uma bruxa de um livro infantil ocidental que ela tinha lido quando criança. A maioria dos vasos tinha cactos ameaçadores cheios de espinhos. Jeong-min nunca tinha visto aquele lugar antes. Encarando aquilo como mais um desafio, entrou no estabelecimento.

— Olá. Aqui é uma cafete...?

Jeong-min não conseguiu terminar de falar, pois o cheiro de terra impregnou seu nariz e ela deu de cara com inúmeras estantes cheias de peças de cerâmica. Havia duas mulheres usando aventais sujos de terra: uma na faixa dos vinte anos, engalfinhando-se com a argila diante de uma roda de oleiro, e outra na casa dos quarenta, que encarava a rua com um olhar vago, parecendo entediada.

— Desculpa. Pensei que era uma cafeteria e fui entrando — disse Jeong-min rapidamente, desconcertada, mas as duas mulheres nem mesmo pareceram surpresas. Era como se ela tivesse avisado com antecedência que viria.

— Ah, normal. Acontece o tempo todo. É que não dá pra ver o que tem aqui dentro e o letreiro é pequeno. Sinto muito te decepcionar, mas aqui é um ateliê de cerâmica — disse a mulher que parecia ter quarenta e poucos anos. E, sem hesitar, comentou: — Você está pingando de suor, hein.

— É que eu estava fazendo uma caminhada.

Envergonhada, Jeong-min se abanou com uma das mãos. Baixou um pouco a cabeça para dar uma olhada na própria roupa e, felizmente, não estava molhada de suor.

— Está tão quente! Tome um café com a gente. Não chega aos pés de uma cafeteria, mas temos vários tipos de *drip bags*, aqueles sachês de café, alguns bem docinhos.

— Eu estava indo tomar um agora mesmo — disse a mulher mais jovem, parando o que estava fazendo e limpando as mãos.

— Ah, não... — murmurou Jeong-min.

Oferecer café a alguém que entrou ali por engano era gentileza ou significava que ela estava incomodando? Ela não sabia o que pensar.

— Está tudo bem. Sente-se com a gente — insistiu a mulher mais jovem, sorrindo e logo indo pegar uma cadeira nos fundos do estabelecimento.

Apesar de Jeong-min desconfiar de sorrisos que não tinham motivo aparente, ela não achou aquele ruim. E não sabia explicar por que as cerâmicas brancas e azuis, que lembravam tons encontrados na natureza, tinham conquistado seu coração. Era de admirar que mãos humanas tivessem conseguido recriar tão bem aquelas cores. Havia alguns anos, depois de uma *hoobae*, uma caloura, insistir muito, Jeong-min tinha participado de uma pesquisa voltada para ex-alunas da universidade feminina na qual havia se formado. Diante da pergunta genérica "De onde você tira inspiração para a sua escrita?", ela deu uma resposta igualmente genérica: "Da natureza." Não era mentira. Jeong-min se sentia inspirada pela natureza mesmo, em especial por coisas vastas e azuis, como o mar.

Não sabia se era por causa do azul ondulante e misterioso das peças de cerâmica, ou porque as mãos rechonchudas da mulher que tinha lhe entregado a cadeira eram fofas. Não, mais do que qualquer outra coisa, era porque a dona do lugar parecia estar verdadeiramente alegre com a visita de Jeong-min. Não poderia recusar o convite. As feições da mulher mais velha, que até poucos instantes antes olhava para o nada e trazia uma expressão vazia e até meio solitária, voltaram a se iluminar. Apesar de a mudança de expressão ter sido abrupta, aquilo fez com que Jeong-min se sentisse bem ali. Ela se sentou na cadeira, parecendo hipnotizada.

— Quer um mais adocicado ou preto?

— Preto, por favor.

— Você gosta de um leve toque de nozes? É que o sem açúcar está em falta. Como nosso café tem uma receita secreta especial, o gosto vai ser bom qualquer que seja sua preferência. Ah, e experimente o doce na próxima vez. Café adocicado é a minha especialidade.

Na próxima vez? Aquilo era um convite para ela voltar ao ateliê? Jeong-min deu uma curta resposta afirmativa, um sorriso cortês no rosto. A jovem mulher ao seu lado não tentou puxar papo, algo de que ela gostou bastante. Não havia por que ter uma conversa amena e sem sentido.

O suor secou rapidamente por conta do ar-condicionado refrescante. O único som no ateliê era o da cafeteira, que soltava vapor com tanta intensidade que parecia querer se fazer notar. Assim que a bebida ficou pronta, o aroma de café se misturou ao cheiro de argila. Em um instante, o ambiente foi preenchido por um perfume que não podia ser descrito em palavras. A harmonia entre o cheiro de terra e o de café resultava em um perfume que ela nunca havia sequer imaginado até aquele momento, e era incrível. Ela foi tomada por um sentimento bom, aconchegante, que transcendia seu sentido olfativo. Não era sempre que Jeong-min, dona de um olfato bastante sensível, dava razão às emoções, e não ao nariz.

— Coloquei gelo, está bem refrescante.

Uma xícara de café quentinho e duas de café gelado. O design das xícaras era parecido com o das que estavam expostas, e Jeong-min se perguntou se as pessoas dali as tinham feito. A mulher que antes estava diante da roda de oleiro deu um grande gole em sua bebida, como se fosse uma cerveja; mesmo tendo visto apenas brevemente, Jeong-min achou bem árdua a batalha da mulher contra a argila. Depois de ter suado tanto, o café preto parecia até apetitoso para Jeong-min. A mulher mais velha tinha razão — era realmente saboroso. Não parecia ser nada de mais, porém uma sensação maravilhosa envolveu sua língua. O fato de possuir um aroma tão bom já indicava não se tratar de café barato. Sete anos na emissora fizeram noites em claro trabalhando se tornarem rotina, então Jeong-min passou a conhecer os cafés de marcas mais populares. Ela sorveu outro gole, degustando a bebida com calma, e tentou reconhecer de que marca se tratava, mas nada lhe veio à mente. Parecia que seu paladar tinha enfraquecido nos meses depois de se demitir, em que não tinha feito nada além de dormir e não havia precisado de cafeína.

— Que gostoso! É uma delícia. Que marca é essa?

— Na verdade, não sei. É um dos cafés que recebi de presente. Acho que pode ser o Yirgacheffe, da Etiópia...

Jeong-min ficou intrigada com o misterioso sabor. Observando-a inclinar a cabeça, curiosa, a dona do ateliê continuou a falar:

— Nosso segredo para sempre ter um café gostoso, mesmo quando usamos os comuns, é as xícaras. Elas são cerâmicas robustas esquentadas num calor de 1.250 graus. Um café preto servido numa xícara celadon de louça verde-jade fica mais saboroso. O café doce, que mencionei antes, deve ser servido em uma xícara polida de porcelana branca. Dizem que evoca a imagem do açúcar e, por isso, fica mais saboroso.

A mulher jovem concordou com a tal receita secreta, dizendo:

— Eu também não acreditei de primeira. Pensei que fosse um efeito placebo, como da vez que o Grande Mestre Wonhyo tomou água de um crânio achando que fosse um copo e teve uma epifania. *Isso aqui* é totalmente diferente. Pra ser mais exata, não é o sabor que muda, e sim o gosto, que está ligado ao paladar. Como me formei em química, não consigo controlar minha curiosidade em relação a essas coisas. Fiz uma pesquisa rápida e parece que a superfície da cerâmica e os componentes do café têm uma reação química quando entram em contato. Por isso dizem que as peças de cerâmica respiram.

— Que fascinante!

Quer Jeong-min acreditasse ou não, o que as duas mulheres falaram tinha sido estranhamente convincente. Ela segurou o utensílio com firmeza, pensando: *É mesmo, pode ser que o segredo esteja nesta peça de cerâmica, e não no café.* A xícara estava cheia de gelo, mas Jeong-min quase conseguia sentir a temperatura de 1.250 graus. Era a primeira vez que parava para pensar em uma temperatura acima de 1.000 graus. Uma sensação morna, e não de quentura, se espalhou das suas mãos para o resto do corpo, viajando pela sua corrente sanguínea. Diferente do vento do ar-condicionado, que a refrescou facilmente, o morno penetrou em seus ossos e a libertou de toda tensão. Seu corpo derretia, e não dava para fazer nada a respeito. O frio não podia vencer o calor. Ela não se esqueceria do sabor daquele café. Ou melhor, como a mulher mais jovem tinha dito, não se esqueceria do *gosto*.

— Por acaso as cerâmicas lá atrás estão à venda?

— Lógico. Pode olhar à vontade. Canecas e xícaras como estas aqui estão do lado esquerdo.

Diferente das cerâmicas de lojas de departamentos, cada uma exposta de forma organizada com seus preços absurdamente altos, a disposição das cerâmicas do ateliê não era nem um pouco sofisticada. Algumas foram expostas com algum espaço entre si, enquanto outras estavam quase empilhadas. Apesar de achar que as peças podiam quebrar naquela disposição, a imagem era aconchegante, como se fosse a prateleira da cozinha de uma casa de família qualquer. Ao ver as xícaras pintadas com um branco de alta qualidade, automaticamente pensou em caramelo *macchiato*. Vendo as com pintura degradê de verde-jade e branco, em chá com leite. Também havia xícaras pretas como petróleo, tão pretas que despertaram em Jeong-min a vontade de comprar um sorvete chique e fazer um *affogato*. Talvez fosse o efeito do que a dona do ateliê tinha dito sobre a "imagem" das xícaras.

Para alguém que trabalhava com escrita, como Jeong-min, era fácil embarcar em ideias imaginativas assim. Ela pegou cada peça, segurando-as com as mãos como se fossem um tesouro, e sentiu a temperatura delas em suas palmas delicadas. Ficou curiosa sobre como era sentir a temperatura do forno onde as peças estiveram. Até há pouco, Jeong-min estava pingando de suor e amaldiçoando o verão. Era interessante essa vontade contraditória de encontrar algo mais quente que o tempo lá fora.

— Eu gosto de café. Onde eu trabalhava, era comum passar a noite em claro. Acho que seria bom ter uma xícara destas.

— Em vez de comprar, o que acha de fazer uma peça você mesma? — sugeriu a mulher, em tom suave, tão rápido quanto a havia convidado para tomar café. Ela sabia como falar as coisas sem fazer a outra pessoa se sentir pressionada.

— Ah, sou muito ruim com essas coisas, não tenho nenhuma habilidade manual. Não vou conseguir fazer!

— Não se preocupe com isso. A aluna que está do seu lado também nunca tinha feito artesanato. Mas agora ela é tão boa que vende tudo que faz em feiras. Se você precisa de um recipiente para colocar alguma coisa, isso já é motivo suficiente para começar a fazer cerâmica.

Um recipiente para colocar alguma coisa. Jeong-min pensou no caramelo *macchiato*, no chá com leite e no *affogato* que lhe vieram à mente há pouco. Com certeza, seria possível dar muitos outros fins àquelas cerâmicas cálidas e firmes que eram queimadas num forno a 1.250 graus. Serviriam até para colocar coisas intangíveis, sem forma ou cheiro.

— Você mora por aqui? — perguntou a dona, tomando um gole de café.

— Sim, moro no bloco 4 da vila Bamgashi há pouco mais de um ano.

— Que pertinho! A gente já deve até ter se visto por aí — disse a outra mulher, entusiasmada, de olhos arregalados.

— Ah, com certeza não. Não saí de casa — disse Jeong-min, dando um sorriso fraco.

— Eu também. Na verdade, não faz muito tempo desde que fui tirada da minha caverna.

Jeong-min mordeu o lábio inferior com força. Há muito tempo, ela teve uma amiga que lhe falou "Eu vou te tirar da caverna", de forma que a deixou desconfortável, como se dissesse "Estou te colocando pra cima". Apesar de a pessoa ter se autodenominado uma amiga gentil, para Jeong-min, que não tinha nada a oferecer, parecia mais uma ameaça para que permanecesse ao seu lado.

— Mas até que a caverna não é tão ruim assim, né? — comentou a dona, inesperadamente.

Sentindo uma inexplicável segurança vinda da mulher, Jeong-min concordou, assentindo com a cabeça devagar. Continuava com as mãos envoltas em uma das peças de cerâmica, segurando-a com firmeza.

A dona do ateliê perguntou a Jeong-min se tinha disponibilidade, para marcarem a data da aula. Jeong-min disse que estava dando uma pausa no trabalho, então tinha bastante tempo livre. Dizer que estava "dando uma pausa" era eufemismo, quando, na verdade, ela estava desempregada. Mas quando você diz que está sem emprego, geralmente as pessoas querem saber mais detalhes, tipo com o que você trabalhava, onde, com quem e em que época. E ainda fingem estar comovidas, dizendo "Ah, você deve estar muito preocupada", tirando conclusões precipitadas de que ela devia estar aflita com o futuro ou que era incapaz de se adaptar à sociedade. Mas a dona simplesmente disse: "Deve ser bom ter tempo livre." Jeong-min se deu conta de que não precisava ficar nervosa na presença dela.

— O que acha de começarmos com duas aulas por semana, às terças e quintas? O objetivo é que, no período de duas semanas, você se familiarize com a argila enquanto pratica comigo como posicionar as mãos. Depois disso, mudamos um dos dias para sábado. Aliás, meu nome é Jo-hee, mas pode me chamar de professora. Essa é a Ji-hye, sua *sunbae*, sua veterana, aqui no ateliê.

Depois das apresentações, Jo-hee de repente rasgou a página de agosto do calendário que estava em cima da mesa. Então, circulou os dias em que Jeong-min deveria ir ao ateliê e a entregou para ela. Vendo todos aqueles números na folha quadrada, Jeong-min percebeu como um mês é longo.

Apenas 60%

"O que acha de começarmos com duas aulas por semana, às terças e quintas?"

As palavras de Jo-hee ecoavam na mente de Jeong-min como os flashes fantasmas de uma lâmpada depois de apagada. Ela programou o alarme na noite anterior, antes de ir para a cama. Ao ver os inúmeros alarmes que programava antigamente para tocar de cinco em cinco minutos entre as sete e as nove da manhã, recordou-se da época em que dava duro. Ao mesmo tempo, veio-lhe um sentimento de alívio ao pensar que não precisava viver daquele jeito, sempre cansada. Era como se tivesse recebido permissão para descansar.

Assim que acordou com o som do alarme, lembrou-se da instrução de Jo-hee de comer bem antes de sair de casa. Jeong-min almoçou direito pela primeira vez em muito tempo e saiu de casa. Jamais imaginaria que sentiria tanta adrenalina diante da perspectiva de aprender algo novo. Aquela iluminação de espírito era algo inusitado para ela. Não fazia ideia de que era capaz disso.

Havia diversas lojinhas na vila Bamgashi, dos blocos 1 ao 4. Geralmente cada prédio abrigava no primeiro andar um restaurante, uma loja de conveniência ou uma cafeteria antiga, e o segundo andar era residencial. Quem vivia ali costumava permanecer por um longo tempo, e a faixa etária dos moradores era mais alta. Talvez por isso pessoas mais jovens tivessem a impressão de que a vizinhança era tediosa.

O ateliê ficava em uma ruela nos limites do bairro, bem em frente ao bloco 2 e a uma escola primária. Naquele dia, Jeong-min se vestiu de acordo com a estação, então não ficou coberta de suor como da outra vez. Observou a fachada do ateliê com calma e finalmente enxergou o letreiro, escondido pelas heras.

소요 SOYO
ceramic art &

Eram letras singelas em preto sobre um fundo branco igual à cor do prédio. Jeong-min seguiu o cheiro de argila sendo queimada e abriu a porta. O ateliê estava lotado de pessoas naquele dia. Uma criança jogando pedaços de argila para o alto, um estudante de ensino médio e, ao lado dos dois, Ji-hye, com quem Jeong-min tinha tomado café no outro dia. Ji-hye se aproximou, afável, e apresentou os outros.

— Essa daqui é a Han-sol! Você não veio com sua amiga hoje, né, Han-sol... Não sei quando ela vem. Apresento-a na próxima. E esse aqui é o futuro do nosso ateliê, Jun! O nome dele tem apenas uma sílaba mesmo: Jun!

Han-sol disse um "oi" meio vago, e Jun cumprimentou Jeong-min com um breve olhar.

Ji-hye perguntou a Jeong-min se poderia ser mais informal e chamá-la de "unnie", por Jeong-min ser mais velha. Quanta intimidade da parte de alguém que ela via pela segunda vez — não, pela primeira vez e meia — na vida! Jeong-min era teimosa em relação às formas de tratamento, costumava ser formal até com a autora mais jovem e recém-formada da equipe. Porém, como Ji-hye não era uma colega de trabalho, Jeong-min deixou para lá e prontamente concordou com um aceno de cabeça, pensando em como os olhos de Ji-hye ficavam bonitos quando ela sorria. Jeong-min não engolia muito bem pessoas que tinham sido criadas com afeto demais, mas também não conseguia evitar se afeiçoar a pessoas assim.

Jo-hee se surpreendeu com o fato de Jeong-min ter chegado exatamente a uma e meia da tarde e brincou, em um tom ligeiramente sério, dizendo que não gostava de pessoas perfeitinhas demais. Ela passou um café antes de começar a aula, quase como se fosse parte da rotina. Daquela vez, foi um adocicado *latte* de avelã. Mesmo sem a tradicional espuma de leite espessa por cima, a bebida tinha um sabor maravilhoso, aliado ao original.

— Quando estava entrando, vi o letreiro. O ateliê se chama Soyo, não é?

— Uau! Você conseguiu enxergar a placa no meio de todas aquelas plantas! Ela está escondida de propósito, para que apenas as pessoas observadoras vejam. Não tem nada a ver com o fato de que é chato e cansativo podar as heras o tempo todo.

Levando em consideração que o interior do ateliê era muito limpinho, com exceção do espaço onde a argila era manipulada, Jeong-min acreditou na última parte.

— As heras estão bem grandes lá fora mesmo. Na primeira vez que vim aqui, não fazia ideia de que era um ateliê, lembra? O "soyo" do nome é de "requisito"? Significa que o tempo é um requisito ao se fazer cerâmica?

— Errou. O "so" é de "esculpir" e o "yo" é de forno. É um significado bem intuitivo, de que se coloca a argila no fogo para fazer a queima depois de trabalhada. Mas agora decidi que também tem a conotação de "requerer tempo" para que algo fique pronto. Afinal, são homófonos. Boa ideia!

— É um nome bonito e fácil de pronunciar.

— Agora que falamos até do nome do ateliê, o que acha de começarmos a aula?

Jo-hee guiou Jeong-min até o fundo do ateliê. Tinham vários aventais pendurados ao lado de armários para guardar itens pessoais. Ela estava bem mais falante do que da primeira vez em que se encontraram; parecia animada.

— A primeira coisa que você tem que fazer quando chegar no ateliê é pegar seu avental aqui atrás. Mas... ai, onde estou com a cabeça! Esqueci de fazer o pedido do seu avental. Por hoje, pegue emprestado o de outra pessoa. Mas fica só entre nós, hein? Como é o avental de alguém que só vem aos finais de semana, ele não sabe o que acontece aqui nos demais dias. Bom, não que vá dizer alguma coisa se ficar sabendo. Ele parece um urso.

Jeong-min aceitou o enorme avental verde coberto de argila. As letras GS estavam bordadas de forma desajeitada na peça, e pareciam ser as iniciais do dono. Ao colocar o avental, Jeong-min foi envolvida pelo perfume adocicado do dono, impregnado na peça. Enfiou uma das mãos no bolso do avental e sentiu algo frio. Um anel de prata fino. Não tinha datas ou iniciais gravadas, porém só de olhar dava para saber que se tratava de uma aliança. Vendo inúmeros arranhões na joia, Jeong-min se perguntou se o casal estaria junto havia muito tempo, e então ela foi tomada por um sentimento de culpa enquanto tentava adivinhar aquelas coisas. Enfiou o anel de volta no bolso. Apesar de apenas ter segurado a aliança, sentiu que estava se intrometendo no relacionamento alheio.

Tudo o que havia feito foi colocar o avental, mas sentiu um leve entusiasmo, como se já tivesse se tornado ceramista. Jeong-min, que até então tinha passado seus dias evitando qualquer sentimento, decidiu aproveitar a empolgação do momento. Pegou uma pequena vasilha de água, duas esponjas e uma roda, e se sentou na espaçosa mesa em que Han-sol estava.

— Primeiro temos que decidir o que queremos fazer, ok? Você tem algo em mente? — perguntou Jo-hee, acomodada bem ao lado de Jeong-min.

— Quero fazer uma xícara, igual àquela em que você serviu café da outra vez.

— Ah, xícaras são difíceis por causa da alça. Geralmente começamos com um prato simples.

Um tanto decepcionada por não poder fazer uma xícara logo de cara, Jeong-min deu uma olhada nos pratos expostos ali. Não conseguiu pensar no que fazer. Todos os pratos precisavam de técnica, o que parecia muito difícil para uma iniciante.

— Hum, é difícil fazer um prato como este? — perguntou Jeong-min, pegando um prato amarelo que, apesar de ser o que mais chamava atenção por causa da cor, atraiu-a pelo design simples.

— Esse prato custa cinco milhões de wons. No começo, fazemos apenas peças para exibição, não para venda. Mas você tem um olho bom, hein.

Jeong-min soltou uma exclamação, chocada, e colocou o prato de volta no lugar rapidamente. Sentiu como se a distância entre ela e o mundo da cerâmica tivesse retornado.

— Geralmente, pensamos primeiro no propósito do prato. Quando falamos de cerâmica, a utilidade vem antes do design e da beleza. Para você, todos devem parecer pratos largos e planos diferentes apenas no tamanho... — Jo-hee se postou em frente à prateleira de exposição e começou a explicar, pegando as cerâmicas uma por uma e as mostrando para Jeong-min. — Este é um prato grande, bom para colocar *jeon*, panqueca coreana, num dia chuvoso. Este é bom para quando você convida amigos para sua casa e vai servir uma sobremesa depois da refeição, principalmente se for algo assado, como cookie ou Madeleine. Já este daqui, como é um pouco fundo, é ótimo para servir *dongchimi*... aquele *kimchi* de rabanete sem pimenta, sabe?... porque tem caldo. Bom, pense um pouco na sua cozinha, Jeong-min. De qual tipo de prato você está precisando?

— Hum... não consigo pensar em nada. Na verdade, quase não uso prato. Não sou de comer muito, e como os acompanhamentos nas embalagens mesmo. Também não sou de comer sobremesa. E além do mais... não cozinho.

— Então você tem muitos pratos a fazer! Vai ser divertido ir enchendo sua cozinha aos poucos. O que acha de tentar fazer uma tigela redondinha hoje? Uma um pouco maior do que uma mão. Sem nenhum design específico, só redonda, bem fácil e simples. De um tamanho padrão, assim dá para colocar qualquer coisa dentro.

— Pode ser.

— Você vai ficar aturdida quando tocar a argila pela primeira vez. Não tente fazer algo perfeito, pense em fazer apenas 60%. Nem mais, nem menos... apenas 60%.

Jo-hee pegou uma porcelana branca e a levou até Jeong-min. E pensar que um pedaço de terra esquálido se transformava numa tigela... A primeira argila que Jeong-min tocou era mole, macia e mais fria do que havia imaginado. Amassou a parte que se tornaria a base da peça com uma haste, deixando-a com oito milímetros de espessura, e colocou-a sobre a roda de oleiro com facilidade.

— A partir de agora você tem que se concentrar — disse Jo-hee, pegando uma faquinha.

Ela girou a roda e desenhou de leve um círculo do tamanho que a peça deveria ter na base de argila. Assim que ela terminou a demonstração e lhe entregou a faca, a mão de Jeong-min começou a tremer. Na primeira tentativa, ela estava nervosa. Fez um círculo perfeitamente(!) torto. Jeong-min olhou para Jo-hee, sem saber o que fazer.

— Tudo bem. Tente mais uma vez.

Jeong-min girou a roda e tentou novamente, porém tudo o que fez foi piorar a situação. Apenas na terceira e quarta vez fez um círculo aceitável, mas a base já estava cheia de marcas da faca.

— Devo fazer outra base? — perguntou Jeong-min, encarando a professora.

— Não. Ao contrário da madeira, do couro e do metal, a argila é mole. Então podemos consertá-la a qualquer momento. Olha só.

Jo-hee esfregou os traços malsucedidos da faca com um dedo. As marcas foram ficando borradas, igual a feridas cicatrizando, até desaparecerem completamente, como se nunca tivessem existido.

— A argila pode ser consertada... — murmurou Jeong-min.

— Sabe por que o círculo continua ficando torto? Porque você não está colocando tanta confiança. A mão que segura a faca está girando junto com a roda. Você tem que colocar uma força precisa na mão e fixá-la em um lugar. Pronto, agora pode errar à vontade — disse Jo-hee, e apagou também o último círculo feito.

A roda girou rapidamente, como se apressasse Jeong-min. Ela colocou força na mão que segurava a faca e a abaixou. Ficou um tanto oval, mas dessa vez a mão não girou junto com a roda. Quando Jeong-min afastou a faca da argila, sua mão continuava na mesma posição. Então amassou a linha com um dos dedos até ela desaparecer, como se nada tivesse acontecido. Então tentou mais uma vez. Finalmente, saiu um círculo perfeito.

A textura da argila quando Jeong-min a marcou com a faca era outra, nova. Parecia que estava cortando uma massa de pão bem fermentada. Quando secou a argila com uma das esponjas, foi como se estivesse tocando a superfície de um *tteok* de mel, o doce com massa de arroz, recheado de óleo de gergelim.

— Agora tem que enrolar. Deixe a argila longa e fina como um *garaetteok*, um *tteok* cilíndrico, aí coloque na base e vá aumentando.

Jeong-min mergulhou as mãos na água e depois começou a trabalhar na argila fria, que logo esquentou por causa das mãos dela.

— Se a argila esquentar, é sinal de que está ficando seca. Molhe mais as mãos à medida que a argila for absorvendo sua temperatura corporal. Você tem que se comunicar com ela.

Quando Jo-hee terminou a explicação, foi olhar o trabalho de Han-sol. Agora que Jeong-min sabia que não tinha problema se errasse, não era tão assustador ficar sozinha. E, como não era especialista nem nada, não precisava fazer cerâmicas tão boas quanto as da professora. Em vez de dar lugar a pensamentos grandiosos de que estava esculpindo a argila, só precisava focar em tocar a argila. Se fizesse uma tigela prática onde pudesse colocar comida, aquilo já seria suficiente.

Jeong-min fez o processo de aumento duas vezes, deixando a peça mais alta, e alisou a superfície da argila. Apenas quando adquiriu uma curvatura de aproximadamente 120 graus que começou a parecer uma tigela. Só então Jeong-min relaxou os ombros, que, talvez por conta do nervosismo, estavam tensos. Enquanto se alongava, olhou ao seu redor. Parecia que já tinha se acostumado com o cheiro forte da argila. Começou a prestar atenção ao rádio que tocava no ateliê. Estava sintonizado em uma estação que, no momento, tocava um pop britânico que era animado e ao mesmo tempo um tanto decadente. As músicas que tocavam na estação não eram divididas por época, e havia de Beatles a Oasis e Coldplay. Então quer dizer que ela havia se concentrado no que fazia ao ponto de nem perceber o som do rádio antes... Ji-hye e Jun ainda estavam sentados diante das respectivas rodas. Ambos estavam usando fones de ouvido, parecendo absortos em suas próprias peças. Jeong-min achou incrível estar ali, naquele espaço que, ao mesmo tempo que era extremamente individualista, também era muito receptivo.

Acima de tudo, aquele era o decibel exato que Jeong-min havia procurado até então, bem melhor do que barulhos de estourar os tímpanos. Ela não havia escutado nenhuma música no tempo que tinha passado reclusa em casa. A televisão, jogou fora. Temia dar de cara com um dos programas que fez ao surfar pelos canais. Mergulhou em um silêncio profundo, como um celular configurado no modo silencioso. Todos os sons do mundo lá fora pareciam barulhos incômodos.

Porém, os sons do ateliê Soyo eram diferentes. Nenhum parecia uma engrenagem que rodava sem parar. Tudo parecia ter um lugar: as perguntas bobas que Han-sol lançava a Jo-hee, as respostas brincalhonas que Jo-hee dava na hora, o som constante das rodas girando, as interjeições estranhas e grunhidos de irritação que Ji-hye soltava, o *heavy metal* que escapava dos fones de Jun, o som esmagador das vozes das pessoas que vinha lá de fora, as piadas bobas do locutor de rádio... Pensou que, se qualquer um desses sons desaparecesse, ela se sentiria vazia.

O silêncio que Jeong-min vinha cultivando havia tantos meses estava rachando. E, enquanto o silêncio se quebrava de forma muito libertadora, a mulher aos poucos sentiu uma leve satisfação, como se um novelo de lã estivesse aos poucos se desenrolando dentro dela, relaxando. Parecia que ela ficaria bem, mesmo sem o silêncio ao qual tanto tinha se agarrado. Pelo contrário, Jeong-min pensou que o som de pessoas conversando, que costumava incomodar seus ouvidos, e o que a argila emitia ao ser manipulada eram ainda mais fascinantes.

O primeiro utensílio que Jeong-min fez não ficava equilibrado no lugar e era todo irregular. Porém realmente parecia que dava para colocar qualquer coisa dentro dele por conta do seu tamanho padrão. "Esplêndido!", foi o que Jo-hee lhe disse. Depois, Jeong-min viria a saber que a professora vivia dizendo isso aos alunos inseguros.

— A aula de hoje acaba por aqui. Nas próximas, faremos a esmaltação e a queima. E já venham com tudo em mente: qual cor vai ficar boa, e se vão passar verniz ou não. Essa será a lição de casa de vocês.

Ao olhar o relógio, Jeong-min viu que já eram quase quatro da tarde. O tempo passou voando! Mais uma vez, ela se surpreendeu com o fato de que ainda lhe restavam forças para se dedicar a algo daquela maneira.

Ao fim de toda aula, havia a limpeza. Tirar a argila da roda utilizada e guardá-la. Lavar a vasilha com água, esponja, faca e ferramentas de madeira e depois deixá-las secar em um lugar onde batesse bastante sol. Jeong-min começou a reorganizar tudo seguindo o passo a passo escrito em um papel com as regras do ateliê.

Cling.

Um tinido de metal caindo soou de repente. Depois, o som de um leve baque preencheu o ateliê. As ferramentas que estavam secando ao sol tinham caído no chão, pois Jeong-min havia derrubado a caixa de ferramentas com o braço quando foi tirar o avental. Jo-hee riu alto, dizendo que Jeong-min já estava deixando de ser tão perfeitinha. Ji-hye, Han-sol e, inesperadamente, até Jun se aproximaram e reorganizaram as ferramentas. Jeong-min achava que tinha entendido mais ou menos o significado de fazer apenas 60%. Eram 13h30 quando chegou ao ateliê, e, quando foi embora, eram 16h07.

O momento em que a argila vira uma tigela

No sábado de manhã, após duas semanas de aulas às terças e quintas, e quando faria a esmaltação da peça e a colocaria no forno, Jeong-min refletiu sobre o fato de a semana ter cinco dias úteis e dois de descanso. As datas se estendiam enquanto se torciam e desenrolavam de forma contínua, e produziam uma espécie de barulho de doer os tímpanos, como se fossem guinchos emitidos por uma porta que sequer tinha sido pintada, suas dobradiças precisando de óleo. Se algo dava errado, os finais de semana de Jeong-min logo se tornavam dias úteis. Ninguém dava conta de uma semana só com dias úteis. Por outro lado, uma semana composta apenas por finais de semana era demais, como um pântano de letargia do qual você não consegue sair.

Ao longo de sete anos, Jeong-min teve apenas dias úteis, e então, no último ano, teve somente dias de descanso. Sentia que, a partir daquele dia, sua semana finalmente seria dividida entre dias úteis e final de semana. Era a primeira vez que ia ao ateliê em um final de semana. Nas últimas semanas, tinha feito aulas com estudantes de férias e Ji-hye, que parecia sempre estar no ateliê, o que era um mistério para

Jeong-min. Ao mesmo tempo que estava curiosa para ver as pessoas que conheceria na aula para adultos e para ouvir os sons que preencheriam o ateliê, Jeong-min já se sentia meio inadequada.

Jeong-min tomou café da manhã enquanto olhava a ruela através da janela em arco, tão concentrada que parecia querer memorizá-la. Já havia se tornado um hábito fazer uma refeição bem servida antes de ir para a aula. Será que poderia chamar isso de ritual? Um ritual que demarcava o momento de café da manhã, almoço e janta. Esse ritual fez com que as horas de Jeong-min ficassem mais claras. Como a aula do final de semana começava às dez da manhã, deixou um espaço no estômago para o café do ateliê, que sempre era servido antes, e baixou a colher.

Jo-hee ficou feliz ao vê-la chegar, como se estivesse apenas à espera de Jeong-min. O avental dela finalmente tinha chegado. Era bege-escuro e tinha as iniciais JM bordadas. Pareciam as iniciais de outra pessoa. Achava que a própria Jo-hee havia bordado; estavam tortas iguais à do outro avental. Jeong-min ficou feliz, pois parecia que, com um avental só seu, havia sido completamente aceita como aluna do ateliê Soyo. Para ela, que tinha vivido como *freelancer*, mudando sempre de casa e de emprego como uma andarilha, estar cercada por uma comunidade, por mais temporária e dispersa que fosse, dava um profundo senso de estabilidade.

— Olá — cumprimentou um homem grande e pálido, passando pela porta do ateliê.

Em contraste com sua grande estatura, os cantos de seus lábios estavam erguidos. Os olhos arredondados davam a sensação, um tanto estranha, de que os cantos de seus lábios estariam erguidos mesmo que ele não trouxesse expressão alguma no rosto.

— Esse é o bambambã da nossa turma do fim de semana e outro *sunbae* da cerâmica, Gui-shik. Esta é a Jeong-min, que acabou de entrar e de quem te falei antes. Daqui para a frente, vocês dois e Ji-hye terão aula juntos uma vez por semana.

Gui-shik disse que estava aprendendo a arte da cerâmica havia dois anos e que tinha o plano de abrir o próprio ateliê no ano seguinte. Os lábios dele se curvaram ainda mais enquanto explicava que faria isso porque tinha prometido a si mesmo largar a empresa onde trabalhava quando alcançasse uma idade de números iguais. Ele tinha trinta e três anos. Jeong-min acabou soltando o ar pelo nariz em uma risada, sem nem perceber, diante da postura otimista de Gui-shik ao acreditar que poderia ter êxito ao mudar de profissão depois dos trinta. Mas, ao mesmo tempo, também sentiu inveja. Inveja do senso de desafio e coragem em fazer essa escolha. Mesmo sendo três anos mais nova do que Gui-shik, ela não tinha confiança para fazer algo assim. Parecia que ele tinha a clareza que faltava a Jeong-min.

Toda essa estatura..., pensou Jeong-min, tendo certeza de que o avental que ela tinha usado emprestado pertencia àquele homem.

— Você é o Gui-shik do avental verde, certo? Peguei seu avental emprestado durante duas semanas. Só hoje que o meu chegou. Gostaria de te agradecer.

— Ah, então era você quem estava usando! Você por acaso não achou um anel no bolso dele? Acho que há umas duas semanas coloquei meu anel lá e acabei esquecendo. Semana passada não estava mais lá.

Jeong-min se recordou do anel fino enquanto observava Gui-shik acariciar um dos dedos, que, por algum motivo, parecia vazio. E também do *cling* que tinha ouvido ao fim de sua primeira aula. Surpresa, Jeong-min examinou o chão com urgência. Felizmente, o anel brilhava de leve embaixo da prateleira das rodas. Ela limpou a argila e a poeira que haviam se acumulado na joia.

— Desculpa. Eu bem que ouvi algo caindo uma vez, enquanto tirava o avental, mas não sabia que tinha sido o anel. Desculpa mesmo. Devia ter tomado cuidado.

— Tudo bem — disse Gui-shik apenas, sorrindo. Ele fez menção de colocar o anel de volta no dedo, mas, no fim das contas, o guardou no bolso da calça. Não dava para fazer cerâmica usando anel.

Ji-hye, atrasada, foi a última a chegar. Apesar de a aula já ter começado, Jeong-min continuava incomodada. Sentiu o rosto ficar vermelho enquanto pensava em seu descuido ao não notar o anel naquele dia, absorta que estava nas ferramentas derrubadas. Como se não bastasse pegar o avental emprestado, foi inconveniente ao ponto de quase perder o anel do homem. Se a companheira tivesse brigado com ele por causa disso... Interrompeu o fluxo de pensamentos. Prometeu a si mesma que se desculparia apropriadamente, para ao menos não ficar sempre desconfortável perto de Gui-shik.

Apesar de fazerem aula juntos, Gui-shik e Ji-hye já eram tão bons que podiam trabalhar em seus projetos pessoais livremente. Naquele dia, Jeong-min voltou a ser o centro das atenções de Jo-hee. E como era o dia da primeira esmaltação, ela só precisava observar atentamente a demonstração da professora. Jo-hee pegou a tigela de Jeong-min, na qual já havia passado a primeira mão. Jeong-min tinha feito a peça com argila branca, mas após passar pela primeira mão da esmaltação, a tigela tinha assumido um brilho rosado. O exterior do utensílio não estava mais mole; tinha ficado firme, porém, ainda era frágil como vidro.

Jeong-min tinha decidido fazer a esmaltação com a cor bege-cevada. Foi Jo-hee quem sugeriu, pois Jeong-min ainda não conseguia imaginar muito bem a argila ganhando outra coloração. Viu uma cerâmica daquela cor como exemplo e pensou que parecia o céu durante o verão, se acalmando com um borbulhar e voltando a respingar. O som da argila sendo manuseada era bom. Distraída enquanto observava a cerâmica entrar e sair do pote de esmaltação, Jeong-min de repente pensou que gostaria de enfiar a mão lá dentro. O líquido tinha uma consistência que, apesar de parecer mais espessa que a do leite, também parecia macia. No momento, a cor do esmalte estava mais próxima do branco, porém disseram que mudaria para bege durante o processo de queima da peça. Mas Jo-hee falou que ninguém podia prever exatamente com que cor a peça ficaria no fim de tudo — quem determinaria isso seria o forno.

— O problema é que, mesmo depois de trabalhar na argila por dias, não sabemos se vai ou não sobreviver no forno. Ah, eu não te mostrei o forno, né?! Nosso ateliê usa um enorme. Deve até ser o maior entre os ateliês de cerâmica da região.

O forno ficava dentro de um espaço cheio de lenha. Como Jo-hee tinha dito, era tão grande quanto uma geladeira de duas portas. Era evidente o orgulho que ela sentia de usar um forno a lenha, em vez de um a gás. Disse que levava mais tempo e era trabalhoso, porém, quanto mais tempo a cerâmica passava dentro do forno, mais forte ela ficava.

— Como já mencionei, a temperatura é de 1.250 graus. Agora, tudo o que nos resta é esperar. Sem criar expectativas.

Antes de fazer a queima, era preciso limpar a base da cerâmica e tirar todo o esmalte, senão ele sedimentaria, o que faria a peça grudar no forno. Não bastava moldar bem a argila; era preciso dar atenção a cada detalhe até que o trabalho entrasse no forno. A última etapa era sentar lado a lado, cada uma segurando a própria esponja.

— Nossa, você faz muitos copos, né, Ji-hye? — comentou Jeong-min, ao olhar de relance os copos de Ji-hye, que possuíam curvas sinuosas.

— Geralmente faço copos de soju, que são pequenos. Às vezes, uns de tamanho médio para tomar *somaek*.

Os copos eram bem-acabados, mais baixos e sem alça. Como tinham sido feitos na roda, tinham bem mais equilíbrio e simetria do que a tigela de Jeong-min, que tinha sido feita totalmente à mão. Como havia muitos copos, Ji-hye levou um bom tempo para limpar o esmalte da base deles, tempo que ela preencheu tagarelando.

Contou que estava procurando emprego havia muito tempo, porém tinha dado uma pausa para fazer pós-graduação, e o consumo de álcool foi crescendo a cada dia. Beber em casa num copo sem graça era muito solitário, então ela decidiu fazer os próprios copos. No começo, aprendia cerâmica com aulas avulsas, mas tomou gosto pela coisa e, assim, se passaram seis meses. Ao arranjar um passatempo que lhe permitia fugir da realidade por um tempo, sentiu a mente, exaurida pela busca de emprego, desanuviar. O lado ruim é que, como passou a beber mais por começar a gostar muito do sabor do álcool, ganhou um pneuzinho na barriga

Ji-hye, que sempre parecia radiante, tinha uma história de vida inesperada. Mais do que isso, tinha a habilidade de transformar algo íntimo em um assunto ameno. Mesmo que a história fizesse a outra pessoa engolir em seco, não seria com um nó na garganta. Embora ela tenha feito os copos apenas para se sentir melhor, dava para ver que cada um estava cheio de carinho. Jeong-min pensou que até mesmo ela, que não bebia, acharia o sabor do álcool maravilhoso se bebesse em um daqueles copos.

— Pfff, *unnie*, olha o Gui-shik *oppa*. Às vezes... não, ele *sempre* faz aquilo — sussurrou Ji-hye para Jeong-min, apontando para o colega.

Gui-shik estava limpando o esmalte da base das peças com os olhos delicadamente fechados. Ele não estava dormindo... Estaria, então, fingindo dormir? Mas por que diabos...?

— Aff, *oppa*, você está sentindo a cerâmica ou o quê? Já falei um milhão de vezes que é nojento ver você assim, alisando a cerâmica de olhos fechados.

— Ah, nada a ver, Ji-hye. Tente sentir a cerâmica também.

Como se para mostrar como fazer, Gui-shik acariciou a peça de forma ainda mais nojenta. Havia certa travessura naquela ação exagerada.

— Credo! Primeiro que a gente não está no filme *Ghost*, e é constrangedor você fazer isso na frente da novata... *Unnie*, você não deve aprender essas coisas!

Dizendo ser o preço por ter rido dele, Gui-shik mergulhou no verniz a peça que Ji-hye tinha limpado com tanto esmero. Jeong--min deu risada ao vê-los discutirem de maneira descontraída.

Eles começaram a sentir o calor do forno, que Jo-hee havia deixado preaquecendo. Apesar de estar envolvida por um ar assustadoramente mais quente do que o sol lá fora, Jeong-min sentia um aconchego similar ao de uma sauna. A tigela desconfigurada de Jeong-min foi a primeira a ser colocada no forno. Ji-hye e Gui-shik começaram a levar suas peças aos poucos para colocar lá também.

Mesmo apenas olhando de relance, dava para perceber que as peças de Gui-shik transbordavam personalidade. Eram potes ou vasos para plantas, e a maioria tinha formatos atípicos, meio irregulares e definitivamente únicos. O charme dos vasos estava na liberdade que fluía da assimetria. Ao observá-los, Jeong-min ficou com vontade de plantar neles várias flores silvestres de caules finos. Parecia que o equilíbrio só seria encontrado quando os vasos recebessem as flores. Também havia potes esmaltados de preto para formar padrões geométricos. Para Jeong-min, que não entendia muito de arte, o trabalho dele parecia arte moderna.

Jeong-min quase soltou uma exclamação de admiração ao ver Gui-shik colocar alguns vasos no forno habilmente, porém se lembrou do incidente do anel e, assim como a porta do forno, fechou a boca.

o privilégio, digamos assim, da turma dos finais de semana era que, depois de finalizarem tudo, eles se juntavam para comer um almoço tardio. Pedir comida por delivery era contra as regras: eles tinham que se dividir em dois grupos, comprar comida para viagem em algum restaurante da área e voltar para o ateliê. O prato principal daquele dia, por recomendação de Gui-shik, era sanduíche. Ele até explicou que havia uma loja que vendia sanduíches muito gostosos na vila Bamgashi e que a novata precisava prová-los. Além do mais, Jo-hee e Ji-hye pareciam amar sanduíches. Então eles decidiram por *kimbap* e *topokki* para acompanhar, já que combinavam com o prato principal do dia.

Gui-shik e Jeong-min, que acabaram sendo designados para irem juntos a um dos restaurantes, andavam ainda meio sem jeito perto um do outro, em meio ao asfalto quente sob o sol. Mesmo tendo usado aquele enorme avental durante a aula, restos de argila estavam espalhados pela calça de Gui-shik. Talvez os ombros dele estivessem tensos por ter ficado com a cabeça baixa enquanto trabalhava na roda, pois ele não parava de alongar e girar os braços. A imagem do alto Gui-shik fazendo um vaso pequeno era igual à de um urso-branco todo encolhido assaltando um pote de mel com medo de alguém ver. E até aquelas mãos enormes, que não pareciam ser nem um pouco meticulosas. À primeira vista, tendo em mente sua aparência, podia até parecer inimaginável que ele fizesse cerâmica, mas, ao observar seu jeito calmo de falar e seus gestos meio vagarosos, dava para entender como era possível que ele fizesse aquilo.

— Nós provavelmente vamos nos ver toda semana, então pode ficar à vontade para falar de maneira mais confortável comigo — disse Gui-shik com cuidado, quebrando o silêncio.

Jeong-min lembrou-se de quando Ji-hye chamou Gui-shik de "oppa", por ser um homem mais velho, sem nem pensar duas vezes. Sentiu um calafrio ao se imaginar falando aquela palavra em voz alta.

— Como não tenho irmãos, é um pouco estranho usar títulos como "oppa" e "unnie" quando falo mais informal mente com alguém mais velho que eu. Então para mim é mais confortável assim. Mas pode me tratar como "dongsaeng", já que sou mais nova.

Gui-shik, que esperava uma resposta um pouco mais amigável, não soube o que falar e ficou olhando ao redor, movendo apenas os olhos. Pensava que o primeiro passo para se tornar próximo de alguém era falar de maneira mais confortável, mas parecia que não era o caso com Jeong-min. Mais uma vez, eles ficaram em silêncio. O único som era o do chinelo de Gui-shik se arrastando no chão enquanto ele andava se balançando.

— Quando será que eu vou poder usar a roda? — perguntou Jeong-min, quebrando o silêncio dessa vez, sem aguentar o clima desconfortável.

— Dizem que geralmente leva uns três ou quatro meses. Mas alguns adultos levam muito menos tempo. Eu mesmo só precisei de dois meses. E já que você está fazendo isso como passatempo, não tem por que se apressar. Em casos como o meu, por exemplo, que tenho o objetivo de montar meu próprio ateliê, a professora logo passou a me deixar fazer as coisas sozinho. Quando comecei, batia ponto no ateliê nos únicos dois dias em que não ia trabalhar, aos finais de semana. A professora até me deu a chave de lá. E minha namorada e eu brigamos muito por causa disso.

Jeong-min interrompeu seus pensamentos ao ouvir a palavra "namorada". Parecia que primeiro tinha que se desculpar para se sentir mais confortável com ele.

— Hã... sinto muito mesmo pelo anel. Gostaria de me desculpar devidamente — disse Jeong-min, diminuindo a velocidade dos passos.

— Não precisa. Fui eu quem deixou o anel no bolso do avental e foi embora, então você não precisa se preocupar, Jeong-min. De verdade.

Ao olhar para Jeong-min, que hesitava em responder, Gui-shik soube na hora que ela ainda estava envergonhada. Ele disse mais uma vez que não tinha problema, de modo enfático, e se apressou em mudar de assunto.

— Enfim, como você veio parar na cerâmica, Jeong-min?

Os lábios de Jeong-min se moveram levemente, como se estivesse em dúvida sobre falar algo ou não. Gui-shik esperou em silêncio.

Os alunos do ateliê Soyo não pareciam ter uma relação muito íntima uns com os outros. Mas também não parecia ser algo de mentira, só por conveniência e sem nenhuma troca. Tinham uma relação simples, que não precisava ser medida, e isso parecia ser suficiente para eles. Não era algo distante e impessoal, e não tinham ressalvas quanto a compartilhar suas histórias de vida. Jeong-min, para quem sempre foi um fardo criar conexões, gostou bem mais desse tipo de relação indefinida. Parecia que ela já fazia parte do ateliê Soyo, pelo menos até certo ponto. Ela começou a contar sobre como largou o emprego de roteirista e se tornou uma *hikikomori*.

— Não é que eu tenha muito dinheiro guardado, só não consegui lidar com tudo que estava acontecendo e acabei explodindo. E então me dei conta da gravidade de tudo aquilo. O mais assustador sobre a apatia é que, quando você olha para trás depois de ter se recuperado, não consegue se reconhecer. Quando suas energias começam a retornar, você percebe que não tem mais como ser do jeito que era antes. E o seu eu do presente está ocupado demais lidando com as coisas que o seu eu do passado fez. Quando saí de casa sem refletir muito, decidida a consertar as coisas, encontrei o ateliê Soyo por acaso. Entrei lá porque achei que fosse uma cafeteria. Não foi um grande acontecimento nem algo planejado. Não é nada de mais, né?

— É impressionante. Todas as pessoas que se esforçam são impressionantes. Eu também tenho que resolver logo essa minha vida de escravo de uma empresa de vendas on-line... Enfim, parabéns por estar tentando vencer a apatia.

As palavras de Gui-shik eram cheias de sinceridade. Ou talvez fosse o modo singular como ele falava.

— Ainda tenho um longo caminho a percorrer, mas, quando estou manuseando a argila, sinto que vou ficar bem.

— Gosto dessa atitude.

— Mas e você, Gui-shik? Por que vem até aqui para aprender cerâmica? Você disse que mora em Seul. Deve ser difícil vir para Ilsan todo final de semana.

Com certeza devia ter um ateliê de cerâmica em cada esquina de Seul. Por que será que ele tinha escolhido o Soyo?

— Você sabe por que a vila Bamgashi se chama assim, Jeong-min?

— Tem algo a ver com as castanheiras? — chutou Jeong-min, recordando-se do que o corretor tinha dito quando lhe apresentou a vila.

— Tem. As pessoas pegam as castanhas caídas no outono, mas só levam o recheio delas. Descartam a casca espinhenta e vão embora. Então deram esse nome, Bamgashi, porque a palavra significa "espinho de castanha", e tem um monte de cascas de castanha cheias de espinhos espalhadas por aí. Passei a gostar muito daqui quando ouvi essa história, por isso comecei a frequentar o ateliê Soyo. Me veio o sentimento de que, se não fosse aqui, não seria em nenhum outro lugar.

Jeong-min queria perguntar por que ele tinha começado com a cerâmica, mas não o fez. Porque todos tinham dentro de si espinhos como os da casca de castanha. Porque nem ela tinha conseguido mostrar suas cicatrizes até aquele momento.

— Ah... então deve ser por isso que me mudei para cá — disse Jeong-min, escondendo seus sentimentos confusos e sorrindo, como se não fosse grande coisa.

Eles pediram mais sanduíches do que o necessário, recheados com pêssego e uva verde mergulhados em chantilly. Gui-shik desembolsou tudo, e Jeong-min ficou de pagar na próxima. Quando retornaram ao ateliê, o lugar estava tomado pelo aroma apimentado do *topokki* e pelo cheiro apetitoso do óleo de gergelim usado no *kimbap*. Eles colocaram tudo em tigelas, e quando Jeong-min sugeriu usarem uma longa mesa de madeira que estava vazia, Jo-hee disse que não usavam aquela mesa. Jeong-min, que ainda não conhecia as regras e acordos tácitos dali, ficou constrangida. Gui-shik, talvez percebendo que Jeong-min estava envergonhada, mudou de assunto e perguntou: "O que acham de decidir quem vai lavar a louça no pedra, papel e tesoura?" Mas eles ainda nem tinham arrumado a mesa onde iriam comer!

Gui-shik devia ter estado muito ansioso pelo sanduíche de fruta dos sábados, pois repetiu o sanduíche e quase não tocou no *topokki*. Quando já tinha enchido bastante a barriga, ele começou a tagarelar.

— Jeong-min me contou que já foi roteirista de televisão.

— Nossa, não sabia disso! Então você escreve bem, Jeong-min? — perguntou Jo-hee, com os olhos brilhando. Ela comia igual a um passarinho e já tinha terminado a refeição.

— Que pergunta é essa, professora? Se ela é roteirista, é lógico que escreve bem! — exclamou Ji-hye, estranhando o comentário de Jo-hee.

Eles provavelmente tinham uma ideia muito diferente da realidade do trabalho de Jeong-min. Percebendo que teria que lidar com aquela situação em que os holofotes estavam sobre ela, Jeong-min se manifestou.

— Roteiristas escrevem textos curtos explicando as cenas e conectando umas às outras. É que precisamos preencher com a voz de algum ator os buracos do áudio; se for curto, quatro segundos, se for longo, sessenta. As legendas e cenários também são diferentes de textos que geralmente acabam sendo publicados. Eu não escrevo tão bem assim.

Como estava desconcertada, Jeong-min acabou falando mais que o usual. Apesar da explicação, Jo-hee a observava com um brilho de expectativa no olhar.

— Gostaria de pedir uma coisa. Longe de mim querer me gabar, mas sou uma ótima ceramista. Só que sou um zero à esquerda quando se trata de publicidade.

Ji-hye, que estava ao lado de Jeong-min, contou aos sussurros que Jo-hee era tão boa que uma vez tinha sido a expositora principal de uma galeria de arte moderna e que o pai dela também era um mestre da cerâmica famoso.

— Já faz muito tempo que não mexo na conta do Instagram do ateliê, então não tem nenhum alcance. Uns colegas meus disseram que muitos jovens os têm procurado depois de ver suas redes sociais... Os pedidos on-line do ateliê são bem mais ou menos, e temos zero clientes off-line. Sério, não tem ninguém. As fotos com certeza não estão ruins, então o problema deve ser as legendas, né? — disse Jo-hee enquanto sacava o celular.

Jeong-min observou o feed e as fotos realmente não eram ruins. Gui-shik proclamou, todo orgulhoso, ser o responsável por elas. Mas faltavam hashtags que pudessem impulsionar as postagens e fazer com que elas aparecessem para quem pesquisasse sem muito esforço, além de as legendas serem diretas demais, assim como o nome do ateliê. "Esta é uma tigela com um design robusto e atemporal, feita com argila branca da montanha."

— As legendas não têm frases muito atrativas mesmo.

— Jeong-min, não quer me dar uma mãozinha nisso? Em troca, deixo você usar o forno.

— Mas eu sou roteirista de televisão, não *copywriter* ou marqueteira! — exclamou Jeong-min, balançando as mãos em negativa. Além disso, não escrevia nada havia um ano.

— Ah, não quero algo especializado nem nada do tipo. Só precisamos de textos que possam chamar a atenção das pessoas. E roteiristas são sensíveis às novas tendências! Eu faço projetos lentos, então o volume de publicações não vai ser grande. Vão ser mais ou menos um ou dois posts por semana. E, lógico, você pode fazer isso apenas nos dias em que vem ao ateliê.

Gui-shik e Ji-hye concordaram com a professora, dizendo que Jeong-min era perfeita para aquilo. Apesar de se tratar de textos curtos para serem postados nas redes sociais, Jeong-min pensou que ainda não era capaz de enfrentar o obstáculo chamado "texto". Mais do que isso, ela pensava não ser qualificada para escrever. Não imaginava que ficaria cara a cara com aquilo logo ali.

Jeong-min era corroteirista de um programa que mostrava pessoas comuns como protagonistas das próprias histórias. No verão do ano interior, Jeong-min escalou para uma aparição um tradutor que se tornou um ícone por ter traduzido as legendas de inúmeros filmes mundialmente famosos. O processo de gravação e edição correu tranquilamente. Mas, quando apresentou o material para o resto da equipe, a reação do chefe e da roteirista principal foi desanimada. O produtor balançava os dedos em cima do teclado, parecendo ansioso.

Na metade do vídeo, passou a cena em que o tradutor explodia em lágrimas de repente e desabafava sobre sua mãe: "Eu jamais perdoarei minha mãe, que abandonou a mim e à minha irmã mais nova..." Nessa hora, Jeong-min congelou. Depois da gravação, o tradutor havia telefonado para ela pedindo que a história vergonhosa de sua família fosse cortada. E ela tinha certeza de que havia repassado isso para o produtor...

Todos, com exceção de Jeong-min, gritaram: "Bravo!"

— É isso! Isso que é qualidade! — exclamou o chefe. Parecendo satisfeito, ele voltou o vídeo e reviu diversas vezes o momento em que o protagonista se desmanchava em lágrimas.

— O tédio do começo desapareceu completamente. Já estava me perguntando como salvar a edição. Produtor Lee, roteirista Yoo... então quer dizer que vocês tinham uma carta na manga?! — comentou Goo, a roteirista principal, dando tapinhas nas costas de Jeong-min enquanto respirava aliviada.

— Foi muito difícil arrancar uma história mais humana dele. Até precisei chorar na frente dele! Inventei que meu pai morreu no ano retrasado e que não pude estar com ele no leito de morte. Só aí o cara começou a falar de si mesmo. — O produtor se gabou animadamente, ansioso por ganhar elogios. Ele parecia um cachorro abanando o rabo.

Quando conferiu a filmagem, Jeong-min achou que aquela cena seria cortada depois, já que conversaram sobre isso no tempo livre, em um bate-papo informal. Como ela poderia imaginar que ele deixaria a cena e editaria com tanto primor, como se fosse uma entrevista com um ator famoso?

— Uau, você merece um prêmio pela atuação, Lee! Realmente, tem que entrar um toque humano no meio, aí fica interessante. Quando nos damos conta, já fomos fisgados pela história — disse o chefe, admirado.

— Interessante? — Esta única palavra dita por Jeong-min quebrou todo o clima. — É interessante ver uma pessoa chorando? Senhor Lee, eu falei que ele pediu para cortar a história da família! Foi um pedido do convidado!

— Yoo, pra que isso? Você sabe como a televisão funciona — disse Lee, franzindo o cenho.

— Ele não é famoso, é uma pessoa comum. Precisamos filtrar a história pessoal dele até certo ponto. É nossa obrigação! — exclamou Jeong-min, sem titubear.

— Mas daí não tem graça nenhuma, não é interessante! Então é pra tirar tudo? E como a gente vai preencher o tempo? Eu tive o maior trabalho por causa da vida sem sal desse homem... O erro é seu, Yoo! Foi você quem chamou ele! Se você é tão experiente assim, não deveria saber que tipo de pessoa serve ou não para aparecer em um programa?! — questionou Lee, encarando Jeong-min com os olhos esbugalhados.

Naquele momento, o chefe da equipe jogou longe a caneta com a qual estava brincando distraidamente. Todos se calaram ao ouvir o barulho.

— Espera aí, então quer dizer que, quando vocês dois deram ok, tinha um conteúdo sobre o qual não estavam de acordo...?!

— Senhor, temos que cortar essa parte inteira da entrevista. Aquilo não pode ir ao ar.

Jeong-min vasculhou as anotações com urgência, na intenção de encontrar uma entrevista que servisse de alternativa, mas a roteirista Goo a interrompeu. Ninguém da equipe estava ao lado dela.

— Mas você também gosta desses casos de família, não gosta, Yoo? Divórcio, maus hábitos, acidente, pobreza... histórias de pessoas que superaram esses obstáculos e conquistaram algo na vida. É bom para a composição dramática e ajuda a montar um roteiro provocativo, não é? — perguntou o chefe, em um tom baixo e indiferente, como se estivesse folheando um documento. Foi mais ameaçador do que os berros de Lee.

Jeong-min não conseguiu dar um pio sequer naquele ambiente hostil e concordou com um aceno de cabeça, relutante.

Quando a entrevista foi ao ar, Jeong-min ficou inquieta. Ela geralmente entrava em contato com o convidado quando o programa acabava para agradecer. Mas, daquela vez, ela não tinha coragem de ser a pessoa a fazer a ligação. Alguns dias depois de o programa ir ao ar, ela finalmente tomou coragem e ligou. Chamou eternamente antes de o homem enfim atender, mas ele não falou nada.

— Hum... olá Você... viu o programa? — perguntou eong-min, com a voz trêmula.

— Sim. Você e o produtor Lee fizeram um bom trabalho.

— Ah, sobre a história da sua família... Vou tentar impedir que vá ao ar na reprise. E que não subam o vídeo no site...

— Todo mundo já viu. Você sabe que é um programa grande. Todo mundo... minha família, amigos, conhecidos dos meus pais e até minha filhinha — replicou ele em tom calmo.

Ela sentiu um arrepio na espinha.

Desculpa. Desculpa mesmo, sério.

Minha vida acabou e agora você me diz essas palavras tão displicentes. Deve ter sido fácil.

Mesmo sendo uma ligação telefônica, Jeong-min se curvou em um pedido de desculpas. Queria dizer que a culpa era do produtor, mas não podia. Pois, no fim das contas, tinha sido ela mesma a escrever a narração que o produtor colocou no vídeo. A ligação terminou sem que recebesse perdão algum. Parecia que algo tinha se quebrado dentro dela.

Depois daquele incidente, Jeong-min escreveu de forma mecânica as histórias às quais o chefe, o produtor e a audiência queriam assistir. Não ficava mais indignada nem frustrada. Estava entregue à apatia, que se apossou dela como um parasita se alimentando de seu hospedeiro. Até as batidas de seu coração pareciam doer; foram dias em que se sentiu uma concha vazia.

Porém, os textos deixaram de fazer sentido por volta do fim do verão. A primeira vez que percebeu os sintomas foi quando estava lendo anotações prévias na empresa, como de costume. Frases e palavras que continuavam a se repetir... No começo, achou que algo tivesse dado errado e acabou fazendo com que o produtor filmasse a mesma cena várias vezes. Mas, na verdade, Jeong-min estava na mesma página havia uma hora. Não conseguia passar para a próxima. Quando as palavras alcançavam os olhos dela, ricocheteavam e iam embora fazendo um som vibrante. As sílabas das palavras se espalhavam e flutuavam no vazio. Jeong-min não conseguia ler as conjunturas da filmagem nem as entender.

Tentou justificar para si mesma que aquilo estava acontecendo porque não estava muito bem, porém, assim que chegou em casa, imediatamente abriu um livro. Era o romance *Meu Michel*, de Amós Oz, obra que ela tinha relido diversas vezes. Aquele era seu livro favorito desde a época da faculdade, tanto que podia recitar trechos de cabeça. Mas não conseguiu entender nadinha. Leu as frases repetidamente, gritando "O que isso quer dizer?", porém não foi capaz de compreender o que estava escondido nas entrelinhas. Se lesse mais de cinco frases, o conteúdo delas desaparecia de sua cabeça como um boneco de neve derretendo, impotente, sob o sol da manhã. Jeong-min não conseguia acompanhar a história. Por mais que tentasse entender e acompanhar, a história a tinha deixado comendo poeira.

Quando foi ao psiquiatra, Jeong-min descobriu que tinha TDAH e dislexia. Para um roteirista, dislexia é o mesmo que uma sentença de morte. Por que era ela quem estava sofrendo, e não quem negociou a preço de banana a vida e a verdade de outra pessoa, enquanto gargalhava? Jeong-min se sentiu injustiçada.

A concentração dela diminuiu tanto que, apesar de ter começado o tratamento, não conseguia nem apreciar as obras de uma galeria de arte, muito menos ler livros. Era extremamente sofrido encarar textos; em vez disso, queria desistir deles. *Essa pode ser a minha deixa para parar de escrever*, pensou Jeong-min, e, quando isso ocorreu a ela, seu coração ficou aliviado. A dislexia virou uma ótima desculpa para se demitir.

Jeong-min suava frio enquanto segurava o celular de Jo-hee. Ela então respirou fundo e digitou com agilidade, repetindo mentalmente que tudo estava bem.

"Não há nada mais estiloso do que os designs criados pela natureza. Adicione sabor à sua comida com a tigela de argila branca, que possui padrões únicos."

— Acho que seria bom adicionar uma curta explicação sobre o que é a argila branca aqui.

Jeong-min estendeu o celular depois de ajeitar a legenda.

Jo-hee leu sem pressa e abriu um sorriso tão largo que surgiram marcas de expressão em seu rosto.

— Estou contando com você, Jeong-min.

Estava se aproximando o momento em que a argila se transformaria em tigela dentro do forno. Ninguém ali duvidava que era final de semana.

Acabaríamos nos encontrando em algum momento

O ateliê estava lotado quando Jeong-min foi lá à noite durante a semana para conferir sua tigela. Um workshop de cerâmica tendo como público-alvo pessoas com deficiência estava em andamento. Quanto mais pessoas presentes no ateliê, mais ativa Jo-hee aparentava estar. Ela parecia ser o tipo de pessoa que nasceu para interagir com os outros. Meio sem jeito, Jeong-min aguardava em pé no canto mais afastado do local, pois a aula acabaria logo e Jo-hee havia pedido a ela que esperasse só um pouco. A cadeira onde ela sempre se sentava tinha desaparecido e um homem de meia-idade numa cadeira de rodas ocupava seu lugar.

Durante a aula, Ji-hye apareceu junto com um homem. O clima do ateliê pareceu mudar completamente com o cumprimento animado do homem.

— Vejo que todos estão se divertindo na aula! Vim dar uma passadinha depois do trabalho.

Ji-hye se aproximou acenando e parecendo estar feliz em vê-la.

— *Unnie*, você também veio pegar a tigela?

— Aham. Mas quando cheguei estava tendo esta aula em grupo.

— É um programa que temos em parceria com um instituto de educação continuada e um grupo de bem-estar da região já há um tempo. Por isso dizem que terça às seis da noite e sábado no comecinho da noite é quando nosso ateliê fica mais barulhento. Apesar de realmente ter muita gente, o motivo do barulho é o Hyo-seok. Aquele ali fala por dez.

Ji-hye bloqueou com pressa a visão de Jeong-min, que observava o homem batendo papo de modo frenético com os alunos de uma mesa depois de interrompê-los. Contudo, o homem se aproximou sem hesitar, quase como se pressentisse que era o assunto da conversa.

— Você é a novata, certo?! Eu me chamo Lee Hyo-seok e sou assistente social. Sou o responsável por esta aula. Sempre apareço depois do trabalho para tirar fotos para o relatório, e também porque tenho curiosidade sobre como as coisas estão por aqui.

Quando Hyo-seok disse que Ji-hye já tinha falado muito de Jeong-min, Ji-hye balançou a cabeça, fitando-o com um olhar que dizia "Lá vai ele de novo", enquanto o homem bancava o inocente. Eles disseram que eram vizinhos desde o ensino fundamental. Parecia ser uma relação em que Hyo-seok agia de modo leviano e Ji-hye se encarregava de dar broncas nele.

Hyo-seok trouxe cadeiras da sala dos fundos, fez Jeong-min se sentar em uma delas e se sentou ao seu lado.

— *Noonim*, acredito que vamos nos encontrar ocasionalmente, então conto com você!

Jeong-min ficou em silêncio.

Que vergonha ser chamada de "noonim", por ser uma mulher mais velha, logo de cara! Jeong-min estava batalhando para decidir como deveria reagir, quando Ji-hye espremeu o bumbum entre os dois e se sentou.

— Sinceramente, viu... *unnie*, ignora ele.

Graças a Ji-hye ter se sentado entre eles e descartado o que Hyo-seok havia falado, Jeong-min pôde aguardar o fim da aula confortavelmente.

A aula terminou e os responsáveis pelos alunos chegaram para buscá-los. Apenas as peças ficaram sobre a mesa na qual as pessoas tinham trabalhado. O jovem com deficiência física que havia gritado, o pequeno idoso com lesão cerebral ou as pessoas sem dedo, braço ou perna cujas idades não dava para saber. As obras feitas por eles eram livres e espontâneas, com buracos no centro ou parecendo estar rasgadas. Jo-hee havia instruído os alunos a não adicionarem argila nem consertarem essas partes, deixando-as apenas como estavam. Jeong-min pegou uma peça com um buraco que parecia o de uma colmeia e a observou por um tempo. Era o trabalho do homem de cadeira de rodas que tinha sentado no lugar onde ela geralmente ficava. Será que a peça seria como a pessoa que a fez vê o mundo, ou como o mundo a vê...?

— Ei, senhorita. Essa peça ainda não está finalizada...

O homem na cadeira de rodas voltou depois de se despedir das pessoas que saíram primeiro com seus responsáveis e tinha uma expressão constrangida no rosto.

— Ah, desculpa! Aqui está.

Sorrindo acanhada, Jeong-min colocou a peça de volta na mesa, diante do homem. Aquele homem... já o tinha visto antes? Jeong-min inclinou a cabeça para o lado ao ter aquela impressão familiar.

As cerâmicas que saíram do forno estavam frias, nem parecia que haviam estado em um ambiente de 1.250 graus. Dentre elas, tinha uma feia e assimétrica. Como esperado. Algo feito por uma pessoa bagunçada, mesmo que ela tenha colocado seu coração naquilo, só poderia ficar igualmente bagunçado. Era assim mesmo que Jeong-min via o mundo.

— Deixe de lado o design, se parece bonito, e a precisão. Para a sua primeira peça, só o fato de não ter quebrado ou rachado já é um resultado esplêndido.

— Ainda bem, então — disse Jeong-min, seu desapontamento se dissolvendo como algodão-doce na água com as palavras tranquilas de Jo-hee.

— Normalmente, as pessoas acham que cerâmica é igual a vidro e ficam com medo de usá-la, mas, na verdade, ela vai ao micro-ondas e ao forno. Então não fique só usando a tigela para colocar acompanhamentos comprados prontos, mas tente cozinhar algo também. Você está meio abatida, precisa comer bem — disse Jo-hee de forma carinhosa, repreendendo-a como a uma filha.

— Mas parece que vai quebrar se eu colocar no forno...

— Eu faço muita lasanha em fôrmas de cerâmica. Às vezes, também uso para fazer bolo inglês aos domingos. As cerâmicas nascem depois de aguentar um calor de 1.250 graus. Confie nelas!

— Hoje vou ter que fazer compras no caminho para casa. De repente deu uma vontade de me alimentar melhor...

— Não é?! Eu soube assim que te vi, Jeong-min, que você precisava da cerâmica na sua vida — disse Jo-hee, toda orgulhosa.

Depois de terminar de lixar a base da tigela, Jeong-min a enrolou em uma folha de jornal com cuidado. Um entusiasmo agradável emanou daquele ato. Parecia que o tempo e o esforço de duas semanas não tinham se esvaído, e sim estavam contidos no utensílio.

Uma mulher de cabelo curto, vestida toda de preto com roupas folgadas, abriu a porta do ateliê e entrou.

— Desculpa, estou atrasada de novo, né?

Aquela voz familiar foi um golpe para Jeong-min, que estava entretida com a primeira peça de cerâmica que tinha feito. E não era apenas a voz que era familiar. O rosto, a voz e até o físico continuavam os mesmos da menina de dez anos atrás, que sempre fora um palmo mais baixa do que Jeong-min. Apenas o cabelo estava mais curto.

Hyo-seok, que estava limpando a mesa, ergueu a cabeça e a cumprimentou alegremente, tratando-a com intimidade por "noona".

— Ju-ran *noona*, saiu tarde do trabalho, hein? Em todo caso, como seu pai não conseguiu finalizar tudo, ele ainda está trabalhando na peça.

Ju-ran deu uma corridinha até o homem na cadeira de rodas e se abaixou para olhá-lo cara a cara.

— O que você fez hoje, pai?

A perna esquerda da calça dele estava vazia da metade da canela para baixo. Por que será que não tinha reconhecido Gyu-won, o pai de Ju-ran? O coração de Jeong-min pareceu despencar ao ver pai e filha agindo de modo afetuoso. Quais eram as chances de encontrar justo a pessoa que menos queria ver em uma vila pequena de Ilsan, que mal conhecia? Parecia que Jeong-min tinha sido atingida na cabeça por um vaso de plantas, que caiu da janela de um prédio, enquanto andava na rua.

Ju-ran ergueu a cabeça e viu Jeong-min. Diferentemente desta, que evitou o olhar, ela não ficou nada aturdida e se aproximou, sorrindo tanto que seus olhos se estreitaram, e segurou a mão de Jeong-min de repente.

— Jeong-min! Quanto tempo! Você também frequenta este ateliê? Ou trabalha junto com o Hyo-seok? Meu pai vem assistir à aula toda semana!

Ju-ran disse que ela e Hyo-seok frequentaram a mesma universidade, sendo ele o *hoobae*. Então, sabendo da situação do pai dela, Hyo-seok recomendou o programa de artesanato para pessoas com deficiência. Ju-ran não parava de falar, mesmo sem ter sido perguntada. Ela agia como se nada tivesse acontecido, como se estivessem de volta aos velhos tempos, antes de tudo acontecer. *Ela não me odeia? Ou será só fingimento?*, perguntou-se Jeong-min. Mas achava que a mulher não fingiria estar tão alegre assim, a não ser que estivesse fazendo aquilo de propósito, na intenção de fazê-la se sentir culpada. Jeong-min ainda conseguia ver a camisa manchada de sangue.

Apesar de terem estudado na mesma escola primária, Jeong-min e Ju-ran não haviam nutrido nenhum tipo de amizade. Eram apenas colegas de classe que só sabiam da existência uma da outra. Os números dos lugares na sala de aula, decididos pela altura de cada estudante, faziam com que Ju-ran sentasse na primeira fileira, enquanto Jeong-min sentava na última. Nos anos finais do ensino fundamental, Jeong-min foi para uma escola da vizinhança só para meninas, e Ju-ran, para uma mista no centro da cidade, então acabaram se esquecendo uma da outra, até que Jeong-min entrou para a escola de ensino médio mista do centro e os caminhos das duas acabaram se cruzando. Apesar de Ju-ran continuar baixa mesmo depois de tanto tempo, algo nela parecia ter amadurecido. Jeong-min achava que poderia ser porque a garota estava acostumada a namorar, já que frequentava escolas mistas havia bastante tempo. Também foi por causa de um garoto que as duas acabaram se aproximando. Um dia, Ju-ran, que sempre andava com um grupo de cinco ou seis garotos, correu até Jeong-min, que vivia sozinha, e puxou conversa.

— O Dong-jin disse que gosta de você.

— E daí?

— Como assim, "e daí"? Vai namorar ele ou não?

— Não estou interessada.

— Sabe do que os outros te chamam? Patrimônio natural da humanidade e espécie em extinção. Você nunca teve um namorado, né? Não sei como se diverte.

Em vez de desprezá-la, Ju-ran tinha se interessado. Ela disse que ajudaria Jeong-min a sair da caverna onde tinha se escondido voluntariamente. De início, Jeong-min não foi com a cara da garota, que já chegou se gabando como se fosse uma heroína ou algo do tipo. Porém, quando descobriram que o pai de Jeong-min era motorista de táxi e o de Ju-ran, de entregas, e que as duas eram filhas únicas, logo se aproximaram. Tinham tanto em comum que mesmo se passassem noites em claro batendo papo ainda teriam sobre o que conversar.

Porém, em uma madrugada de forte nevasca, as inúmeras conversas que as duas tinham compartilhado durante aquele tempo sumiram no vazio como um sopro de ar. Foi quando aconteceu um acidente de trânsito, no qual era evidente quem tinha sido o culpado e quem tinha sido a vítima. Quando Jeong-min, desconcertada, acompanhou a mãe até a delegacia segurando sua mão, viu Ju-ran em prantos, seu corpo pequeno tremendo sem parar. Um taxista dirigindo embriagado tinha batido em um carro de entregas. Jeong-min não conseguiu perguntar nada; entendeu tudo só pela forma como Ju-ran olhava para o homem que Jeong-min chamava de pai.

O pai de Jeong-min era este tipo de pessoa: era só beber que batia nela e na mãe dela. Se fechasse os olhos e os abrisse depois de um momento, os socos teriam parado e seu pai teria caído em um sono tão profundo que parecia um defunto, para logo acordar e sair para beber de novo. E assim os dias se seguiam. Consciente do como as pessoas o julgariam, reservava sua violência à própria família. Mas dessa vez ele tinha machucado outra pessoa. Jeong-min queria muito acreditar que tinha sido um acidente, mas não havia dúvida de que tinha sido algo deliberado.

Devia ter impedido a amiga quando ela começou a frequentar o restaurante de *jokbal* que a mãe de Jeong-min, Yoon-jae, tinha. Ju-ran aparecia junto com o pai, ocasionalmente aos finais de semana para jantar. Depois, teve algumas vezes em que o *ahjussi*, um homem de meia-idade, apareceu sozinho depois do trabalho para comer, e ele e a mãe de Jeong-min trocavam toques casuais quando a mãe ia dissuadir o *ahjussi* de ele próprio colocar a mesa. A relação dos dois se resumia a conversar sobre as filhas, lógico. Mas, aos olhos do pai extremamente ciumento de Jeong-min, parecia que algo estava acontecendo. Então, certo dia, ele bebeu e pisou fundo no acelerador em direção ao carro de entregas do pai de Ju-ran.

Jeong-min agarrou a barra da camisa do pai, manchada de sangue, e soltou um lamento, mas o pai a empurrou para longe. Os olhos dele estavam límpidos. Apesar de ter bebido, ele com certeza estava sóbrio. Aquele não tinha sido um acontecimento acidental causado pela bebida, e sim algo planejado. Jeong-min pensou que se demônios existissem, se pareceriam com pai.

Felizmente, Ju-ran não teve ferimentos graves, mas o pai dela, Gyu-won, perdeu parte da perna esquerda. E, por consequência, acabou perdendo o emprego. Depois desse incidente, a relação das duas se partiu irremediavelmente, como vidro. Para Ju-ran, Jeong-min tinha responsabilidade no que tinha acontecido só por pertencer à família do culpado. Na escola, os colegas falavam sobre Jeong-min: a filha do bêbado, a filha do quase assassino. Os estudantes encontraram nela a presa perfeita e saíram por aí contando histórias exageradas sobre ela. Assim que se via a salvo da violência visível de casa, a violência invisível da escola começava. Jeong-min voltou para o lugar que ocupava antes de fazer amizade com Ju-ran e teve que passar o restante dos anos de escola sozinha. Daquela vez, ela não se isolou em sua caverna por vontade própria.

Ju-ran empurrou a cadeira de rodas até Jeong-min.

— Você já deve ter falado com o meu pai, né? Você também, hein, pai! Quando uma coisa dessas acontece, tem que me avisar Assim, a saída do trabalho teria sido ainda mais alegre

Alegre? Nós temos uma relação em que dá para ficar alegre ao nos reencontrarmos?, perguntou-se Jeong-min. Sua expressão ficou azeda.

— Nós não nos reconhecemos. Você também está toda crescida, hein, Jeong-min?!

A expressão de Gyu-won parecia igualmente azeda, porém ele a cumprimentou de modo amigável. Nenhuma palavra saiu da boca de Jeong-min. *Se não tivesse nevado naquela madrugada, se meu pai não tivesse bebido, se eu não tivesse te encontrado naquela delegacia... será que nossa relação seria um pouco diferente? Não, não é nosso destino ser próximas.* Assim que ficou cara a cara com Ju-ran, Jeong-min encontrou a resposta para as próprias perguntas.

Percebendo a expressão de Jeong-min, Hyo-seok se espremeu entre as duas.

— Vocês duas se conhecem? Uau, isso é o que eu chamo de destino. Senhor Gyu-won, o senhor fez muita coisa, deve estar cansado. Você também, Ju-ran *noona*, deve estar exausta depois de ter trabalhado o dia inteiro, né? — Hyo-seok arregaçou as mangas da camisa enquanto falava em voz alta.

— Ok, pessoal, como está na hora de o ateliê fechar, Ji-hye e eu vamos ajudar na organização. Todo mundo se mexendo!

Ju-ran saiu do ateliê de lábios franzidos. *Então você ainda me evita e se esconde na sua caverna, né, Jeong-min?*

Ji-hye e Hyo-seok chamaram Jeong-min para ir fazer compras junto com eles em um supermercado do centro da cidade. Já que Hyo-seok estava de carro, poderia levar as compras de Jeong-min também. Ela colocou com cuidado sua tigela em uma sacola que Jo-hee lhe deu e saiu do ateliê. Ji-hye ignorou o banco do passageiro e se sentou atrás, junto com Jeong-min.

— E eu lá sou motorista de táxi?! — Hyo-seok fez um biquinho.

— Pisa fundo, motorista Lee! — respondeu Ji-hye descontraidamente.

Ir fazer compras com uma pessoa da qual ainda não era próxima e outra que tinha acabado de conhecer era uma situação nova para Jeong-min, então ela estava nervosa. O mais estranho de tudo não eram as pessoas com as quais não estava familiarizada, mas o fato de não se sentir desconfortável estando com elas.

Talvez Ji-hye tivesse percebido que Jeong-min estava para baixo desde cedo, pois falou o caminho inteiro. Tagarelava principalmente sobre programas de entretenimento e novelas que estavam em alta. Como Jeong-min não tinha TV em casa, não sabia do que ela estava falando e também não era um assunto que lhe agradava muito. Porém, quando Ji-hye lhe dava cotoveladinhas enquanto ria alegremente, Jeong-min também deixava escapar um riso leve. Ji-hye deixava as pessoas ao seu redor tranquilas com sua doçura, e não parecia ser apenas por conta do fato de ser mais nova do que Jeong-min. Esta gostava do sentimento de relutante magnetismo e tinha vontade de entrar na onda do humor estranho da mais nova. O coração de Jeong-min, que tinha ficado pesado após o encontro com Ju-ran, se acalmou graças a Ji-hye.

Ji-hye parecia ser bem mão aberta até para alguém que vivia com a família e não tinha que se preocupar com tantos gastos. Ela encheu o carrinho inteiro com produtos tamanho família: carne de porco para usar em caldo, ramen apimentado e *bagel* como uma opção para o café da manhã. Por outro lado, Jeong-min pegou uma cestinha em vez do carrinho e mesmo assim não encheu nem a metade. Mas pensar no que deveria colocar na tigela que ela mesma tinha feito a deixou alegre.

— Qual o menu do jantar de hoje? — perguntou Ji-hye, olhando de modo atento o conteúdo da cesta de Jeong-min.

— Ainda estou pensando. Não costumo cozinhar, então não sei o que comprar. Na verdade, não sou muito boa nisso. Geralmente o que eu faço fica ruim.

— Com aquela tigela... o que acha de curry? É só despejar o curry sobre arroz branco com atum, cenoura, batata e brócolis. Nossa, fiquei com fome só de imaginar.

— Curry... não parece má ideia.

Jeong-min fez menção de pegar o curry instantâneo em pó que comia antigamente, mas de repente Ji-hye a impediu. Foi o mais rápido que tinha visto Ji-hye se mover até o momento.

— *Unnie*, tem que ser curry em tablete

— Não é tudo a mesma coisa?

— É muito diferente! Quando o de tablete é bem fervido, o sabor fica mais intenso. Você nunca comeu um de tablete?

— Não. O que fica pronto em três minutos é mais conveniente... Ji-hye, você tem muito interesse em culinária, hein?!

— Eu sou muito interessada é em comer. Desestresso bebendo, mas não dá para beber sem aperitivo. Escolher de boa uma tigela bonita e colocar comidas prontas que tenho em casa, ou cozinhar eu mesma. Acho que foi assim que comecei a pegar gosto por comida boa. Acabei descobrindo que comer algo saboroso feito com carinho é a maneira mais certeira de me dar amor e cuidar de mim mesma. É que, assim que você come, sua barriga se aquece e o sangue circula pelo corpo. — Ji-hye continuou a falar enquanto colocava o curry em tablete na cesta de Jeong-min. — Então, *unnie*, mesmo que seja só um curry em tablete, cozinhe com carinho e depois faça sua refeição.

Jeong-min prometeu que faria aquilo.

Ji-hye acabou se distraindo com as compras, deixando Jeong-min e Hyo-seok para trás.

— Aliás, *noonim*, como você e a Ju-ran *noona* se conhecem?

— Hum... é tipo você e a Ji-hye. Acho que dá para dizer que somos amigas de longa data.

Não tinha como Hyo-seok não saber que havia algo de errado. Afinal, amigos de longa data que se reencontram depois de muito tempo, ainda mais por coincidência, não fazem uma cara que nem a que Jeong-min fez.

— Hyo-seok, *unnie*, aquela fila é a menor. Vamos para lá! — chamou Ji-hye. Voltando com o carrinho lotado, ela agarrou Jeong-min com o braço esquerdo e Hyo-seok com o braço direito e os puxou. A mão de Ji-hye estava quentinha.

Jeong-min se sentia um pouco culpada pelo fato de Hyo-seok ter que levá-la de volta para casa, pois ela estava apenas com uma sacola de compras. Mas, por alguma razão, não queria ficar sozinha naquele dia, e, logo após dizer que eles não precisavam deixá-la em casa, ficou evidente que Ji-hye a colocaria dentro do carro à força se fosse preciso. Como Hyo-seok e Ji-hye moravam no mesmo bloco de apartamentos, ele dirigiu até o complexo da vila Bamgashi para deixar Jeong-min primeiro. Ela desceu do carro agradecendo Hyo-seok pela carona. Ji-hye acenou pela janela do carro enquanto dizia que depois cozinharia para ela. Logo o carro desapareceu no horizonte.

Curry em tablete, lata de atum, batata, cenoura, cebola, brócolis... Dava para preparar o curry em uma só panela, o que era simples e prático. Apesar de o arroz ser instantâneo, fez uma simples mas adequada refeição. O sabor do curry em tablete era diferente do curry que Jeong-min costumava comer. Diferente do curry em pó, propenso a formar bolotas na água, o sabor do em tablete era denso, talvez por se tratar de algo coagulado que se soltava de forma gradual. O sabor de nozes do óleo podia ser sentido na boca depois de engolir. Graças a isso, as palavras do tamanho de uma noz que haviam se entalado na garganta dela durante o dia inteiro pareceram deslizar para o estômago. A cenoura e a batata, cortadas em pedaços um tanto grandes, soltavam um vago sabor doce ao serem mastigadas. Quanto mais comia, mais seu apetite aumentava. Entendeu por que Ji-hye recomendou o curry.

Jeong-min até comprou pêssegos, que geralmente nem comia, por insistência de Ji-hye, que disse a ela para comer frutas da estação. Ela pegou uma caixa de pêssegos pensando estar caindo no papo de um funcionário do supermercado, dizendo que os pêssegos fresquinhos daquele verão eram os mais doces. Como não tinha outro prato no qual comer a fruta, lavou a tigela onde tinha comido o curry. Cortou o fruto desajeitadamente. O pêssego e a tigela combinavam tanto: os dois eram assimétricos!

Quando terminou de cortar a fruta e servi-la, sentou-se na cadeira de madeira da qual tanto gostava, diante da janela em forma de arco. Jeong-min abriu um pouco a janela e colocou um pedaço de pêssego na boca. Estava doce ao ponto de fazer sua boca formigar. Quem diria que o aparecimento de uma mera tigela na cozinha transformaria uma pessoa?! Jeong-min não conseguia verbalizar a mudança que estava ocorrendo dentro de si naquele verão. Ela deixou de lado seu receio em relação à palavra "mudança" e decidiu aceitar as coisas do jeito que estavam acontecendo. Encheu a barriga enquanto acompanhava o movimento das pessoas que iam e vinham, ocupadas, debaixo do brilho do letreiro neon ali perto. Cuidar de si mesma era algo que demandava menos esforço do que Jeong-min tinha pensado. Conseguia sentir que acolhia a si mesma apenas ao comer uma boa refeição.

Ela, um dia, tinha encarado a música como mero ruído, porém naquela noite botou músicas pop para tocar na caixa de som depois de muito tempo. Não sabia se era a mesma que havia tocado no rádio do ateliê no dia em que ela mexeu na argila pela primeira vez. Mas foi preenchida pelo sentimento de que algo tinha melhorado em seu coração. Não precisava da adrenalina de se jogar de cabeça em algo nem de agitação. Era possível ficar alegre ou triste facilmente só com esses pequenos vaivéns da vida. Estaria mais próxima de qual naquele momento? Gostaria de dizer que estava próxima da alegria, porém o rosto sorridente de Ju-ran não parava de lhe vir à mente. A perna esquerda da calça do pai dela, vazia. Jeong-min abraçou os joelhos, escondeu o rosto e fechou os olhos. As coisas com que ela não conseguia lidar tinham ressurgido quando ela menos esperava.

Restava-lhe cerca de um ano naquela casa. Jeong-min pensou que, até lá, deveria sentar mais vezes ali e observar o mundo lá fora. O outono estava a dois passos de distância. Ela passava o tempo fazendo cerâmica no ateliê Soyo e, enquanto observava as roupas das pessoas mudarem para acompanhar o clima, o conceito de estação retornou à sua vida. Jeong-min enfim estava conseguindo acompanhar o tempo e as estações, e aquela velocidade era a mais apropriada para ela. Com passadas naquele ritmo.

A tardia estação chuvosa e o gato

As tigelas na cozinha de Jeong-min se tornaram três. Uma delas estava rachando no fundo. Também teve umas duas que quebraram dentro do forno e foram descartadas. A primeira tigela realmente tinha sido sorte de principiante. Jeong-min gostava de ser iniciante. A cada dia que passava, sua percepção da argila se tornava mais afiada, e era possível sentir que elas se entendiam cada vez mais. Esse era um prazer que um expert não podia mais sentir.

Diferente da suavidade que tomava conta de Jeong-min, lá fora as chuvas de verão e os tufões de setembro estavam no auge. Nem fazia sentido usar guarda-chuva. Jeong-min calçou galochas e, no curto trajeto até o ateliê, as gotas de chuva fizeram um desenho na camisa Oxford dela. Gui-shik, Ji-hye e até Jun, que estava ali fugindo da amolação dos pais, estavam com as camisas sarapintadas de gotas de chuva, e a visão fez com que Jeong-min abrisse um sorriso furtivo. O primeiro sorriso do dia é importante, pois determina como os sorrisos e risadas do resto do dia serão.

O som da roda de Jun acordou o ateliê naquele final de semana, e Jeong-min, que ainda não podia mexer na roda de oleiro, recebeu total atenção de Jo-hee. Aquele era o dia em que Jeong-min ia tentar fazer o design por conta própria. Até aquele momento, havia feito apenas tigelas imitando o design das que estavam expostas no ateliê ou com design básico para praticar. Estava na hora de dar o próximo passo. Jeong-min estava havia dois dias procurando ideias no Pinterest, apresentado a ela por Jo-hee, e tinha salvado os designs de que havia gostado.

— Este é muito difícil. Passa.

— Este tem que fazer na roda. Não tem como fazer por aumento nem moldagem.

— Este não é nem um pouco prático. Como posso dizer... parece uma peça que seria exposta em um museu de arte moderna. Como não somos artistas plásticas modernas, vamos ser um pouco menos ambiciosas.

Jo-hee continuou a barrar sem titubear as opções que Jeong-min mostrava. *Sabia que isso ia acontecer*, pensou Jeong--min, mas não disse nada, frustrada. No fim, o design de um simples bule de café foi escolhido. Mas, como era de um nível acima das habilidades de Jeong-min, não tinha como fazer igual ao da foto. Jo-hee falou para ela "desenhar o design", e Jeong-min não entendeu nada.

— Desenhar o design?

— Você vai entender quando fizer.

Jeong-min queria logo manipular a argila, porém lhe foram dados lápis e papel. Jo-hee deu tapinhas encorajadores em um dos ombros da aluna, dizendo que Jeong-min sentiria uma conexão ainda mais forte com uma peça cujo design ela mesma tinha feito, e se afastou com um sorriso.

Perdida, Jeong-min olhou para a rua, distraída. Havia uma xícara de café fumegante diante de cada uma das pessoas ali. Ainda na semana passada, todos beberam café gelado, mas, de repente, precisaram trocar por uma bebida quente. Foi culpa da temperatura, que diminuiu ao longo da semana por conta da chuva constante. Apenas na xícara de Jun, que não bebia café, tinha um saquinho de chá de hortelã.

Talvez Jun quisesse escutar o som da chuva naquele dia, pois não estava com os fones de ouvido. Qual seria o formato das peças dele? Jeong-min olhou para a prateleira com a etiqueta de identificação com o nome de Jun e se espantou. Havia bules de café extravagantes que poderiam ser vendidos imediatamente e muitas peças de tamanho grande, diferente dos outros alunos. As jarras iam até a altura do joelho de Jeong-min e eram largas. Será que esse menino não é um gênio de poucas palavras que se infiltrou no ateliê escondendo as próprias habilidades?

— Jun, posso dar uma olhada no seu caderno de rascunhos? É que é a primeira vez que eu vou fazer um design... — disse Jeong-min com os olhos brilhando para o garoto, que tinha voltado para a mesa depois de pegar seu caderno.

— Tudo bem.

Os rascunhos dele pareciam coisa de profissional. Não, eram *desenhos*. Bem que disseram que os pais dele eram designers famosos; ele devia ter herdado o talento. Qualquer um que visse os detalhes e a expressividade dos desenhos pensaria o mesmo.

— Como você desenhou isso? Que incrível...

— É só fazer, ué.

— Bom desse jeito? Olha como o meu é sem graça.

— A sua peça é melhor, *noona*. Eu só faço porque meus pais mandam. Não é nem um pouco divertido.

— Mesmo assim... Será que o interesse não acaba vindo de forma natural quando você continua a fazer aquilo em que é bom?

Jeong-min relembrou o início dos seus vinte anos, quando se frustrava ao querer fazer algo para o qual não tinha talento. Apenas para uma minoria aquilo no que se é bom corresponde ao que se gosta de fazer. Para o resto das pessoas, desejar isso é o mesmo que fazer uma aposta. Não seria mais fácil fazer algo em que se é bom e se esforçar para começar a gostar disso do que fazer algo de que se gosta mas não se sabe fazer bem? Então, quando você começa a gostar do que sabe fazer bem, a felicidade vem.

— Não é só porque você sabe fazer alguma coisa que vai acabar gostando dela — disse Jun, sarcástico. E então examinou o rascunho de Jeong-min.

Apesar de ter copiado o bule da foto, o rascunho ainda tinha ficado meio ruim. Levando em consideração que a peça podia ressecar ou quebrar dentro do forno, teria que fazer duas iguais, mas tudo o que Jeong-min havia feito foi decidir que as medidas seriam de vinte por dezoito centímetros.

— Tenta diminuir um pouco o tamanho, para mais ou menos dezessete por quinze. A proporção que você estipulou não combina com o molde da peça. E a abertura não é muito estreita? Tem que aumentar um centímetro. Se você pensar só na técnica de como fazer o pegador, não vai passar nem dois dedos. A beleza fica em segundo lugar; primeiro, você tem que pensar na pegada. Além disso, o corpo da chaleira é largo, enquanto o pegador é fino, e isso não passa segurança. Na verdade, pode quebrar facilmente.

Jun revisou o rascunho, fazendo anotações a lápis aqui e ali até sobre os centímetros. Resumindo, ele falou para ela consertar tudo. *Então é isso que é desenhar o design! Menos ganância e mais atenção à praticabilidade. E, mesmo assim, não desistir da forma, estabilidade e beleza. É isso que é ter um senso artístico nato?*, pensou Jeong-min, impressionada.

Naquele momento, Jo-hee, que tinha dado uma olhada no design de Gui-shik e ido até a mesa de Jeong-min e Jun, falou:

— Jeong-min, eu disse para você mesma fazer o design! É contra as regras usar o Jun!

Jeong-min deu um sorrisinho.

— Você não pode deixar passar só desta vez, professora? A minha intenção era realmente só pegar umas ideias do caderno do Jun.

Jun deu de ombros e voltou à sua roda. Jo-hee disse que deixaria passar só daquela vez, olhou o rascunho do bule de Jeong-min e falou que estava esplêndido. Era a hora de preparar a vasilha de água, a esponja e o pedaço de argila. Como Gui-shik havia pegado o último naco de argila disponível ali, Jeong-min foi até os fundos buscar a argila nova que tinha chegado na noite anterior.

Miau, miau. Dava para ouvir o lamento de um gato. Os olhos verdes do gato malhado de preto encontraram os de Jeong-min. As patas dele mudavam de cor a partir da metade, o que fazia parecer que ele estava usando meias pretas nas patas dianteiras e brancas nas traseiras. Com o pelo limpo e lustroso, ele parecia ser bem alimentado pelas pessoas da região.

Havia andarilhos na vila Bamgashi: gatos cheios de confiança. Como várias lojas do primeiro andar dos prédios estavam vazias e tinha até um estacionamento subterrâneo por ali, era um ótimo lugar para os bichanos viverem. Além disso, nas redondezas da vila, tinha um parquinho onde senhores se sentavam juntos para pegar o solzinho da tarde e aproveitavam para dar comida aos gatos. Talvez existisse no mundo felino um forte rumor sobre os corações bondosos da vila Bamgashi. Esse gato também devia ter se mudado ao ouvir tal rumor e, assim, chegou até o ateliê. O felino malhado de preto continuou a miar enquanto olhava para Jeong-min, mas ela não se aproximou. Experimentou dar passos para trás e, a cada vez que tentava se afastar, o gato se aproximava.

Então Jeong-min se aproximou e viu que o gato usava uma coleira com identificação, onde dizia "Hoya". Então ele tinha dono e se perdeu na rua? Assim que ela ergueu uma mão para acariciar a cabeça do bichano, Hoya miou de modo agressivo e mordeu a mão de Jeong-min. Ela se assustou e caiu para trás.

O Hoya não gosta quando alguém tenta forçar a amizade, assim, do nada — disse alguém, repreendendo-a.

Uma menina começou a acariciar as costas de Hoya para acalmá-lo, já que ele havia ficado mais assustado do que Jeong-min. Era uma criança impressionante, com olhos grandes, pele bronzeada e alta. A menina pegou o gato no colo sem problemas e entrou no ateliê. Jeong-min sentiu o rosto ruborizar. Voltou a si depois de ter ficado sem reação, boquiaberta, e se levantou de uma vez, entrando no ateliê logo atrás.

Hoya era um gato de rua alimentado no ateliê. Pensaram em criá-lo lá, mas havia muitas prateleiras com cerâmicas, o que seria o parque de diversões perfeito aos olhos de qualquer gato, e ele poderia quebrá-las ao ir e vir por aí, além de ser perigoso para o próprio animal. Então Jo-hee decidiu que o ateliê não era um bom lugar para um gato. Ainda assim, ela sempre se lamentava, dizendo que gostaria de poder pegar o Hoya para criar.

Disseram que a primeira pessoa a levar o Hoya para o ateliê tinha sido Ye-ri, amiga de Han-sol, que tinha a mesma idade. Se bem que Ye-ri tinha resmungado que elas não eram amigas... Assim como Hoya, que era parte gato de rua, parte gato com dono, Ye-ri era parte aluna do ateliê, parte não. Ela só aparecia ali com Hoya quando tinha vontade, fazia uma tigela ou só ficava brincando com a argila e voltava para casa. Geralmente, aparecia aos finais de semana. Ela dizia que não gostava de ir nos outros dias porque havia crianças junto com Han-sol que eram barulhentas, não tinham modos, só sabiam se olhar no espelho e eram idiotas. Mas ela também era criança. Jeong-min pensou que Ye-ri se fingia demais de adulta. Ela até gostava de crianças, mas não das que se faziam de maduras.

Felizmente, Hoya não era o tipo de gato que morde de verdade as pessoas. Tinha sido uma mordida leve motivada por medo, como um aviso para que Jeong-min não chegasse perto. Ainda assim, estava um clima estranho entre a mulher e o gato por causa do que tinha acontecido havia pouco. Até com Ye-ri, ainda por cima, que tinha se sentado do lado oposto de Jeong-min. A julgar pelas olhadas de canto de olho que a garota dava em sua direção de tempos em tempos, parecia que Ye-ri também não tinha ido com a cara de Jeong-min.

Inconsciente do nervosismo da dona do ateliê, Hoya andava por lá observando todos os cantos com um olhar cheio de curiosidade. Toda vez que o gato fazia menção de pular em uma das prateleiras, Jo-hee se aproximava correndo e o impedia dizendo "Não!" em tom firme.

— Professora, o Hoya não tem para onde ir por causa das chuvas. Ele não pode passar esse tempo no ateliê? — perguntou Ye-ri a Jo-hee, fazendo a mesma expressão do Gato de Botas do Shrek.

— Eu até queria deixar... mas e se ele quebrasse uma cerâmica e se machucasse durante a noite, enquanto estivesse sozinho? É muito perigoso. Além do mais, as pessoas que estão aqui agora felizmente gostam de gato, mas com certeza deve haver outras, entre os demais alunos, que têm medo. E outras com alergia, como o Gui-shik — disse Jo-hee, indicando Gui-shik com o olhar, que coçava um dos braços.

Parecia que Ye-ri ia fazer uma pirraça daquelas. Todos sabiam o quanto ela amava Hoya, porém, no momento, não tinha jeito.

— O Hoya não tem família nem irmãos? Acho que os gatos daqui da vizinhança costumam passar a época de chuvas em estacionamentos no subsolo — disse Jeong-min, querendo apaziguar Ye-ri.

— O Hoya não tem pais. Eles foram atropelados. Além disso, ele foi abandonado pelos irmãos por ser pequeno e fraco. Ele não vai sobreviver em um lugar que tenha muitos gatos. Você não entende... — A expressão de gatinho coitado desapareceu e Ye-ri respondeu de forma calorosa, encarando Jeong-min. Para completar, bufou de modo atrevido.

— Sério...? Eu não sabia... Desculpa.

Jeong-min não sabia o que falar além daquilo. Ela era muito sensível a situações envolvendo animais atropelados.

Tinha acontecido no fim do terceiro ano do ensino médio. Quando estava esperando a lista de aprovados da universidade para a qual havia se inscrito, viu um pássaro preto atropelado. O pássaro estava completamente esmagado e seus órgãos internos tinham explodido, o que resultou em pedaços de tripas espalhados por todo lado, e o corpo já começava a se decompor. Uma vida tinha desaparecido tão facilmente sobre o asfalto frio na noite anterior. *Se eu vir três animais mortos, vou entrar na universidade*, pensou Jeong-min ao ver a cena. Nem ela mesma sabia bem o que a fez pensar isso. Acreditaria ela que ver um animal morto de modo cruel e franzir o rosto evitaria que um infortúnio acontecesse? Chegava até a ser surpreendente, mas, naquela semana, ela viu mais um pássaro que tinha sido atropelado, dessa vez marrom. A superstição de Jeong-min se tornou ainda mais forte. Faltava apenas um animal. Três dias antes do anúncio da lista de aprovados, Jeong-min enfim viu um gato cinza que havia morrido após ser atropelado. Como era um gato de rua bem cuidado pela vizinhança, Jeong-min também o conhecia. O corpo dele estava mais intacto do que o dos outros animais. Por algum motivo, a figura do gato deitado como se estivesse vivo e logo fosse se levantar era bem mais horripilante do que a das tripas espalhadas e ossos quebrados dos outros animais.

Jeong-min passou na universidade na primeira tentativa. E só depois de um tempo descobriu que, na verdade, aquele gato cinza não tinha sido atropelado, mas sim chutado inúmeras vezes por um bêbado até morrer. Jeong-min se culpou por um longo tempo. Parecia que ela tinha desejado a morte daquele gato. Na época, tinha até ficado com o coração apertado ao pensar que não encontraria um terceiro cadáver de animal.

Parecia que tinha herdado o sangue ruim e violento do pai, que quase havia matado uma pessoa. Por isso, se apegou ainda mais à culpa. Precisava provar ser diferente do pai, aquele ser humano horrível, incapaz até de sentir culpa pelas próprias ações, que ameaçaram vidas. Depois disso, Jeong-min sempre se sentia arrependida quando via um gato de rua. E jurou jamais adotar um gato, por causa da conclusão a que chegara sobre si mesma, de que era uma pessoa maligna capaz de mandar um gato em direção à morte apenas pela força do pensamento.

Jeong-min decidiu que compraria alguma coisa para Ye-ri e Hoya comerem na hora do almoço. Isso porque, quando Ye-ri falou que Hoya tinha sido abandonado, a própria menina aparentou estar magoada, como se aquilo tivesse acontecido com ela. Depois de ter feito aquela expressão feroz, parecia que uma ferida sua havia sido exposta. Criança é criança. Apesar de a menina ter tentado esconder o sentimento, era bem óbvio para Jeong-min, com seus trinta anos.

Jeong-min saiu para comprar o almoço junto com Gui-shik. Cada um segurava um guarda-chuva, e a garganta dela doía um pouco por ter que falar mais alto para ser ouvida. Mesmo assim, Gui-shik continuava se aproximando dela para ouvir atentamente suas palavras, que chegavam até ele mescladas ao som da chuva. Toda vez que Gui-shik se aproximava, os guarda-chuvas dos dois se trombavam e mais gotas de água caíam em cima do guarda-chuva transparente de Jeong-min.

Gui-shik falou que às vezes Ye-ri ficava sensível com coisas que não dava para prever. Uma vez, ele afastou Hoya por conta da alergia a pelo de gato e, depois disso, entrou na lista dos odiados por Ye-ri. E, vendo como ele coçava os braços ainda mais do que antes, a alergia de Gui-shik parecia séria. De qualquer forma, a dica para cair nas boas graças de Ye-ri não era tratá-la bem, mas, sim, tratar Hoya bem. Jeong-min comprou a ração úmida mais cara, que vinha até em uma latinha, biscoitinhos de salmão e o maior *smoothie* de morango que tinha na loja, pensando se Hoya e Ye-ri não estariam ligados um ao outro de alguma forma.

— Uau, isso é tudo para a Ye-ri e para o Hoya?

— Você também quer alguma coisa? Fala, que eu compro — disse Jeong-min de imediato. Ela estava à espera de uma oportunidade para retribuir o sanduíche que ganhou de Gui-shik.

— Sério?! Então eu quero um sorvete.

Foi uma resposta tão rápida que ela se perguntou se ele não havia pensado com antecedência. Gui-shik segurou a extremidade do guarda-chuva de Jeong-min de leve e apontou para a cafeteria Gromit, que ficava no fim da rua. Ela pôde ver o rosto dele através do guarda-chuva. A expressão de Gui-shik ganhou vida, como uma tela em preto e branco sendo preenchida por cores. Verdade, ele sempre se animava quando o assunto era comida.

— O sorvete daquela cafeteria é maravilhoso. Mas os outros alunos ainda não sabem! Estou falando especialmente para você, Jeong-min. Vamos comer lá em segredo e depois voltar.

— Agora?!

— Rápido! Por aqui, Jeong-min!

Gui-shik fez gestos de "me siga" com uma mão para Jeong-min, que estava sem palavras. Ele já estava abrindo a porta da cafeteria.

— Patrão, eu vou querer um Chocolate Chip Cookie Dough Frozen Yogurt.

Gui-shik recitou o pedido sem nem parar para respirar. O dono do lugar era bem falante, como se já soubesse o que o homem ia pedir mesmo se ele não tivesse falado. Dava para perceber que Gui-shik era um cliente assíduo ao ver os dois conversando.

— Por que o nome do sabor é tão grande? — perguntou Jeong-min, franzindo o cenho, confusa.

— É o sabor secreto desta loja! Quer experimentar? Confia em mim! Logo ele vai ser descontinuado, então a gente tem que aproveitar bastante.

Mesmo com a recomendação dele, Jeong-min escolheu o de baunilha, o mais simples. Gui-shik pareceu desapontado, mas aquele era o sabor favorito dela, não importava o que dissessem.

— Onde está o Wallace...? — murmurou Jeong-min enquanto observava o sorvete derreter do pegador. Tinha lembrado da animação "Wallace e Gromit" assim que viu o nome do estabelecimento.

— O excêntrico inventor Wallace é o dono. Ele já fez vários sabores únicos — respondeu Gui-shik, estendendo as mãos e pegando os dois sorvetes. As palavras dele tinham um certo ritmo.

As mesas ficavam no segundo andar. Lá, os dois sentaram lado a lado e começaram a comer. Mas o sorvete de baunilha era bem mais doce do que Jeong-min tinha previsto. Se aquele era doce assim, não conseguia nem imaginar quão doce seria o "massa de cookie e não sei mais o quê". Gui-shik tomava o sorvete com iogurte extra como cortesia e cheio de chocolate e massa de cookie sem prestar atenção em mais nada. Como ele conseguia comer algo tão doce? Mas o humor dela ficou muito melhor ao vê-lo tão feliz.

— Por que esse sorvete vai ser descontinuado? Tem cara de ser popular entre pessoas com o paladar infantil igual ao seu.

— Ele disse que tem muita gente contra a combinação de iogurte com cookie de gotas de chocolate. Dizem que não casa.

Jeong-min acabou rindo sem querer. Que seriedade desnecessária.

— A comida daqui é boa, mas o motivo pelo qual eu gosto desta cafeteria é aquele.

Havia um pôster com tumbas desenhadas em fileiras colado na parede para a qual Gui-shik apontava. Em cada túmulo, estava desenhado um sorvete de sabor diferente. Embaixo de cada um, tinha uma curta frase explicando por que aquele sabor partiu do mundo, como um epitáfio. As datas de criação e descontinuação também estavam escritas.

— Tem um túmulo para cada sabor que já cumpriu seu papel no mundo e partiu, assim, as pessoas não se esquecem deles.

— Que inusitado.

— Deve ser um alívio para você que gosta do sabor baunilha, Jeong-min, já que ele nunca vai desaparecer. Você não precisa nem se preocupar. Eu torço para que o Senhor Iogurte e o Senhor Cookie logo caiam nas graças do povo — falou Gui-shik em tom dramático, pondo a mão sobre o lado esquerdo do peito.

— Porém, o dia da execução do Senhor Cookie está se aproximando — disse Jeong-min, entrando na brincadeira.

— Ah! Isso já é demais, Jeong-min! Como você é sem coração...

Jeong-min e Gui-shik caíram na risada. Qual seria o fim do azedo Senhor Iogurte e do doce Senhor Cookie? Jeong-min gostou daquela cafeteria gentil que construía túmulos até para sabores que não eram populares e tinham falhado em sua missão na Terra.

É lógico que os tópicos da conversa do almoço foram a tardia estação chuvosa e o gato. A previsão era de que o tufão durasse pelo menos uma semana, e Hoya precisava de um lugar para ficar por um tempo enquanto isso. Na casa de Jo-hee, havia dois cachorros que ela carinhosamente chamava de "arrombadinhos". Ji-hye morava com os pais e disse que a mãe tinha fobia a gatos. Gui-shik fez cara de quem queria ajudar, porém tinha aquela forte alergia a pelo de gato. Jun não gostava muito de Hoya e foi o primeiro a tirar o corpo fora, dizendo que algo assim era um enorme aborrecimento para alguém que se preparava para o vestibular como ele. Quem sobrou foi Jeong-min. Ela morava perto, então era só a época de chuvas passar que poderia devolver Hoya à vila Bamgashi a qualquer momento e, ainda por cima, morava sozinha. Ye-ri não ficou satisfeita, porém Jeong-min era a melhor opção para oferecer um lar temporário ao Hoya.

Em seus trinta anos de vida, Jeong-min nunca havia criado um animal. Não sabia como estabelecer laços com animais. E, acima de tudo, tinha prometido a si mesma que nunca teria um gato. Ela tinha uma estranha certeza de que Hoya não gostava muito dela. Jeong-min tentou recusar, porém os olhos verdes de Hoya já a estavam encarando.

— Ah... só por uma semana.

Acreditando na previsão do tempo, que dizia que a frente fria com chuvas sairia da península coreana na semana seguinte, Jeong-min concordou em ficar com Hoya por exatamente uma semana — nem mais, nem menos. No final da tarde, quando todos terminaram seus trabalhos, todo mundo do ateliê foi junto ao mercado comprar um arranhador, comida de gato para uma semana e uma caminha e uma caixa para servirem como casinha. Apesar de Hoya ficar na casa de Jeong-min, todos se responsabilizaram.

Depois, Jeong-min foi para casa na companhia de Hoya e Ye-ri, o gato em uma pose confortável no colo da menina. A maior razão para isso era porque Hoya não deixava Jeong-min tocá-lo de jeito nenhum, mas também porque Ye-ri tinha sido inflexível ao dizer que precisava ver com os próprios olhos se o apartamento de Jeong-min era um lugar apropriado para Hoya.

Fazia muito tempo desde a última vez que Jeong-min tinha recebido visitas. Dois anos antes, seu namorado da época foi lá algumas vezes, mas não fazia muito tempo que ela tinha se mudado para o lugar, e logo eles terminaram de uma forma bem ruim. Era uma das maldições daquela vila:

as pessoas ao seu redor desapareciam sem deixar rastros. Porém, ela nunca foi de encontrar os amigos com frequência. Não tinha vontade de fazer uma festinha para receber os amigos e nunca teve motivos para convidar os colegas de trabalho. Não se importava em como os outros veriam seu apartamento. Era lógico que o apartamento tinha o único objetivo da praticidade para que um ser humano pudesse viver com o mínimo de conforto. O interior da casa era livre de qualquer decoração. Não, talvez a palavra que se encaixasse melhor fosse "deserto", não "livre". Por isso, quando Ye-ri disse que iria até a casa dela, a primeira preocupação de Jeong-min não foi a mais corriqueira, como pensar se estava arrumado e limpo, mas, sim, se ela não acabaria ouvindo uma reprimenda tipo "Tem certeza de que mora alguém aqui?".

— Você mora aqui sozinha?

— Uhum, isso mesmo.

— Sua casa é de gente rica, *unnie*?

— Ah, é bem comum.

— A minha casa é mais ou menos do mesmo tamanho e moram quatro pessoas lá, então, para mim, isso é ser rica.

Era um simples apartamento de dois cômodos. A casa de uma mulher solteira de trinta anos comum que vivia com o mínimo de objetos e móveis. Ye-ri decretou que era seguro para Hoya, já que quase não havia móveis, e aprovou Jeong-min como tutora temporária do bichano. *Certo, valeu, obrigada*, pensou Jeong-min, já se acostumando com as intervenções de Ye-ri. Talvez por ainda não estar familiarizado com o ambiente, Hoya entrou na caixa e não quis sair. Ye-ri disse que, para conquistar o gato, não era para tentar fazer com que ele saísse. Jeong-min não tinha intenção alguma de fazê-lo, mas apenas concordou. Ela observou de longe Ye-ri estudar todos os cantos do apartamento. Olhando de relance a figura alta e esguia da menina, ela poderia passar por aluna dos anos finais do fundamental, ou, se forçasse um pouco, até do primeiro ano do ensino médio, porém ao ver aqueles olhos grandes e nariz arredondado, não dava para negar que se tratava de uma menininha.

— Posso comer antes de ir?

— Não deve ter nada para comer. O que acha de pedirmos alguma coisa?

Ye-ri lançou um olhar de pena para Jeong-min, como se dissesse "Não posso com essa mulher", e abriu a geladeira sem hesitação. Lá dentro, tinha apenas espinafre, tofu e *eomuk*, uma massa de peixe, bem próximo da data de validade. Ye-ri perguntou se poderia usar a cozinha, porém já estava colocando água na panela. O que uma criança poderia cozinhar? Jeong-min ficou preocupada, apesar de não ter demonstrado, e sentou-se à mesa da cozinha para observar atentamente os movimentos de Ye-ri. A menina lavou o arroz e colocou no cozimento rápido da panela de arroz elétrica. A julgar pelo modo como cortou o tofu e os vegetais, ela também parecia acostumada a usar faca. Jeong-min era filha única e quase não via os parentes. Talvez por isso não conseguisse se identificar quando os amigos falavam sobre o sentimento de ter uma sobrinha. Seria disso que os amigos estavam falando quando reclamavam da "sobrinha teimosa e molecona"? Porém, apesar de teimosa, Ye-ri não parecia uma moleca.

Fazia muito tempo desde a última vez que Jeong-min tinha usado a panela de arroz, que tinha ouvido o barulho de vapor saindo. Pela primeira vez em muito tempo, não iria comer arroz instantâneo, que era presença constante em suas refeições pois comprava aos montes. Ye-ri fez sopa de pasta de soja e espinafre, arroz branco e fritou *eomuk*. Felizmente, tinha três tigelas, então puderam servir duas porções de arroz e até colocaram o *eomuk* em outra. Jeong-min ficou com água na boca só de ver o vapor do arroz subindo rapidamente e comeu uma grande colherada.

— Que delícia! Faz muito tempo que não como arroz feito na hora — disse Jeong-min, muito animada.

— *Unnie*, como é que você não consegue nem se alimentar sozinha? — criticou Ye-ri.

— Antes eu estava sempre ocupada por causa do trabalho... Ah, é cansativo por vários motivos. Cozinhar é seu passatempo, Ye-ri?

— Não é passatempo, é sobrevivência. Ninguém cozinha para mim, então eu tenho que fazer isso.

— Ah, seus pais são ocupados.

— Tipo isso. Mesmo meu pai sendo desempregado, ele nunca está em casa, ocupado com sei lá o quê.

Jeong-min baixou a colher por um momento e encarou Ye-ri atentamente. O que deveria falar em uma situação dessas? Tentou pensar em algo que pudesse consolar a garota, mas, no fim das contas, não conseguiu encontrar nada. Como acalentar o coração de alguém quando o seu próprio estava endurecido? Poderia até acabar piorando as coisas. Algumas palavras patéticas de consolo não ajudariam ninguém. Porém, arrependeu-se de não ter aprendido a consolar alguém, nem que fosse apenas para momentos como aquele.

Ye-ri não fez menção de ir embora mesmo depois de comer tudo. Ela brincava com Hoya com uma varinha com um peixe pendurado na ponta, correndo pela casa toda. O celular da menina não tocou nem mesmo depois que o sol se pôs. Então Jeong-min cortou o último pêssego, mas não sobraram muitos pedaços após tirar as partes machucadas da fruta. Depois, serviu sorvete de baunilha com cobertura de chocolate junto com o pêssego e se sentou ao lado de Ye-ri. Hoya tinha pegado no sono, talvez por estar no quentinho depois de tanto tempo. A lua brilhava no céu, que, em vez de preto, estava roxo-escuro. Não fazia nenhum sentido que continuasse a chover mesmo com aquela bela noite.

— Meu pai às vezes era uma pessoa ruim e, outras vezes, assustadora — disse Jeong-min por fim, sem se importar com a reação de Ye-ri. — Ele era ruim porque era incompetente. Desde que eu era bem pequena, minha mãe tinha um restaurante de *jokbal* em Seul. Já meu pai era esbanjador, curtindo a vida sem pensar no amanhã. Mas, nesses momentos, ele não era assustador, só tinha um espírito livre. Era egoísta demais para cuidar da própria família. Mas, nas ocasiões em que bebia, ele deixava de ser uma pessoa simplesmente ruim e se tornava assustador. Era só beber que se transformava. O brilho no olhar dele mudava na hora, sem aviso prévio.

— Por que será que todos os pais são assim?

Ye-ri se arrepiou ao dar uma colherada no sorvete. Jeong-min sentia o peito entorpecido por estar contando aquilo a uma criança. Ela não estava fazendo isso para que Ye-ri contasse a história dela também, só queria dizer à menina que havia outras famílias assim.

— Sabe, eu também achava que todos os pais eram assim. Que todos fossem uns incorrigíveis que amedrontavam a própria família e não ajudavam no sustento da casa. Mas os pais dos meus amigos não eram assim. Certo dia, depois da aula, eu ia para casa com uma amiga, mas o pai dela estava na frente da escola, esperando por ela. Ele tinha tirado folga do trabalho para ficar com a filha, e disse que a levaria a um parque de diversões para comer churros. Foi a primeira vez que me perguntei se a maioria dos pais era gentil e amorosa. E senti muita inveja dessa amiga.

Jeong-min pensou que, nessa situação, a outra criança devia ser Han-sol. Os pais dela sempre a levavam de carro até o ateliê, e só de olhar dava para notar que eram uma família amorosa.

— Comecei a *odiar* ir para casa... Não, eu detesto a própria palavra "casa". Não é estranha? Ca-sa. É tão curta! Tem só duas sílabas. Não passa sinceridade. *Unnie*, você não é escritora? Inventa outra palavra para isso.

— Vou ter que pensar bastante, hein?

Jeong-min se preocupou com o esforço de Ye-ri para não tornar a conversa séria demais. Ela provavelmente não estava acostumada a compartilhar coisas que vinha guardando com tanto afinco dentro de si.

— Por isso que às vezes eu fico com inveja do Hoya. Sei que não deveria falar isso, mas sinto inveja por ele não ter pais. Preferia ser órfã.

Jeong-min observou gentilmente o perfil de Ye-ri. Era estranho ver uma pessoa tão jovem com quem tinha tanto em comum.

— Pode vir aqui sempre que pensar nessas coisas. Você sabe que eu estou desempregada, né? De quebra, ainda pode brincar com o Hoya... Na próxima, eu cozinho.

— Não confio nos seus dotes culinários, *unnie*. Sua geladeira é a de alguém que não cozinha... Pode deixar que eu me encarrego da comida, aí você foca em cuidar do Hoya.

— Quer dizer que você vai cozinhar?! Por mim, tudo bem! A comida de hoje estava muito gostosa.

Ye-ri se arrumou para ir embora, falando para Jeong-min aguardar ansiosamente o próximo cardápio. Os passos dela pareciam um pouco mais leves. Jeong-min apoiou uma mão sobre o ombro de Ye-ri e sussurrou:

— Eu não gosto dos meus pais...

Ye-ri a encarou fixamente, com os olhos arregalados como os de um coelho, surpresa.

— Isso é segredo — continuou Jeong-min. — Eu tenho trinta anos, mas ainda não consegui me reconciliar com meus pais. Só que, mesmo sendo família, é normal não se dar bem e não entender o outro completamente. Ninguém é obrigado a amar a própria família. Tudo bem falar em voz alta que não gosta deles, nem que seja quando você estiver sozinha. Ou comigo.

— Qual é! Falar sozinho é coisa de gente idiota — disse Ye-ri, se virando para Jeong-min. E também sussurrou: — Eu não gosto dos meus pais!

As duas caíram na risada. Então, Ye-ri de repente perguntou:

— *Unnie*, qual é a sua relação com o Jun *oppa*?

— Hein? — Jeong-min acabou respondendo com outra pergunta, surpresa pela brusca mudança de assunto.

— É que vocês estavam conversando hoje. E o Jun *oppa* não é de falar muito com garotas.

— Ah, então você gosta do Jun?!

Ye-ri ficou levemente ruborizada. A menina não conseguia encarar Jeong-min e ficava olhando ao redor. Negou veementemente, dizendo ser apenas fã do trabalho dele, mas Jeong-min sentiu fluir da menina uma energia que só alguém com uma paixonite tinha. Sem conseguir conter o riso, Jeong-min disse para a menina não se preocupar, já que não tinha nada com o Jun, até porque era bem mais velha do que ele. Uma criança dos anos iniciais do fundamental gostando de um garoto do ensino médio! Será que ela o via como uma celebridade? Envergonhada, Ye-ri bateu a porta do apartamento e foi embora. Pela janela, dava para ver as costas da menina, que saltitava.

Era meio esquisito para Jeong-min estar sozinha com Hoya. Sem conseguir acreditar na própria bondade, ela estava muito preocupada, se perguntando: *E se eu descontar minha raiva no Hoya em um dia que estiver de mau humor? E se eu encher a cara e jogar o Hoya no meio da chuva em um acesso de raiva?* Pessoas que moravam com animais não os viam simplesmente como animais de estimação, mas amavam e cuidavam deles como se fossem da família. Quando os bichinhos ficavam doentes, as pessoas sofriam como se quem estivesse com dor fossem elas e gastavam quantias absurdas em veterinários, compravam rações melhores e os alimentavam com diversos suplementos nutricionais. *Será que eu sou capaz de tratar aquele gato como se fosse uma pessoa?* Ela nunca havia namorado sério. As dúvidas e incertezas não paravam de surgir, porém o fato de aquilo se estender pelo curto período de uma semana acalmou Jeong-min. Ela precisava ser tutora do Hoya apenas durante aquele tempo. Não importava muito se havia ou não amor envolvido.

Mas o que mais a acalmou foi sentir o peso de Hoya quando acordava de manhã. Quando dormia, ela se mexia sem parar. Era como se seu corpo rígido, que normalmente não se dava bem com exercícios, se soltasse ao dormir. Na primeira vez, Hoya voltou a se esconder na própria caixa de madrugada depois de dormir ao lado de Jeong-min. Porém, ele gradualmente passou a vigiá-la em silêncio, enquanto ela se mexia sem parar. Um dia, o bumbum de Jeong-min esbarrou em uma das patas dianteiras do felino. Hoya não se assustou, apenas tirou a patinha em silêncio e se mexeu um pouco para o lado, então apoiou a cabeça sobre as patas e fechou os olhos. Outra vez, o braço dela atingiu a cabeça dele. O gato tirou a cabeça de debaixo do braço pesado, ajeitou-se um pouco e se apoiou no braço de Jeong-min. Hoya não voltou a fechar os olhos, como se o sono tivesse ido embora, e ficou piscando os olhos verdes lentamente. Mesmo assim, não saiu de seu lado.

Foi no terceiro dia que o gato continuou enroscadinho ao lado de Jeong-min mesmo depois de ela ter acordado. E foi assim, sem nenhum aviso, que Hoya entrou na vida dela. Quando ficavam deitados juntos na cama e ela acariciava com delicadeza a cabeça de Hoya, sentindo seu calorzinho, Jeong-min era tomada por um indescritível sentimento reconfortante. Ela sempre tinha gostado de tocar em coisas quentinhas por um longo tempo. Por muito tempo mesmo, como quando segurou a xícara de cerâmica e sentiu como se o calor tivesse se espalhado por suas veias. Quando Jeong-min se afeiçoava a essas coisas quentinhas, não conseguia se desfazer delas de jeito nenhum. Jeong-min, que tinha entrado nessa dizendo não precisar sentir nada de especial e apenas ser guardiã de Hoya por uma semana, tornou-se uma tutora perfeita e cheia de amor pelo seu bichinho em apenas três dias.

E Hoya também passou a cuidar de Jeong-min. No processo de alimentar o bichano, ela começou a se alimentar melhor do que antes. Para se livrar dos pelos de gato, ela limpava o apartamento com atenção. Quando outra vida chegou àquela casa onde nem planta tinha, pequenas mudanças começaram a acontecer aqui e ali. Parecia que Jeong-min tinha se esquecido da morte do gato de rua. Sentiu que, através de Hoya, havia sido perdoada pelo desespero que a fez transformar a morte de um animal em símbolo de boa sorte.

Ye-ri, que Jeong-min achava que apareceria com frequência, visitou-os apenas duas vezes. Ela disse que ficava ocupada e cansada nos dias em que tinha muitas aulas. Jeong-min começou a resmungar às pessoas do ateliê sobre como tinha pensado que uma semana era muito tempo, mas, na verdade, passava muito rápido. Estava fazendo uma tigelinha de comida larga e rasa de presente para Hoya, porém estava ciente de que o gato a deixaria antes mesmo que a peça fosse ao forno.

O céu começou a se abrir gradualmente no quarto dia após a chegada de Hoya à casa de Jeong-min. A previsão do tempo, que dizia que as chuvas continuariam por uma semana, parecia uma brincadeira de mau gosto para provocar Jeong-min. Depois das nuvens escuras que cobriram toda a península coreana, o céu tinha ficado perfeitamente limpo.

Na terça-feira, Jeong-min deu comida para Hoya, talvez pela última vez, e se dirigiu ao ateliê para fazer a tigelinha de cerâmica para o felino, que ainda nem tinha esmaltado.

— Você não comeu antes de sair de casa hoje, né?

— Como você sabe?

— Você está amassando a argila sem força nenhuma. A grossura da base é de sete milímetros, mas, amassando assim, vai levar alguns anos para deixar na espessura certa.

Como se não tivesse escolha, Jo-hee pegou de uma cesta um pão de canela que tinha feito de madrugada, quando estava com insônia. Na verdade, ela estava de bom humor desde então, graças à rica farinha de trigo; tinha ido trabalhar com o coração quentinho pensando em como queria que as pessoas do ateliê provassem o pão. Como Jeong-min parecia não conseguir se concentrar, Jo-hee falou para fazerem uma pausa para comer e botou a água da cafeteira para esquentar. O vapor subia. Só então Jeong-min se deu conta de que estava chateada.

— A verdade é que pensar no Hoya indo embora me deixou deprimida.

— Realmente, o clima está tão bom. Eu também não imaginava que o dia de devolver o Hoya às ruas ia chegar tão rápido. Para ser sincera, você não imagina o quanto fiquei aliviada quando você se encarregou dele. Sempre lamentei não poder criá-lo aqui no ateliê. Esta rua é estreita e passa muito carro, sabe.

As portas da frente e de trás do ateliê foram deixadas abertas e um ar fresco, sem nem um pouco de umidade, entrava no estabelecimento. O pão de canela esquentado exalava um forte aroma. Parecia que os ingredientes tinham sido usados de forma generosa, tanto a canela em pó quanto as lascas de amêndoa.

— Tenho receio de manter o Hoya na minha casa por um capricho meu. A vida antiga dele parece ser melhor para ele... Mantendo-o comigo, eu não estaria transformando ele em um gato de apartamento a troco de nada? Será que dizer que ele estaria mais seguro em casa não é uma desculpa para restringir a liberdade dele?

— Nesse caso, é só dar uma vida ainda melhor a ele. O problema é a Ye-ri — disse Jo-hee, indo direto ao xis da questão.

Era verdade que Jeong-min se preocupava com a opinião de Ye-ri. Mesmo sendo um gato de rua, a verdadeira dona do Hoya era a menina.

— A Ye-ri não vai ficar muito contente se eu criar ele, vai?

— Você vai ter que perguntar diretamente a ela, Jeong-min.

— Mas antes... Será que eu sou mesmo uma boa tutora?

— Garanto que sim! Jeong-min, você ficou radiante depois de conhecer o Hoya, e ele parece tão radiante quanto você. Pela sua foto do KakaoTalk, pareceu que o pelo dele está ficando mais macio a cada dia.

Jo-hee colocou o pão de canela quentinho em uma tigela e disse para Jeong-min comer logo. Ao sentir a doçura do pão, o humor de Jeong-min melhorou.

— Estou me sentindo mais energizada agora que comi um docinho.

— Não é culpa do humor. É que não tem como ter pensamentos positivos de estômago vazio.

Ye-ri foi ao ateliê junto com Han-sol. Mesmo dizendo que não gostava dela, o brilho no olhar de Ye-ri dizia que a menina gostava da companhia de Han-sol. Ye-ri era uma criança que, apesar de não se expressar bem com palavras, demonstrava o que sentia através de ações. Jo-hee também deu pão de canela para as duas. Eram quatro horas da tarde, o horário em que crianças que almoçaram na escola e brincaram vigorosamente começavam a ficar com vontade de fazer um lanche. Jo-hee tinha aconselhado Jeong-min a tocar no assunto do Hoya quando Ye-ri estivesse de barriga cheia e bom humor após o doce do pão.

— Hã, Ye-ri...

Foi tão difícil para Jeong-min começar a falar que Ye-ri a interrompeu de repente:

— *Unnie*, você não poderia continuar a cuidar do Hoya?

— Quê?

Jeong-min foi tomada pelo alívio, fazendo com que o momento ofuscasse todo o tempo que passou se preocupando com aquilo.

— É que eu acho que o Hoya vai ser mais feliz na sua casa, *unnie*. E eu também não vou mais precisar me preocupar se ele vai ser perseguido por outros gatos à noite.

— Tem certeza?

— Se tivesse como, eu mesma criaria ele lá em casa, mas você sabe que não dá. Vou deixar você encarregada dele só até eu ficar maior de idade e ir morar sozinha. É que no futuro eu vou morar em uma casa muito melhor que a sua, *unnie*, e então vou pegar o Hoya de volta.

— Obrigada. Pode aparecer lá sempre que quiser ver o Hoya.

— Mas é óbvio! Eu sou a primeira dona dele. Você não pode se esquecer disso, *unnie*.

— Lógico. O Hoya precisa de você, Ye-ri.

Todos no ateliê estavam se tornando necessários uns aos outros, mesmo que de uma forma quase imperceptível, trivial. Jeong-min ficou com medo de Ye-ri não aparecer mais no ateliê, já que o Hoya não estaria mais por lá, mas logo essa preocupação desapareceu. Sentiu no brilho do olhar que a menina lançava a Jun furtivamente que Ye-ri apareceria de surpresa no ateliê quando o garoto estivesse por lá. O ateliê Soyo estava sendo preenchido pelas linhas do destino que ligam uma pessoa à outra, que se entrelaçavam de maneira intrincada. Fossem finas ou grossas, essas linhas se estendiam e se enredavam com outras, impossíveis de serem separadas.

— Parabéns, Jeong-min! Finalmente, uma tigela que saiu do forno sem quebrar!

Em outra situação, Jeong-min teria sido curta e grossa com Gui-shik e dito para ele não fazer um estardalhaço, porém aquela vez era diferente. Nos últimos dias, as tigelas de Jeong-min não estavam aguentando o calor do forno e acabavam quebrando. O significado daquela peça era ainda maior, pois ela já estava perdendo a confiança, e era a tigelinha de comida para Hoya; a tigela para o novo membro da família. Ao observar a peça sem um trinco sequer, Jeong-min mais uma vez sentiu que não estava sozinha.

Felizmente, Hoya gostou da tigelinha. Como era mais pesada por ser de cerâmica, não escorregava nem se movia no chão como as de plástico. Com a nova, ele parecia muito mais confortável ao comer. Jeong-min tirou uma foto do gatinho comendo e mandou no grupo do ateliê.

Está na hora de cortar as unhas dele.

Quase todos falaram como a foto era fofa, apenas uma crítica foi jogada no grupo. A mensagem era de Ye-ri, dando uma bronca. Era a maneira da menina cuidar de Hoya, então Jeong-min não via problema nisso. Pelo contrário, era uma forma bastante amorosa de ficar de olho nele.

Hoya tinha se adaptado bem à casa de Jeong-min, como se sempre tivesse morado ali. Ela estava orgulhosa e agradecida por isso. Era evidente para Jeong-min o que ela tinha que fazer: transformar o Hoya no gato mais feliz e mimado do mundo até que Ye-ri fosse buscá-lo.

— Miau!

Hoya terminou de comer e foi esfregar a cabeça no tornozelo de Jeong-min. Tinha que cortar as unhas dele naquela noite, como Ye-ri havia dito. Graças ao bichano, os afazeres diários de Jeong-min estavam aumentando, o que fazia com que ela se movimentasse mais. Ela se deu conta de que não existia remédio melhor para a apatia do que ter responsabilidades. Antes, sentia o corpo tão pesado que parecia estar encharcada de água, mas ele tinha se tornado leve como uma toalha seca pela luz do sol. A voz fraca que estivera sussurrando ao pé do seu ouvido, jogando na cara dela a capacidade que Jeong-min tinha de ceifar vidas, esmaeceu. Parecia que as amarras que a prendiam de maneira sufocante estavam se soltando uma por uma, mesmo que Jeong-min não tivesse lutado contra elas nem desejado ardentemente que elas desaparecessem.

A restauração das aulas avulsas

época de chuvas passou e surgiu uma mudança no ateliê. Foi decidido que as aulas avulsas retornariam. No início de uma das aulas de sábado, Jo-hee falou de repente: "Me decidi, vão recomeçar." Foi como o grito abrupto de Jeong-min naquele verão.

A professora disse que fazia quase um ano que as aulas avulsas tinham sido temporariamente suspensas. Jeong-min chegou a ver na conta do Instagram do ateliê um aviso que dizia "Não estamos oferecendo aulas avulsas" quando organizou os posts antigos. Gui-shik e Ji-hye até aplaudiram de pé a decisão de Jo-hee, e Jeong-min foi no embalo.

— Aliás, Ji-hye, você começou com uma aula avulsa aqui, né? — perguntou Jeong-min.

— Isso mesmo. As aulas avulsas eram tão divertidas. Às vezes, vinham umas seis ou sete pessoas em um dia!

— E por que foram suspensas?

— Hum, a professora teve uma questão. O ateliê ficou sem funcionar por um tempo. Felizmente, voltou a abrir, mas acho que ela não tinha como voltar com as aulas avulsas.

Ah, entendi…

Jo-hee falava animadamente, andando com passos leves. Por algum motivo, o ateliê se encheu de expectativa. Ao imaginar o pequeno ateliê Soyo, que Jeong-min queria guardar apenas para si mesma, lotado de pessoas indo e vindo, a mulher ficou um pouco desanimada. Mas vendo Jo-hee tão enérgica pela primeira vez desde que haviam se conhecido, quis ajudar no Projeto de Restauração das Aulas Avulsas.

— Gui-shik, a gente também vai ter que ajudar! Vamos divulgar no Instagram que as aulas avulsas vão voltar!

— Boa!

— Mas como...?

Os dois se entreolharam.

Naquele dia, Gui-shik e Jeong-min xeretaram a organização das aulas avulsas de outros ateliês pelo notebook, enquanto almoçavam sanduíches de morango e chantilly. Talvez a loja tivesse passado a usar morangos congelados, pois estavam menos doces do que da última vez. Apesar de Jo-hee ter dito que eles não precisavam se dar ao trabalho, Jeong-min queria fazer alguma coisa. Não apenas para o ateliê, mas também para ela mesma.

— Acho que cada ateliê tem características únicas. Ou eles pintam ou usam argilas variadas para fazer o design. Parece que ultimamente está na moda deixar as peças com aparência de mármore. Se eu fosse uma cliente, acho que procuraria um ateliê me baseando no design ou sentimento da peça que quero fazer. Então precisamos fazer um esboço do currículo das aulas de acordo com cada técnica.

— Então, você está dizendo que precisamos ter algo que nos diferencie dos outros ateliês... algo que dê a sensação de que só se pode fazer aquela peça aqui no Soyo — falou Gui-shik, comendo.

— Isso. Exatamente!

Jeong-min observou os itens expostos no ateliê. As peças quase não eram vendidas, tanto que quase nada tinha mudado em comparação a quando a mulher entrou lá pela primeira vez. Eram bem diferentes das peças pitorescas e coloridas que estavam em alta.

— Meus trabalhos são muito dentro do padrão... Não tenho chance contra ateliês administrados por pessoas mais jovens — disse Jo-hee. Toda a animação que tinha demonstrado de manhã parecia ter ido embora.

— Muito pelo contrário, vamos usar isso como vantagem. Um ateliê de cerâmica com tradição e elegância. Um ateliê onde se fazem peças refinadas que durarão muito tempo, e não peças frágeis que logo quebram porque a aparência foi o foco de tudo — interveio Jeong-min, receando que Jo-hee perdesse toda a autoconfiança.

Então Gui-shik estendeu sua enorme mão diante do rosto de Jeong-min. Quando ela o olhou com uma expressão confusa, ele ergueu uma das mãos dela e fez um toca aqui bem fraquinho, enquanto gritava "Isso aí!".

Todos se juntaram para planejar as aulas avulsas do ateliê Soyo, dividindo-as em duas turmas: A e B. A turma A era para modelagem à mão, e a B para modelagem na roda de oleiro. O cliente poderia escolher a turma de acordo com o design que gostaria de fazer. Quem quisesse algo mais cru, com vestígios das marcas das mãos, ia para a modelagem à mão, enquanto quem quisesse um design formal, para a modelagem na roda. Na turma A, seria possível gravar formatos de folhas e flores nas peças. Foi ideia de Ji-hye, experiente em aulas avulsas: antes da aula, poderiam pegar folhas e flores nos arredores do ateliê e pressioná-las nas peças antes que secassem, assim, surgiria o formato. Jo-hee se lembrou de uma professora da época da faculdade que sempre fazia aulas de gravação de folhas nas peças assim que chegava o outono e ficou um pouco sentimental. Como ninguém queria atrapalhar seu momento nostálgico, não a interromperam.

"Incorporar na peça a estação do momento."

Jeong-min continuou a anotar as frases que lhe vinham à mente mesmo enquanto conversava. Agora, precisava de uma foto para usar nos posts promovendo as aulas. Pensou em escolher uma das peças já prontas, porém todas eram de um nível muito alto para as aulas avulsas. Algumas até custavam cinco milhões de wons. Tinha que mostrar alguma coisa que dissesse "Você consegue fazer algo assim". Jeong--min falou que precisavam de uma peça simples para usar como exemplo do que se poderia fazer naquele tipo de aula, e Jo-hee prontamente respondeu que faria algo até a semana seguinte. Pensando bem, Jeong-min nunca tinha visto a professora trabalhando em uma peça, apenas ajudando os alunos com as peças deles ou fazendo demonstrações. Não conseguiu imaginar imediatamente Jo-hee como ceramista, e não professora, porém tinha certeza de que ela transbordaria carisma.

Gui-shik disse que seria ainda melhor se tivessem fotos das pessoas que foram às aulas avulsas e das peças que elas fizeram. Ele afirmou que adicionar os trabalhos dos alunos dava um poder de persuasão maior do que se Jo-hee fizesse tudo. E completou, ao pé do ouvido de Jeong-min, que seria bom mostrar pessoas jovens que realmente tinham feito as aulas para diminuir a sensação de que aquilo seria antiquado. Ela se assustou com a aproximação repentina de Gui-shik e sentiu a orelha esquentar, porém logo esfriou com o que ele falou em seguida.

— E se eu trouxer minha namorada? Ela tem curiosidade para ver como é. Acho que ela tem tempo no próximo sábado.

— Seria bom se o Hyo-seok também fizesse, não acham? Ele sempre fala que é uma pena a aula já ter acabado quando ele vem depois do trabalho e que também gostaria de fazer uma peça — disse Ji-hye, animada.

"Soyo, um ateliê que cura", Jeong-min escreveu na mesa com o dedo coberto pelo verniz pegajoso.

— Vai ser uma aula de pré-abertura.

Todos assentiram em concordância com o que Jeong-min tinha dito. Animação era uma das emoções mais contagiantes.

— Te ver assim me faz pensar que você é uma pessoa bem radiante, Jeong-min. Você ficou um pouco tímida no começo?

perguntou Jo-hee, que havia recuperado a empolgação.

— É que é parecido com o trabalho de planejamento que eu fiz de um programa há muito tempo... Acho que eu também acabei me animando sem nem perceber.

— Você parece contente. Obrigada.

Jeong-min sempre havia pensado que tinha nascido com uma personalidade mais melancólica. Sorria menos que os amigos e possuía uma calma que não condizia com sua idade. Não conseguia se misturar com quem havia crescido em uma família amorosa; eram como água e óleo. Ela chegou a pensar que, se houvesse como medir a amabilidade de uma pessoa, estaria abaixo da média. Ela precisava se esforçar ao máximo para expressar gentileza. Aceitava declarações de homens pelos quais não tinha interesse, ou mandava mensagens dizendo estar com saudade para amigos que não queria ver. De vez em quando, tinha que usar vestidos desconfortáveis e até acessórios brilhantes. Só então achava que seu nível de afabilidade aumentava um pouco.

Até que ouviu de uma amiga da universidade: "Quando estou com você, eu me torno uma pessoa igualmente sombria." Essa única frase deixou Jeong-min em paz. Na verdade, dizia: não precisa mais se esforçar tanto para ser amável. Não importa o quanto você tente com afinco, as sombras sempre estarão ali. Jeong-min aceitou a própria natureza e resolveu ficar na dela, sendo a pessoa sombria que era.

Jo-hee foi a primeira pessoa a se referir a ela como "radiante". Surgiram ondulações no interior de Jeong-min, como quando um barco avança devagar pela água após desancorar.

Cabelo médio que ia até a clavícula, vestido branco e sapatilhas cor de limão. A-ra, a namorada de Gui-shik, contou que trabalhava no Centro de Serviço Comunitário da cidade de Paju. Ela tinha uma calma e modos únicos, que lembravam o pessoal da Sede do Distrito que Jeong-min certa vez havia conhecido. Jeong-min, que geralmente nem usava maquiagem, contrastava de modo gritante com a aura radiante de A-ra, o que a desanimou, mesmo que tivesse passado um batom discreto naquele dia.

A aparência composta de Hyo-seok havia sumido, e ele apareceu no ateliê vestindo um conjunto de moletom desleixado.

— Finalmente vou fazer cerâmica! E eu trouxe mais uma pessoa, tem problema?

— Todos são bem-vindos! Quanto mais gente, melhor! — exclamou Jo-hee, batendo palminhas e se apressando para colocar mais água na cafeteira.

Ju-ran apareceu por detrás de Hyo-seok vestindo um blazer com mangas três-quartos e abaixou a cabeça em forma de cumprimento.

— Olá. Eu também queria fazer uma aula avulsa, e calhou de o Hyo-seok me convidar para fazer uma junto com ele. Desculpa por não ter avisado com antecedência — disse Ju-ran, acanhada.

— Que surpresa boa, né?! Sempre ficamos felizes com surpresas! — exclamou Hyo-seok para tentar aliviar o clima, percebendo o olhar de Jeong-min. Ele disfarçadamente tentava esconder Jeong-min de Ju-ran.

Mas Ju-ran já se aproximava de Jeong-min com um sorriso sereno. Jeong-min não fazia ideia de quais eram as intenções de Ju-ran, que bancava a inocente.

— Eu não sabia que você também ia estar aqui hoje, Jeong-min. Que bom que nos encontramos de novo! Ah, Jeong-min e eu estudamos juntas no ensino médio. Acabamos nos encontrando por coincidência daquela vez, quando vim buscar meu pai depois da aula. É mesmo coisa do destino, né?

— Também fiquei surpresa. Jamais imaginei que vocês fossem amigas. Enfim, quanto mais gente no ateliê, melhor! — exclamou Jo-hee. Jeong-min não falava nada, pálida.

Os demais olhavam de Jeong-min para Ju-ran como se estivessem assistindo a uma partida de pingue-pongue, impressionados com o fato de que as duas se conheciam.

Jeong-min não queria acabar com o clima daquele dia alegre, então forçou um sorriso, tentando evitar uma cena.

Jo-hee entregou uma xícara de café para cada um dos seis e começou a aula. Hyo-seok, A-ra e Ju-ran escolheram a turma B, com a roda. Ji-hye, que tinha pegado algumas flores, até tentou fazer propaganda da turma A, porém os três recusaram, dizendo que era seu sonho fazer cerâmica na roda. Ji-hye ficou um pouco emburrada e resmungou sobre "a imagem ilusória que a mídia cria da cerâmica".

Sem alternativa, Ji-hye seguiu o exemplo de Gui-shik e se voluntariou como ajudante.

— A gente nunca vê uma roupa bonita assim aqui no ateliê. Mas não posso garantir que ela não vá ficar suja de argila — falou Jo-hee, observando Gui-shik amarrar o avental em A-ra.

— É que Gui-shik e eu combinamos de sair depois da aula. E ele também disse que vai tirar fotos para colocar no Instagram, então acho que acabei me arrumando demais.

A roupa branca de A-ra contrastava com o cinza e preto que os outros usavam, o que deixava ainda mais evidente que ela era uma convidada.

A-ra se divertiu muito experimentando diferentes formas na argila enquanto a roda girava. A peça rapidamente mudava de formato com o mais leve dos toques. "O que acha?", "Eu tô indo bem, né?", "Quero fazer que nem você, amor", ela falava sem parar, fazendo uma voz fofinha. Gui-shik apenas dava conselhos breves: nesse caso, faz assim, naquele caso, faz desse jeito.

Ji-hye estava colada ao lado de Hyo-seok, ajudando-o a achar o ponto de equilíbrio da argila sobre a roda. De onde

Jeong-min os observava, a uns dez passos de distância, eles pareciam um casal, sem sombra de dúvida. Lógico que, ao se aproximar, ouviria que a conversa deles consistia em 90% de piada e 10% de sermão. E se eles acabassem se odiando? A mão de Ji-hye estava por cima da de Hyo-seok de forma natural. Era como uma versão do filme *Ghost* no século XXI, em que os papéis estavam invertidos, um romance do qual só eles ainda não tinham se dado conta... Jeong-min usou o polegar e o indicador das duas mãos para fazer uma moldura. A Ji-hye e o Hyo-seok de dentro da moldura retangular e sem som pareciam afetuosos. Jeong-min queria apostar algo, nem que fosse um sorvete, que eles logo estariam namorando. Mas Gui-shik, com quem queria fazer a aposta, estava ocupado ajudando A-ra. Enquanto observava os outros reunidos trabalhando nas rodas, Jeong-min suspirava sem perceber. Afastada dos outros e trabalhando na base de uma peça, ela se sentia sozinha. Podia sentir que a argila em suas mãos estava ficando seca, mas não voltou a mergulhar as mãos na água. A sensação da argila quebrando em suas mãos era áspera.

Talvez os suspiros de Jeong-min estivessem muito profundos, pois logo Jo-hee se aproximou.

— Eu gostaria que a Ji-hye se preocupasse menos com a química da cerâmica e do café e prestasse mais atenção na química entre ela e o Hyo-seok — disse a professora, assustando Jeong-min.

Jo-hee pressionou uma esponja molhada na peça de Jeong-min.

— Pois é. É uma cena linda — concordou Jeong-min.

— Você está com inveja, não está? — perguntou Jo-hee de repente.

Jeong-min esteve aquele tempo todo lançando olhares a Gui-shik e A-ra. Com medo de que Jo-hee tivesse descoberto seus sentimentos, ficou nervosa.

— O quê?!

— Ah, não precisa fingir! Você também quer trabalhar na roda, não quer?

Então era isso! Jeong-min se acalmou.

— Que inveja o quê... não estou nada.

— É só um modo de falar. Mas este é um dos privilégios da aula avulsa: enquanto os alunos regulares demoram uns três meses para poder tocar na roda, na aula avulsa você pode trabalhar nela. Como agora já faz pouco mais de dois meses que você começou, logo você também vai poder trabalhar na roda, Jeong-min.

— Sim, parece que eu quero mesmo trabalhar logo na roda.

Jeong-min resolveu apenas concordar com Jo-hee. Para que será que estava aprendendo cerâmica daquele jeito difícil, aos pouquinhos? Não seria melhor fazer aula uma vez ou outra, quando desse vontade? Jeong-min nem sonhava em abrir o próprio ateliê, como Gui-shik desejava fazer. Também não pensava em manter aquilo como um hobby pelo resto da vida, como Ji-hye. Não voltaria para a universidade naquela idade para se tornar ceramista profissional. Então por que estava tão imersa naquilo? Jo-hee apoiou a mão no ombro de Jeong-min, que estava perdida em pensamentos, e deu tapinhas leves.

— Você está passando mal? Sua cara não está muito boa.

— Estou bem. Só estava divagando.

Na verdade, a cabeça de Jeong-min estava doendo desde cedo. Toda vez que via Gui-shik e A-ra juntos, seu peito doía como se levasse uma punhalada. E não conseguia tirar Ju-ran da cabeça, que, diferente dos demais, não tinha ninguém para ajudá-la e estava sentada sozinha. Afinal, o que significava aquela expressão amena que Ju-ran fez, como se tivesse esquecido tudo o que havia acontecido no passado? Além disso, que preocupações com cerâmica eram aquelas que haviam surgido em Jeong-min, que ela queria enterrar e fingir não existirem...? A mulher balançou a cabeça, como se, ao fazer isso, as preocupações fossem se dissipar.

— Que bom. Ah, Jeong-min, você quer trabalhar na roda hoje? O lugar ao lado da Ju-ran está vazio. Mesmo sendo sua primeira vez na roda, como você é *sunbae* de Ju-ran na cerâmica, quando ela acabar, dá uma ajudinha na finalização da peça.

Ju-ran era lenta. Jeong-min se lembrou de que ela nunca teve jeito para trabalhos manuais e sentiu, mais uma vez, que nada havia mudado. Realmente, as pessoas não mudam. Por isso ela não queria ficar perto de Ju-ran.

— Não, estou bem aqui. Quero finalizar minha peça. Faço a aula avulsa em outra oportunidade — falou Jeong-min, balançando as mãos em negativa. Além do arranjo ser desconfortável, ela ainda não se sentia capaz de ajudar alguém.

— Está bem. Fica para a próxima, então. Jeong-min, você não parece estar aprendendo cerâmica apenas por diversão. Você tem algum outro propósito? No futuro, você pode ser expositora em feiras ou concursos, como a Ji-hye.

— Ainda não sei bem. Na verdade, tudo o que eu quero é tocar na argila. Gosto de pensar que a cerâmica é prova de que eu estou fazendo alguma coisa, mesmo que não tenha um grande objetivo.

— Acredito que ter um lugar para ir no mesmo horário, ter que atentar ao clima e à estação é uma razão boa o suficiente para aprender algo. Finge que eu não falei aquilo. Faz tempo que não tenho uma aluna sincera como você, então parece que acabei trocando os pés pelas mãos.

— Não tem problema. Então tudo bem se, por enquanto, eu continuar a fazer cerâmica despretensiosamente? Só até o inverno.

— Tudo bem. O inverno é muito frio.

O pequeno vaso de flores feito por A-ra tinha um ar parecido com os trabalhos de Gui-shik, tirando o fato de ser simétrico. A peça de Hyo-seok era parecida com as interessantes xícaras de chá de Ji-hye. Lógico, parecia que, enquanto ajudava, Ji-hye tinha acabado por fazer a maior parte do trabalho. A cerâmica de Ju-ran era um copo de formato cilíndrico com desenhos de pequenas ondas. Era uma peça baseada no exemplo que Jo-hee havia deixado pronto antecipadamente para aqueles que não conseguissem decidir o que fazer.

Jeong-min e Gui-shik trabalharam juntos para fazer o post para o Instagram. Jeong-min escreveu as legendas das fotos que Gui-shik tirou durante a aula e das três peças feitas. Após tanto tempo, Jeong-min sentiu novamente orgulho e realização, como se tivesse finalizado um grande projeto.

Entusiasmada, Jeong-min queria conversar com Gui-shik sobre o planejamento das postagens futuras. Mas, como ela não tinha dito nada, Gui-shik e A-ra começaram a se preparar para sair mais cedo, por causa do encontro que haviam marcado.

— Gui-shik, sua namorada teve o trabalho de vir até aqui, então vê se não leva ela à loja de sanduíches — disse Jeong-min a Gui-shik, que tinha acabado de organizar os aventais.

— Que loja de sanduíches? — perguntou A-ra, e Gui-shik pôs uma mão no ombro dela enquanto abafava uma risada. O fato de A-ra não saber do sanduíche de morango com chantilly melhorou o humor de Jeong-min.

Ji-hye e Hyo-seok anunciaram que sairiam para comer juntos e foram embora. Enquanto organizava tudo que tinha usado na aula, Jeong-min perguntou a Jo-hee o que ela queria almoçar.

— Hoje eu vou comer sozinha.

— Hã? Então, eu..

— Hoje vi um casal adorável e dois amigos fofos que logo vão se tornar um casal... Em dias solitários, sinto vontade de me isolar ainda mais. Além do mais, você e Ju-ran devem ter muito o que conversar agora que se reencontraram depois de tanto tempo, então podem deixar que eu termino de arrumar tudo. Vão logo almoçar.

Jo-hee indicou Ju-ran, que aguardava, com um gesto de cabeça. Ela franziu o nariz e chamou Jeong-min com um aceno, como se estivesse à espera dela. Jo-hee gritou "Vai, vai!" para se livrar de Jeong-min, balançando os braços como se estivesse gesticulando para um rebanho.

— Do jeito que você é, não vai querer almoçar comigo. Então... você conhece alguma cafeteria?

Jeong-min se virou em silêncio. Ju-ran a seguiu de perto sem falar nada, como se tivesse previsto a reação fria da outra. A única cafeteria que Jeong-min conhecia pelos arredores da vila Bamgashi era aquela à qual tinha ido com Gui-shik tomar sorvete. Já no estabelecimento, elas se sentaram no segundo andar, uma de frente para a outra, em um lugar perto da janela. Sem saber para onde olhar, Jeong-min se concentrou no lóbulo de uma das orelhas de Ju-ran. Por outro lado, Ju-ran olhava Jeong-min nos olhos.

Elas tinham o contato uma da outra. Poderiam ter se comunicado a qualquer momento durante aqueles dez anos, porém nenhuma das duas deu o primeiro passo. A foto de perfil de Ju-ran na rede social KakaoTalk sempre era uma com um homem, que parecia ser seu namorado. Jeong-min pensou que não hesitar em assumir uma relação era uma atitude típica de Ju-ran. Chegou a abrir o chat vazio algumas vezes, mas nunca mandou nenhuma mensagem. A relação delas era tensa. Então, apesar de terem o contato uma da outra, Jeong-min não fazia ideia de como falar com a outra.

Mas Jeong-min não pretendia consertar as coisas entre ela e Ju-ran.

— Agora, sim, podemos conversar melhor. Como vai? Você não entrou em contato esse tempo todo, e cheguei até a pensar que eu tivesse feito alguma coisa de errado.

— Você também não entrou em contato comigo. E o que você poderia ter feito de errado? Eu é que sou a culpada nesta história toda — respondeu Jeong-min, sarcástica.

Ju-ran resolveu ignorar a resposta.

— Hum... Eu trabalho perto da prefeitura de Seul. Sou secretária em uma empresa de finanças. Você é roteirista? Foi o que Hyo-seok me contou.

A adolescente que só gostava de se divertir tinha dado lugar a uma adulta responsável. Ju-ran disse ter se casado com um dentista havia dois anos e saído da vizinhança onde elas haviam crescido, porém ainda morava em Seul.

— Ah, então você já se casou.

— Eu gosto de namorar desde jovem e sempre falei que meu sonho era casar cedo e ser uma mãe e esposa exemplar. Você sabe.

Quando adolescente, Ju-ran vivia trocando de namorado. Era estranho que alguém assim tenha se prendido a uma só pessoa tão cedo. Jeong-min não sabia o que dizer e ficou em silêncio, então Ju-ran continuou a falar.

— Depois que eu me casei, meu pai se desfez da casa em Seul e agora mora em Ilsan. Como ele não trabalha e mora sozinho, pensei que ele pudesse estar um pouco entediado. Por isso inscrevi ele nas aulas de cerâmica, através do Hyo--seok. Mas jamais pensei que te veria lá... É estranho te encontrar fora de onde a gente morava. Ainda mais em Ilsan! Esta não é uma região familiar para a gente.

Mesmo mencionando o pai, Ju-ran em nenhum momento esboçou uma expressão diferente, o que fez com que Jeong--min a achasse detestável.

— Por que você foi ao ateliê hoje?

— Para a gente conversar. Por algum motivo, quanto mais eu pensava, mais eu me sentia mal por você. Senti que, naquela época, eu te abandonei na sua caverna solitária.

— Mas, Ju-ran, foi você quem me jogou de volta naquela caverna.

É muito fácil que duas crianças sensíveis se tornem amigas, porém é igualmente fácil que elas se distanciem. Para uma criança sensível daquela idade, o olhar de um amigo, uma hesitação, uma mudança no toque físico, os altos e baixos de uma risada e cada palavra dita eram razão para uma interpretação diferente.

Tinha se tornado frequente que Ju-ran reagisse de forma enigmática quando Jeong-min a convidava para ir com ela ao restaurante da mãe depois da escola. Seria porque pouco antes ela tinha visto o pai de Jeong-min bêbado fazendo uma cena no restaurante? Toda vez que a convidava, os olhos de Ju-ran tremiam e, às vezes, ela até roía as unhas como se estivesse ansiosa. Jeong-min pensou que talvez possuísse um poder sobrenatural inútil em que pudesse agarrar as duas extremidades do tempo e aumentá-lo, fazendo com que ele passasse mais devagar para ela. A hesitação da amiga, aos olhos de Jeong-min, era visível como se estivesse em câmera lenta. Aqueles poucos segundos em que esperava a resposta pareciam uma eternidade. Esses pequenos momentos se juntavam como poeira, fazendo com que Jeong-min se sentisse cada vez mais patética. Apesar de ter surgido uma fissura na relação, elas não sabiam como expressar aquilo, então apenas se agarraram ao que restava da amizade.

Mas, uma semana antes do acidente, a relação de Jeong-min e Ju-ran foi abalada de maneira irreversível. Foi quando saíram as notas da avaliação de performance dos grupos das turmas, poucos dias antes das férias de inverno. Uma das pessoas da turminha de Ju-ran deu uma pontuação ridiculamente baixa para Jeong-min. Embasbacada, ela foi até a garota e a confrontou, porém o que obteve como resposta foi uma risadinha de escárnio. A mão de Jeong-min tremia, cerrada em um punho. Naquele momento, Ju-ran agarrou a mão dela. "O que você pensa que está fazendo?" Jeong-min se soltou e saiu correndo da sala. Ela fez isso não porque Ju-ran não tinha ficado a seu lado, mas porque havia menosprezo nas palavras da garota. E, também, porque tinha medo de que, se não se afastasse, Jeong-min bateria na amiga. *Ela está me evitando. Ela não me aceita como eu sou de fato.* Jeong-min não procurou Ju-ran no intervalo. Com medo de Ju-ran ir atrás dela, se escondeu em uma cabine vazia no banheiro e ficou de pé ali, sem fazer nada. Jeong-min imaginou que, dentro daquele pequeno quadrado, se estendia uma longa rodovia. Queria correr freneticamente para algum lugar até que seus pulmões não aguentassem e se sentisse sufocar. Foi aos dezessete anos que Jeong-min descobriu que dez minutos podem se tornar um longo tempo.

Naquele dia, era a vez de Jeong-min cuidar da limpeza da sala do clube de cinema, do qual fazia parte. Ela estava em um canto organizando um armário quando a porta se abriu de supetão e Ju-ran e suas amigas entraram. Elas também eram do clube. Jeong-min se abaixou rápido para se esconder. A intenção dela não era ouvir às escondidas, porém a sala do clube era pequena, e as vozes delas, altas. Elas falaram coisas que não eram legais de se ouvir sobre algumas pessoas, até que de repente uma das garotas começou a falar mal de Jeong-min para Ju-ran, por Jeong-min ter reclamado de algo tão insignificante quanto uma nota. Ju-ran fingiu defendê-la, dizendo que Jeong-min não era má pessoa. Quando as amigas perguntaram sobre o cheiro de *jokbal* que impregnava o uniforme de Jeong-min, Ju-ran murmurou algo inaudível. Por último, quando perguntaram sobre o machucado na panturrilha de Jeong-min, Ju-ran olhou ao redor e sussurrou: "Na verdade, o pai dela..."

— Naquela época, você também me afastou, e ainda fingia que não — retrucou Ju-ran, como se a culpasse, enquanto enrolava uma mecha do cabelo, que nem chegava ao queixo, com um dedo.

A mãe de Ju-ran abandonou a família quando a garota tinha quatro anos. Disse que não amava mais o marido e deixou a filha com ele, para ir viver com outro homem. Ju-ran tinha se sentido descartável, e se tornou obcecada pelas suas demais relações. Desejava que o pai se casasse novamente e lhe desse uma nova mãe, e era muito possessiva com os amigos. A primeira vez que sentiu o cuidado materno foi quando teve sua primeira menstruação, em que a mãe de Jeong-min explicou para ela de modo gentil como usar absorvente. Ju-ran memorizou todo o cardápio do restaurante de *jokbal* e, quando ajudava a servir os clientes, começou a chamar Yoon-jae de "mãe" em vez de "ahjumma". Quando Jeong-min via Ju-ran chamar Yoon-jae de "mãe" de forma tão afável, sentia náuseas. Ju-ran estava se aproximando tanto dela e de sua família que ela se sentia exposta e vulnerável, e a amizade delas estava se tornando um fardo. E Ju-ran sentia isso de alguma forma.

— Só existe uma razão para amigas naquela idade se distanciarem. Uma vez que passam a não se gostar, arranjam todo tipo de motivo para se odiarem.

— Você não consegue ser sincera mesmo — falou Ju-ran com frieza.

Jeong-min sentiu a bile subir pela garganta, diante das réplicas de Ju-ran. *Não tem motivo para trazer isso à tona agora, mas, como já abrimos a porta para o passado, vamos ver aonde vai dar. Você realmente confiava em mim? Em nenhum momento sentiu repulsa por mim?*

— Eu estava lá naquele dia. Na sala do clube.

Uma expressão perplexa tomou conta do rosto de Ju--ran, como se ela tivesse perdido a linha de pensamento de repente. Parecia que a alma dela tinha saído por entre seus lábios levemente abertos. Tanto no passado quanto naquele momento, a expressão de Ju-ran era fácil de decifrar.

— Tudo bem contar outras coisas. Mas você não devia ter falado quando perguntaram do meu machucado. Devia ter mentido. Devia ter feito isso de uma forma que eu não fosse ficar sabendo...

— Por isso que me senti mal e vim falar com você. Eu não sabia que você estava lá. Me desculpa por tudo, por contar aos outros sobre o acidente também. Talvez realmente tenha sido eu quem te empurrou de volta para a sua caverna solitária.

A voz de Ju-ran não tinha emoção.

— Vamos parar por aqui.

Jeong-min se levantou. Era difícil continuar a olhar para Ju-ran. Encontrá-la era doloroso e deprimente, como tomar leite estragado. Talvez o melhor a se fazer fosse jogá-lo fora.

Mesmo depois de Jeong-min ter ido embora, Ju-ran permaneceu sentada ali por um longo tempo. Até depois de o sorvete, do qual não tomou nem uma colherada, estar todo derretido.

Encontrar o equilíbrio

Em outubro, as folhas começaram a cair. Quando as ruas se encheram de caquis e castanhas pisoteados, Jeong-min se sentou diante de uma roda de oleiro pela primeira vez. Quando Jo-hee disse que ela poderia usar a roda, Jeong-min se surpreendeu ao se dar conta de que nem esperava por aquilo. Estava levando tempo demais para se decidir se faria cerâmica profissionalmente ou se adotaria isso apenas como um hobby, o que a cansou um pouco. Apesar de ter começado a aprender cerâmica sem nenhum motivo em particular, àquela altura Jeong-min precisava de um motivo para continuar com aquilo. De qualquer forma, aprender a usar uma nova ferramenta quando a afeição por aquela arte estava esfriando poderia ser um respiro.

Jeong-min se sentou ao lado da roda e assistiu à demonstração de Jo-hee diversas vezes. Até o momento, a argila de Jeong-min não tinha alma. O formato não mudava se não tocasse a argila, e só depois de remendar com as mãos com grande cuidado podia ser chamada de tigela, por mais desleixada que ficasse. Para Jeong-min, que até então tinha visto apenas argilas inertes, a argila úmida que se movia sozinha sobre a roda era estranha e nem um pouco familiar.

— A partir de agora, as suas mãos se tornam um time, e devem sempre se mover juntas. Sua mão esquerda vai trabalhar no lado de fora, enquanto a direita vai consertando o formato da peça pelo lado de dentro, e, quando estiver fazendo isso, suas mãos têm que estar na mesma altura. Quando você moldar assim e colocar as mãos do lado de fora para que a peça pegue equilíbrio, suas mãos têm que estar na mesma altura. A argila vai ficando mais fina enquanto você aplicar força apenas para cima.

Jo-hee orientou Jeong-min, que estava toda rígida, a tocar a argila sobre a roda para ver como a textura e a umidade estavam. Jeong-min ficou com medo de tocar o pedaço de argila que continuava a girar, dançando sozinho. Era o mesmo sentimento de quando estava no ensino primário, foi na casa de uma amiga e tocou em um maltês branco pela primeira vez. Não sabia o porquê, mas coisas que tinham força vital para se moverem com vigor faziam com que ela se sentisse intimidada.

Jeong-min tomou coragem e pegou levemente a argila com as mãos, fazendo com que ela tomasse a forma de um cilindro. A umidade da argila era totalmente diferente daquela de quando se faz trabalhos fora da roda, o que a deixou apreensiva, pois uma argila úmida entortava com muita facilidade. Mesmo colocando só um pouco de força na mão, a argila cilíndrica mudava em um instante, ficando com a base larga e a parte de cima estreita. Era o mesmo que pisar de salto alto no pé do seu parceiro enquanto dançam tango. Timing, controle de força e velocidade: se essas três notas estiverem fora de ritmo, nem que seja um pouco, não é possível dançar com a argila.

— Ok, dar forma é um trabalho para depois. Agora estamos apenas praticando. O que nós temos que fazer hoje é encontrar o equilíbrio. Você já deve saber por ter visto os outros alunos trabalhando, mas a primeira coisa a se fazer quando se coloca a argila sobre a roda é encontrar o equilíbrio para que ela gire com estabilidade. Você vai repetir o processo de aumentar o pilar de argila e amassar e aumentar e amassar de novo, soltando a argila retorcida. Se você não conseguir encontrar o equilíbrio, não vai conseguir trabalhar na roda.

— E como eu sei que encontrei o equilíbrio?

— Tem que ir sentindo.

Ante a explicação breve e simples de Jo-hee, Jeong-min mais uma vez pensou: *Sabia que isso ia acontecer.* Na cerâmica, não havia troca equivalente; não se ganhava uma habilidade a cada passo que se dava como em um videogame. Jeong-min observou com um olhar vago as palmas das próprias mãos, cobertas pela argila úmida. Daquele momento em diante, as missões que aquelas mãos grosseiras teriam que completar equivaleriam a uma cordilheira.

Alheia a Jeong-min, a argila continuava a cambalear, como se estivesse resmungando. Então, despencava em questão de segundos. Ela fazia um cilindro de argila outra vez, porém balançava de um lado para o outro e despencava, tomando a forma de um travesseiro sem enchimento. Perguntou-se se repetir esse processo realmente a faria encontrar o equilíbrio. A simples ação de alongar a argila e amassá-la de novo poderia soltar as partes que estivessem retorcidas? Apesar de não enxergar os grãos de solo na argila, Jeong-min pensou ser óbvio que sua argila estivesse firmemente retorcida. Mesmo fazendo e refazendo o processo várias vezes, a argila continuava a escapar das suas mãos, soltando um suspiro quando se partia.

A argila despencou de forma patética em um montinho cheio de reentrâncias, como se tivesse explodido. Sem conseguir conter a decepção consigo mesma, Jeong-min socou a argila de leve. Sentia um tédio insuportável em relação à hora de fazer cerâmica, que passava lentamente. Ela ainda não havia completado nem duas estações estudando cerâmica e já estava entediada; queria dar uma bronca em si mesma. Mas se lembrou de que sempre tinha sido indecisa e nunca sabia como fazer uma coisa com paciência; era até difícil para ela sair com a mesma pessoa por muito tempo. Então aquela situação era muito compreensível.

Jeong-min estava exausta de não conseguir entrar na dança da argila — não, que dançar o quê; ela não conseguia sequer agarrar a argila. Além disso, a posição em que tinha ficado sentada diante da roda por cerca de duas horas, com a cabeça e as costas curvadas, tensionava seus ombros muito mais do que ficar ao computador em um escritório. Jeong-min alongou as costas e girou os braços. Gui-shik, que em algum momento tinha se sentado ao lado dela para trabalhar na roda, riu gentilmente ao ver a argila deformada de Jeong-min.

— Não é fácil, né? É preciso muita paciência quando se começa a trabalhar na roda. É algo bem óbvio, mas vou falar mesmo assim: requer muito treino.

Jeong-min ficou envergonhada ao pensar que ele a tinha visto socar a argila, quase como se seus pensamentos tivessem escapado da sua cabeça para o mundo. Depois de ter conhecido A-ra, a namorada de Gui-shik, havia alguns dias, Jeong-min ficava desconfortável perto dele. Toda vez que o via, se lembrava daquela mulher jovial.

— Eu achava que era uma pessoa paciente. Sempre fui boa em aguentar firme qualquer situação, mas parece que não esta aqui. É frustrante.

— Eu também já cheguei a dar uns socos na argila quando ela não ficava do jeito que eu queria, de tão frustrado. Mesmo assim, como ela é macia, não se machuca nem se apanhar. Então pode bater nela à vontade sempre que estiver de mau humor.

Jeong-min observou os vestígios de seu punho que permaneceram na argila. Ela tinha mãos muito grandes. Desde pequena, os adultos viam as mãos de Jeong-min e diziam: "São perfeitas para tocar piano" ou "Com essas mãos firmes, vai ser boa em trabalhos manuais". Porém, infelizmente, ela não tinha talento algum naquela área. Só o que ela fazia com os longos dedos era digitar textos mais rápido que os outros, que desapareciam tão rápido quanto os escrevia. Qual seria a sensação de trabalhar com o que se ama? Depois do incidente com a equipe do programa, o exaustivo ato de sentir afeto pelo trabalho se tornou um veneno para ela, e fazia muito tempo desde que havia colocado um limite no quanto se entregava ao trabalho.

— Você gosta tanto assim de cerâmica, Gui-shik? Leva um bom tempo para aprender a usar as técnicas para fazer cerâmica, e não é como se houvesse garantia de que o resultado fosse dar certo só porque você é bom nisso, né? Além do mais, você ainda trabalha... Para ser sincera, eu me surpreendi quando você falou que estava se preparando para abrir o próprio ateliê.

— Palavras abstratas como "arte" não costumavam me dar nenhuma inspiração. Mas no dia em que toquei na argila fria pela primeira vez, percebi na hora que me dedicaria à cerâmica por um longo tempo. Que mesmo fazendo isso pelo resto da vida, não me cansaria. É diferente de ser algo divertido. É mais do que algo emocionante e provocativo, é um sentimento de serenidade. E é natural que consigamos fazer por muito tempo algo que nos acalma.

— Algo que me acalma...

O que poderia se tornar esse "algo" para Jeong-min? Dentre as inúmeras cartas que ela tinha na manga, a maioria era provocativa e mexia com seu coração, e o restante estava mais próximo do tédio do que da serenidade.

— Na verdade, ultimamente, ando me perguntando qual o significado da cerâmica para mim. Já seria suficiente a simples ideia de fazer isso por hobby, mas devo estar colocando expectativas demais nisso, pois acabo achando que isso pode ser uma maneira de mudar.

— Aí está a razão para você não conseguir encontrar o equilíbrio. Talvez você esteja sendo muito impaciente. Precisa reencontrar sua vitalidade logo, enquanto faz algo, mas a argila é um material muito lento. Talvez você tenha se perdido nessa diferença de ritmos — disse Gui-shik, diagnosticando a condição de Jeong-min como se fosse um médico.

— O que devo fazer? Gostaria de acompanhar a velocidade da argila, mas hoje até fiquei entediada. E agora que aceitei esse fato, não consigo me concentrar. É uma verdadeira bagunça.

— Então não pense que está fazendo cerâmica por você mesma, Jeong-min, tente pensar que está fazendo para outra pessoa. Fazer uma peça pensando em alguém próximo é um tipo de amuleto da sorte. Quando fico empacado, sempre recupero o ritmo assim. Como as pessoas sabem que cerâmica requer muito tempo e dedicação, mesmo que fique um pouco quebrada ou que perca a firmeza dentro do forno, todo mundo para quem eu já fiz alguma coisa ficou alegre ao receber uma peça de presente.

— Pelo visto, você deu presentes e saiu se gabando disso, hein?

— Lógico. Fala sério, minha cerâmica vale ouro — disse Gui-shik, dando um sorriso brincalhão.

Quanto a encontrar o equilíbrio, talvez ela devesse olhar mais ao redor. Jeong-min não andava prestando muita atenção no mundo. Ela desistia fácil e não procurava ajuda. Se emburrava com poucas palavras, não saía da própria toca e ficava na defensiva quando alguém se aproximava. Tinha apenas os punhos para oferecer aos outros e não permitia que ninguém a conquistasse; estava sentada sozinha em uma galeria de exposições onde apenas seu coração estava firmemente pendurado. Corações que não podiam ser vistos ou vendidos estavam apodrecendo naquela exibição.

— Não sei se seria bom dar uma peça minha para alguém.

— Eu não planejo nada antes. Enquanto estou fazendo a peça, uma frase fica aparecendo na minha cabeça. Quando foco nessa frase, consigo visualizar um nome. Nesse momento, eu sei: "Ah, então o dono desta peça é você." Daí primeiro entro em contato com a pessoa e coloco o papo em dia e, depois, entrego a peça pessoalmente. De primeira, você pode ficar com vergonha. Um presente assim, em que vai tanto afeto e dedicação, é um pouco constrangedor. Mas tente pelo menos uma vez.

— Bom, agora tenho louça suficiente em casa e o Hoya também tem várias tigelinhas.

— Deve ser bom ganhar um presente seu.

— Sério? A maioria das minhas peças fica achatada.

— Elas ficam assim porque você quer fazer melhor e fica consertando com a mão. Dá para ver toda essa dedicação.

As palavras calorosas de Gui-shik envolveram Jeong-min. Ela fitou-o como se tivesse sido enfeitiçada por sua voz e virou o rosto com urgência. Tanto o equilíbrio da argila quanto o equilíbrio do coração de Jeong-min estavam vacilando. Acalmando o coração, que parecia estar em chamas, ela jogou água na argila que havia secado enquanto conversava com Gui-shik. A argila absorveu a água, ficando mais macia e com a cor um pouco mais clara. Na verdade, a argila que dançava sobre a roda não era nada. Só depois de aguentar o calor de 1.250 graus do forno, tornando-se uma tigela agradável aos olhos e sendo colocada na cozinha ou sobre a mesa de alguém, é que a argila seria algo. Apenas quando era entregue a alguém e usada para servir algo é que a peça de cerâmica emergia da dura terra e nascia como um broto, ganhando uma força vital resplandecente. Então Jeong-min tinha que deixar de lado a ridícula atitude de temer a argila que sequer estava equilibrada. Se olhasse em volta com atenção, logo a argila teria ganhado equilíbrio e a pessoa a quem Jeong-min iria dar a peça surgiria em sua mente.

Jeong-min pegou a argila outra vez. Apertando-a com as mãos, ela foi jogando fora os autorretratos pendurados na galeria de exposições do seu coração, um a um. Enquanto colocava força e alongava o cilindro de argila, fez uma faxina interna. Dessa vez, quando amassou a argila, abriu a porta da galeria: já não tinha mais autorretratos; era a vez de colocar ali as imagens de quem era importante para ela.

— Acho que já está bem equilibrado.

Com as palavras de Gui-shik envolvendo-a gentilmente, Jeong-min mais uma vez soube que algo havia começado. A vida não mudaria como em um passe de mágica só porque estava aprendendo algo novo; não era só dizer "abracadabra". Ali, não havia a grande promessa de que iria mudar a própria vida com um hobby. A única missão de Jeong-min naquele momento era encontrar o dono daquela peça. Existem momentos em que nada serve de consolo. Apesar de aquele dia ter sido como um desses momentos para Jeong-min, Gui-shik a presenteou com uma exceção. Era como se estivesse sentindo uma dor de cabeça que parecia não melhorar nem com remédio, mas que, de repente, sumia completamente com um simples analgésico, no qual não colocava fé alguma. A mente dela ficou muito mais clara.

Trinta. Foi essa a quantidade de peças feitas por Jeong-min na roda em duas semanas. Eram os resultados concretos de sua resolução de fazer uma quantidade equivalente à própria idade para treinar. Estava tomando para si a ideia de Gui-shik de usar a própria idade para estabelecer vários objetivos. Lógico, a peça sempre voltava a ser um pedaço de argila e depois se tornava uma outra peça. Assim, trinta pedaços de argila foram misturados e apenas dois sobreviveram. Com a ajuda de Jo-hee, Jeong-min deixou a ponta de um mais estreita, até que tomasse a forma de um vaso de flor.

O outro era um prato raso e amplo. Apesar de não chegar aos pés das obras perfeitas de Jun ou dos vasos com designs criativos de Gui-shik, Jeong-min estava satisfeita. Ela tinha começado a encontrar o equilíbrio.

— Você já sabe para quem vai dar o vaso?

— Para a minha mãe — respondeu Jeong-min, sem pensar. Não havia feito a peça com a mãe em mente, mas foi o que saiu de sua boca.

— Ela vai adorar.

Na verdade, trabalhar na roda era muito cansativo, e Jeong-min nem tinha conseguido pensar direito em quem presentearia com a peça. Mas respondeu prontamente à pergunta de Gui-shik, como se estivesse apenas esperando alguém perguntar. Sem que ela percebesse, o rosto de uma pessoa tinha surgido em seu coração.

— E a outra peça? — Gui-shik apontou para o prato.

— Ainda não pensei em ninguém. Vou deixar guardado, caso algum rosto me venha à mente depois, quem sabe um aluno sem noção atrasado.

— Você é cheia de consideração até com alunos atrasados, hein, Jeong-min.

Gui-shik organizou suas coisas primeiro, dizendo que precisava passar em uma imobiliária. Ele iria aproveitar o final de semana para adiantar a abertura do próprio ateliê. Gui-shik fingiu se ocupar com todo tipo de coisa ao se preparar para ir embora, depois ficou enrolando em frente à porta. Então, de repente, foi até Jeong-min e a convidou para jantar mais tarde.

— Volto logo. Não vou te fazer esperar muito.

E deixou o estabelecimento, sem fazer a mínima ideia do que cada uma daquelas palavras significava para Jeong-min. Ela não conseguiu se concentrar depois disso. Parecia que tinha se transformado em um cachorrinho esperando o dono. Ao receber uma mensagem de Gui-shik avisando que estava em frente ao ateliê, Jeong-min não perdeu tempo para responder e digitou uma mensagem com as mãos cobertas de argila, sujando a tela do celular.

— Nada de sanduíche hoje. Como trabalhei na roda, estou morrendo de fome — disse Jeong-min firmemente, sentando-se no banco do carona do carro de Gui-shik. Ela estava confiante de que comeria muito naquele dia. O homem concordou, dizendo que também não conseguiria encher a barriga apenas com sanduíche.

O quarto dedo da mão esquerda de Gui-shik, que agarrava o volante, estava sem anel. Em vez dele, havia uma faixa clara na pele. Tinha se tornado um hábito de Jeong-min conferir a mão esquerda dele. Se ele estava usando o anel quando entrava no ateliê, se tinha colocado o anel de novo quando ia embora... Era provável que ela prestasse atenção nos dedos de Gui-shik desde que haviam se conhecido.

— Parece que você costuma esquecer de colocar o anel com frequência.

— Caramba, deixei lá de novo. Parece até que eu quero levar bronca — disse Gui-shik, escondendo de modo furtivo o dedo anelar da mão esquerda.

Jeong-min guiou Gui-shik até o restaurante de *suyuk gukbap*, sopa de porco fervido e arroz, ao qual ia ocasionalmente depois de finalizar uma transmissão ao vivo. Queria muito ir até lá com Gui-shik em um dia cansativo e baixo-astral. Como não tinha mais ido depois de se demitir, fazia quase um ano desde a última vez que havia comido ali. O letreiro e a porta continuavam envelhecidos. Parecia ser o refúgio de quem bebia para esquecer o absurdo e a vergonha sentidos no trabalho durante a semana. Dentre os jovens homens e mulheres que estavam lá dentro, Jeong-min e Gui-shik eram os mais novos.

— Aqui é um restaurante badalado. Só quem mora em Ilsan conhece, mas vou abrir uma exceção para você e te apresentar. Funciona vinte e quatro horas e o prato principal é *suyuk gukbap*. O *gopchang-jeongol*, o guisado de tripa bovina, também é delicioso, mas, como vem em grande quantidade, só compensa pedir se for um grupo de três ou quatro pessoas. É uma pena, mas hoje vamos ter que pedir só o *suyuk gukbap*.

— *Suyuk gukbap* é excelente. Na próxima, a gente come o *gopchang-jeongol*.

A tigela usada para servir a sopa, com seu grosso caldo de carne, era pesada. Jeong-min tomou a sopa e só quando chegou na metade colocou um pouco de molho apimentado. Por outro lado, Gui-shik colocou molho apimentado logo no começo, ao ponto de a sopa ficar vermelha. Os dois estavam absortos na refeição depois do dia cansativo. Apenas trocavam curtas exclamações de apreciação. Somente quando Jeong-min chegou à metade de seu prato foi que Gui-shik começou a falar sobre si mesmo.

— Para ser sincero, eu não fui para a imobiliária hoje por causa do meu ateliê. A casa onde moro agora está para alugar e me disseram que alguém iria visitar, então fui abrir a porta. É que eu vou abrir o ateliê em Goseong, então, além do ateliê, eu também estou arranjando uma casa lá.

— Goseong?

A sopa levemente apimentada agarrou na garganta de Jeong-min, fazendo-a se engasgar, então Gui-shik passou a garrafa de água para ela e continuou a falar.

— É de onde eu sou. Meus pais eram muito ocupados, então morei em Goseong com meu avô paterno e meu irmão mais novo até terminar o ensino primário. Sempre sonhei em fazer o que gosto enquanto observo o mar, que vi até enjoar quando era criança. Acho que combino mais com cidades pequenas e tranquilas do que com cidades grandes, com um monte de gente e luzes ofuscantes. Ah, e eu quero abrir uma pequena cafeteria junto com o ateliê. Em vez de combinar o tipo de café com um doce para comer, quero combiná-lo de acordo com a xícara. A professora Jo-hee que me deu essa ideia. Mas será que tudo bem eu abrir a boca sobre os planos do meu negócio assim? — Gui-shik murmurou a última frase como se falasse consigo mesmo e recuperou o ar por um momento. — Como agora tenho até uma cafeteria que não estava nos planos iniciais, as coisas atrasaram um pouco, mas acho que em dezembro tudo vai estar organizado. A intenção é inaugurar em março, mas quero ir para lá antes e descansar um pouco. O problema mesmo é minha namorada.

Gui-shik olhou para a mão esquerda, que parecia vazia. Apesar de não querer ouvir nada relacionado à namorada de Gui-shik, Jeong-min se esforçou para parecer tranquila e prestou atenção no que ele contava.

— Chamei a A-ra para ir comigo para Goseong. Achei que seria bom deixar ela encarregada da cafeteria. Mas sei que foi egoísta da minha parte. A A-ra é funcionária pública, e eu vi de perto como foi difícil para ela conquistar isso. Então, quando sugeri ir para Goseong, ela recusou logo de cara, como era de imaginar. A verdade é que, desde o início, ela não gostou da minha decisão de sair de um bom emprego para abrir meu próprio negócio. Faz dois anos que estudo cerâmica, e ela só aceitou que realmente quero isso depois de participar da aula avulsa.

— E relacionamento a distância... não seria uma possibilidade para vocês? — Jeong-min mal conseguiu fazer com que as palavras saíssem de sua boca, concentrada em controlar seu coração, que não sabia se comemorava ou se compadecia.

— Como essa seria a única opção, falei para a gente aguentar firme até se casar, mesmo sendo difícil. Mas ela disse que não quer um relacionamento a distância de jeito nenhum, já que precisaríamos viajar constantemente entre a província de Gyeonggi-do e de Gangwon-do. Um dos dois tem que desistir, mas estamos em uma situação complicada, em que não queremos abrir mão um do outro. Não, a gente já passou disso... Agora estamos no ponto em que estamos nos afastando aos poucos — disse Gui-shik, abaixando a cabeça.

— Ela parecia estar te apoiando sinceramente na aula avulsa...

— Mas o que eu não consigo entender é que, não importa o que eu faça... simplesmente não consigo compreender.

Seis anos de amizade e quatro de namoro. A-ra foi a primeira pessoa que Gui-shik namorou quando voltou para a universidade depois de cumprir o serviço militar. Mesmo pensando nela como uma boa amiga, ele estava atento à possibilidade de a relação dos dois progredir para algo mais. Porém, A-ra via as coisas de um jeito diferente. Para ela, amizade era amizade, e namoro era namoro. E quando ela finalmente se desfez em lágrimas, falando que todos os homens são iguais, Gui-shik a convenceu dizendo: "Para de ser enganada por esses caras e namora comigo." Mesmo com medo de perder a amizade, A-ra respondeu "Então, tá" sem rodeios e segurou a mão de Gui-shik. Então, ele sempre teve que se esforçar. Quando A-ra decidiu se tornar funcionária pública e de repente começou a estudar para concursos, Gui-shik confiou nela. Não era importante o porquê de ela ter tomado aquela decisão tão subitamente.

A-ra passou na prova depois de três anos e os dois fizeram a primeira viagem internacional juntos. Foram para Sapporo, que estava coberta de neve. Mas, no primeiro dia da viagem, no *ryokan* — uma pousada japonesa tradicional —, que não poderia ser mais perfeito, A-ra confessou estar entediada com a relação. No dia seguinte, Gui-shik comprou uma câmera fotográfica descartável em uma farmácia das redondezas e a encheu de fotos de A-ra durante a viagem. Com essas fotos, escreveu uma carta, como se estivesse confessando seu amor pela primeira vez. "Vamos namorar. Vamos começar tudo de novo. Como se fosse a primeira vez." Gui-shik mostrou o próprio esforço diversas vezes através de novas maneiras de conquistar o coração da namorada.

Durante os três primeiros anos de namoro, A-ra havia se dedicado a estudar para concursos e, no quarto ano, ela estava enfadada com a relação. Apesar do tempo que estavam juntos, os alicerces do relacionamento eram frágeis. Talvez por causa disso, não levou muitos dias para que eles começassem a se afastar. Gui-shik acelerou o carro chamado "separação" no momento em que falou a palavra "Goseong" para A-ra. Parecia que esse carro já estava estacionado no relacionamento dos dois desde o começo. Uma única palavra deu a partida nele e o processo natural de separação foi iniciado, sem que nenhum dos dois tivesse culpa.

— Como você está se sentindo agora? — perguntou Jeong-min, com cautela.

— Não tão mal quanto esperava. É que nosso relacionamento está enfraquecendo desde que A-ra passou no concurso, há um ano. Parece que não há o que fazer depois que compreendemos que os sentimentos estão esfriando.

Namorados de longa data não conseguem se separar como se fosse uma fórmula matemática. Todos os momentos pelos quais eles vão passando devagar são despedidas, até que a linha única dos dois se transforme completamente em duas linhas paralelas.

— O cardápio de hoje foi excelente, não foi?

— O melhor! Parece que todo o meu corpo está quentinho e cheio, da garganta até os dedos dos pés. Obrigado por me mostrar um restaurante tão bom assim.

— Não sou chique nem nada, mas meu conhecimento em restaurantes bons não deixa a desejar. Pode não parecer, mas já fui roteirista de um programa que visitava restaurantes. Tenho uma planilha no meu notebook com uma lista de todos os melhores restaurantes do país, com prato principal, localização e contato. Está vendo como sou confiável nesse quesito?

Sem querer dar brecha para que Gui-shik se sentisse mal, Jeong-min mudou de assunto. E, ao abordar a própria situação de desempregada, disse que Gui-shik era uma pessoa motivada e impressionante em comparação a ela. Mesmo por meio de um humor autodepreciativo, queria mostrar que o Gui-shik daquele momento era bom o suficiente. Ele aparentava estar contente, porém por trás daquele sorriso estava escondida uma emoção de escuridão profunda.

Jeong-min continuou a manter a cabeça de Gui-shik ocupada. Assim como Ji-hye tinha dito, apesar de ser senso comum, comer algo saboroso era o método mais eficaz para preencher o coração de alguém. Logo depois que eles terminaram de jantar, Jeong-min levou Gui-shik para um lugar que vendia waffle com chantilly. Um waffle com chantilly, Nutella e banana e um waffle com *gelato* de mirtilo. Obediente, Gui-shik fez o pedido seguindo a recomendação de Jeong-min. Ele tinha suas próprias convicções em relação a doces, mas, logo na primeira mordida, prometeu que dali em diante aceitaria sem titubear as recomendações de Jeong-min sobre lugares para comer.

Apenas quando observou Gui-shik comer o waffle como uma criança inocente foi que Jeong-min ficou aliviada. Logo ela seguiu a deixa dele e também deixou um sorrisinho de lado surgir. Depois de compartilharem memórias, a forma de sorrir dos dois estava muito parecida, pelo menos naquele dia. Sorrisos daquele tipo tinham uma breve data de validade. Mesmo que estivesse um pouco tristonha com esse curto período de tempo, Jeong-min desejou que os dois continuassem a dar sorrisos parecidos. O anseio de se encontrar com Gui-shik com ainda mais frequência antes da partida dele, que ela nem sabia possuir, estava ficando maior.

Gui-shik levou Jeong-min de carro até a frente do bloco onde ela morava. Ela agradeceu e tentou descer do veículo, mas a porta do carro não abriu. Quando Jeong-min se virou para olhá-lo, Gui-shik perguntou, dando tapinhas na barriga:

— O que acha de dar uma caminhada para fazer a digestão?

Os dois andaram pela vila Bamgashi, pouco iluminada. As pessoas já deviam ter começado a catar as castanhas, pois cascas vazias onde só haviam restado espinhos se enganchavam em seus sapatos toda hora. Gui-shik começou a procurar por castanhas, mas Jeong-min o impediu, perguntando se ele sabia o quanto doía ser espetado por um espinho daqueles. Quando Gui-shik indagou se ela já tinha passado por isso, ela contou o que tinha acontecido no outono anterior. E foi assim que cada um começou a desenredar o próprio passado, relacionando-o às coisas que eles enfrentavam, enquanto caminhavam.

Quando passaram pela escola primária, Gui-shik falou sobre a época que tinha morado em Goseong. Ele disse que, apesar de ter sido um molequinho de cabeça quente, também era romântico, pois, ao ver a catedral branca perto da escola, que estava entre as três mais bonitas do país, pensou que gostaria de se casar em um lugar como aquele.

Quando passaram por uma livraria independente que estava oferecendo um curso de escrita, Jeong-min falou sobre a obra de Ekuni Kaori, uma autora de quem gostava. Disse que tinha lido *Reisei to Jōnetso no Aida* ["Entre a calma e a paixão", em tradução livre] quando era adolescente e se declarou timidamente para o professor particular de inglês, dizendo "Histórias de amor tristes são muito boas"; falou sobre *Rakkasuru yugata* ["Caindo na noite", em tradução livre] e como ainda não entendia por inteiro a psique da protagonista; e até de um sonho meio vergonhoso de seu passado, de se tornar a Ekuni Kaori da Coreia do Sul... Gui-shik disse, suspirando: "Seria legal se as coisas que você escreve fossem publicadas, Jeong-min", e só então ela se deu conta do quanto aquela noite junto dele tinha mexido com ela. Jeong-min enfiou as mãos trêmulas nos bolsos do casaco acolchoado que usava, culpando o frio.

Quando passaram por uma loja de decoração, Jeong-min ficou sabendo que os pais de Gui-shik tinham uma pequena loja de decoração de interiores. Os pais dele eram pessoas muito performativas, que exageravam ao falar da formação acadêmica e do emprego dos filhos e se gabavam para os outros. Essas palavras e ações conspícuas eram similares a deixar um apartamento velho ou uma casa da área rural polidos e bonitos para agradarem apenas aos olhos. Gui-shik deixou escapar que pensava que, para os pais, era um dos azulejos exibidos nos panfletos de sua loja. Tinha que gravar nesse azulejo a universidade de Seul que frequentou, a grande empresa onde trabalhava e qual carro possuía. Gui-shik balançou a cabeça, dizendo que tinha se esforçado muito para se tornar um azulejo caro e atrativo que os pais pudessem mostrar para as pessoas com orgulho.

Depois de se calar por um momento, ele perguntou de repente:

— Qual é a cor que vem à sua cabeça quando você pensa em praia? No três! Um, dois, três...

— Verde — os dois responderam ao mesmo tempo.

Então, bateram as mãos com habilidade em um toca aqui. Eles já sabiam bem em qual posição, qual mão usar e de qual forma deveriam fazer para criarem o toca aqui perfeito. Jeong-min respondeu "verde" porque lhe veio à mente um resort à beira-mar, porém a resposta de Gui-shik, acostumado com o azul do Mar do Leste, foi inesperada.

— Para mim, o oceano não é tão frio assim. É um lugar caloroso, do qual tenho muitas memórias. Por isso, não sei por que, me vem à mente um brilho esmeralda quando penso em praia — explicou Gui-shik com simplicidade. Em vez de tentar entender, Jeong-min apenas assentiu.

Quando passaram por um pequeno restaurante de *jokbal* que só fazia entregas, Gui-shik ficou sabendo que a mãe de Jeong-min era dona de um restaurante de *jokbal*. E Jeong-min ficou sabendo que Gui-shik já tinha gostado tanto de *jokbal* e *makguksu* que as chamava de "comida para a alma", até uma vez ter uma forte indigestão e não conseguir mais comer esses pratos. Jeong-min respondeu suavemente que também não aguentava *jokbal*.

Enquanto descobriam novas peças do quebra-cabeça da vida um do outro, chegaram ao ateliê Soyo. O "&" do letreiro ainda não havia sido apagado.

— Eu gostava do ateliê de antigamente, que exalava perfume de flores frescas, mas gosto dele agora também.

— Perfume de flores...? O ateliê Soyo também vendia flores?

— Vendia flores e também fazia arranjos em vasos. Mas isso ficou no passado.

Uma expressão tão triste tomou conta do rosto de Gui-shik que ele pareceu um desconhecido, como se fosse o rosto de alguém que ela via pela primeira vez. Apesar de várias perguntas terem surgido em sua mente, Jeong-min não verbalizou nenhuma delas.

— Estou curiosa para ver como seu ateliê vai ser, Gui-shik.

— Não decidi essas coisas por enquanto.

Gui-shik ainda não estava confiante sobre o próprio ateliê. Achava que a razão pela qual pôde continuar a fazer cerâmica alegremente eram os outros alunos. Ele se sairia bem sozinho, sem a companhia dos colegas? Aquela preocupação secreta fez com que rugas se espalhassem por sua testa.

A noite era longa e parecia que eles podiam andar eternamente, mas a vila Bamgashi não era grande a ponto de permitir que os dois continuassem a conversa. No fim, voltaram para a frente do prédio de Jeong-min depois de andarem por todos os cantos da ruela.

Gui-shik ficou envergonhado, dizendo que naquele dia estava com vontade de contar coisas da própria vida a qualquer pessoa, que estava parecendo uma matraca. Jeong-min arqueou sutilmente uma sobrancelha ao ouvir "a qualquer pessoa". Queria questioná-lo por que, afinal, entre tantas "quaisquer pessoas", tinha sido ela a escolhida. Porém, ela era pior do que Gui-shik e seu jeito enigmático. Sem que ela mesma percebesse, Jeong-min, de modo imaturo e egoísta, começou a pensar na chance que poderia ter ao ouvir que Gui-shik e A-ra estavam prestes a se separar. Jeong-min estava tão cheia de sentimentos complexos que acabou soltando um lamento em voz alta.

— Algum problema?

Pareceu que todas as emoções que Jeong-min vinha reprimindo o dia inteiro explodiram frente ao olhar amigável de Gui-shik. Então ela resolveu mandar o cuidado às favas.

Lembra do incidente do anel, quando eu tinha acabado de entrar para o ateliê?

Lembro. Você ficou se sentindo tão mal.

Quando vi aquele anel pela primeira vez, pensei que, se fosse eu, não teria escolhido um anel com aquele design. Se fosse eu, teria escolhido um que combinasse mais com o casal.

A expressão de Gui-shik era de quem não tinha entendido o que ela havia acabado de falar. Tarde demais, Jeong-min se deu conta do que tinha falado. Foi como se estivesse bêbada e de repente fosse atingida por um vento gelado, ficando completamente sóbria. Afastou-se do carro apressadamente e correu para dentro da vila. Suas orelhas estavam quentes. Já que haviam chegado àquele ponto, esperava que Gui-shik voltasse para casa e pensasse nela, nem que fosse um pouquinho. Queria ficar grudada na mente dele, como comida não digerida dentro do estômago.

O vaso azul-cobalto

Mesmo que o cobalto seja um material frio, o vaso revestido por um misterioso brilho azul que saiu do forno era muito mais bonito do que Jeong-min tinha imaginado. A ideia de Gui-shik de colocar linhas verticais no vaso para tirar peso da peça foi, parafraseando Jo-hee, esplêndida. Entalhar o design deu à peça o ar vintage que Jeong-min queria, e também passava a sensação de firmeza ao segurá-la.

Quando Jeong-min chegou em casa, desenrolou o jornal que Jo-hee tinha usado para embrulhar de forma meticulosa a peça para que não quebrasse. Então, escolheu uma das sacolas que tinha em casa, em que colocou o vaso. Chegou a se perguntar se deveria comprar papel de presente e uma caixa, mas ela não era uma filha tão cuidadosa assim. Deixando a vergonha de lado, Jeong-min se deitou de costas ao lado de Hoya. O gato agia como se, ao mesmo tempo que não soubesse de nada, estivesse ciente de tudo. Ele lambeu uma das mãos de Jeong-min, que estavam ressequidas depois de manipular argila o dia inteiro. Jeong-min acariciou suavemente Hoya, que estava quentinho, e acabou pegando no sono. O lugar onde o gato havia lambido logo voltou a ressecar.

Jeong-min acordou do sono profundo e se vestiu. Mesmo sabendo que sábado era o dia mais movimentado do restaurante de sua mãe, logo saiu de casa e se dirigiu a Seul. Pouco tempo depois de deixar a vila, quando se deu conta de que não tinha levado o presente e voltou em casa, Jeong-min se recordou do próprio coração afetuoso, que havia endurecido, como se não estivesse mais acostumada a presentear alguém.

O restaurante de *jokbal* da mãe ficava a pouco mais de uma hora de distância, tendo que pegar metrô e ônibus para chegar até lá. Apesar de não ser tão longe, era raro Jeong-min ir ver a mãe. Era um estabelecimento enorme e amplamente conhecido que ficava dentro de um mercado e estava sempre cheio. Os negócios foram melhorando com o passar dos anos e o lugar passou por algumas expansões e reformas.

Jeong-min detestava aquele restaurante limpo e organizado, que não combinava com o mercado onde era localizado. Além do mais, apesar do fato de o restaurante existir desde que Jeong-min era criança estar entre os motivos da fama do lugar, a principal razão era que anos antes o lugar tinha aparecido no programa sobre restaurantes produzido por Jeong-min. Na época, Yoon-jae havia se gabado para os clientes de ter saído no programa da filha, mas não aparentava estar tão feliz assim. Afinal, o restaurante apareceu no programa porque a equipe de casting estava pressionando

Jeong-min — no fim das contas, era trabalho —, e aquela era uma forma de ser uma boa filha.

Na fachada do estabelecimento, junto com o logo do programa no qual Jeong-min havia trabalhado, estava escrito de modo bem visível e em uma fonte cafona: "O restaurante que apareceu em Jantar Feliz, da NBC!" Embaixo, estava pendurada uma fotografia da cena do programa em que Yoon-jae preparava as ervas medicinais que usava como ingrediente secreto do *jokbal*. Esforçando-se para ignorar a figura da mãe sorrindo abertamente na foto, Jeong-min abriu a porta do lugar.

— Jeong-min? Quanto tempo, hein! — O namorado de Yoon-jae a cumprimentou alegremente, com uma voz calorosa e vibrante.

— Sim, acabei vindo sem avisar. Só estou dando uma passadinha, pois logo tenho que ir embora.

Felizmente, era o mesmo homem de um ano antes. Sempre que Jeong-min visitava o estabelecimento, mais ou menos uma vez ao ano, Yoon-jae estava com um namorado novo. Aquele tinha o rosto vermelho, cabelo curto e sempre usava um cinto preto, como se quisesse enfatizar sua silhueta magra. Geralmente, os homens dos quais Yoon-jae gostava eram assim. Parecia que dezenas de homens tinham passado por ali, trocando apenas de rosto e nome, e não conseguiram permanecer ao lado de Yoon-jae.

Em um primeiro momento, Jeong-min não conseguia entender a mãe, que depois de se separar do pai, não parou de namorar. A forma como Yoon-jae via o amor incomodava Jeong-min, mas ela não conseguia expressar isso, pois, quando decidia falar alguma coisa, Yoon-jae batia no próprio peito com o punho fechado em um gesto de sofrimento, dizendo que nem a própria filha a entendia, com uma expressão desapontada. O casamento horrível com o pai de Jeong-min deixou a mãe solitária, e em situações em que nem a única filha estava ao seu lado, Yoon-jae precisava de alguém em quem se apoiar. Quando Jeong-min saiu de casa no começo dos vinte anos, ao conseguir um trabalho de meio período, como se estivesse fugindo da mãe, Yoon-jae passou a se sentir cada vez mais solitária. Então Jeong-min decidiu não mais criticar a forma de namorar da mãe.

Jeong-min deixou para trás o namorado da mãe, que parecia muito ocupado recebendo os clientes que chegavam, e entrou na sala dos funcionários, que ficava atrás da área de jantar privativa. Havia uma caixa de balas de hortelã e uma caixa verde de palitos de dente encomendados em grande quantidade, e mesas baixas e almofadas para sentar extras estavam empilhadas em duas fileiras. Era naquele cômodo apertado que Jeong-min costumava fazer as lições de casa quando era criança. Os funcionários do restaurante faziam as vezes de professor e, de vez em quando, até olhavam as tarefas de Jeong-min para ver se estava tudo certinho. As pessoas que ali trabalhavam não paravam no emprego, indo embora toda semana ou, no máximo, em um ou dois meses. Desde a cozinheira na casa dos quarenta anos, que preparava pratos divinos, até a jovem de vinte anos que havia acabado de terminar o ensino médio e se preocupava demais com a opinião dos clientes, Jeong-min esteve sempre cercada por eles. Enquanto corrigiam as lições de casa dela, eles se lamentavam sobre sua vida difícil e, às vezes, xingavam Yoon-jae, a jovem proprietária do estabelecimento.

A garota não ficava particularmente irritada com os insultos à mãe, pois achava os funcionários dignos de pena. A julgar pelo que contavam a Jeong-min, parecia que eles mesmos se esforçavam dia após dia para serem patéticos. Cada um considerava a própria vida mais miserável; parecia que estavam em uma batalha para ver quem estava na pior. E, no fim das contas, não eram todas as pessoas dignas de pena? Certamente, estavam mais próximas de "dignas de pena" do que de "infelizes". Ainda assim, durante os jantares tardios, quando fechavam o restaurante e se sentavam juntos à mesa, todos se divertiam. Comendo tiras de alga cozida e anchovas fritas, as *ahjummas* colocando três colheres de arroz em um pratinho de molho de soja enquanto diziam que precisavam reduzir os carboidratos ao beber, e uma cervejinha gelada, esqueciam o cansaço do dia e davam lugar ao riso. Jeong-min odiava aquelas risadas insuportáveis, mas não tinha alternativa a não ser ficar ali, em silêncio. Diante das conversas sem sentido deles, ela desistiu de tentar entender e passou a agir conforme a situação. As pernas de Jeong-min ficavam dormentes enquanto sua inquietação só crescia com a conversa que nunca terminava, mesmo depois de todos terem comido, e Yoon-jae segurava uma das mãos da filha debaixo da mesa.

Yoon-jae parecia ter evaporado, pois Jeong-min não conseguia encontrá-la em lugar algum. Enquanto esperava pela mãe, a mulher tentou desamassar a sacola de papel reciclado com o presente, que havia segurado com força no metrô, mas não adiantou nada.

De repente, Yoon-jae abriu a porta da sala dos funcionários alegremente e colocou a cabeça para dentro. Embora estivessem se vendo pela primeira vez depois de muito tempo, trocaram cumprimentos como se as duas se vissem todos os dias.

— Você já comeu?

— Sim, comi antes de vir. Onde você estava?

— Ah, fui ao mercado rapidinho porque as ervas medicinais tinham acabado. Se você tivesse vindo na segunda-feira, quando o restaurante fecha, poderíamos ter almoçado juntas.

— Ah, está tudo bem. Eu vim porque tenho uma coisa para te dar. Preciso ir logo.

Yoon-jae não demonstrou nenhum sinal de descontentamento com Jeong-min, que, após tanto tempo sem se verem, foi direto ao ponto, apressada.

— O que está acontecendo? Até presente minha filha me trouxe...

— Estou assistindo a aulas em um ateliê de cerâmica. Fiz isto lá.

Hesitante, Jeong-min estendeu a sacola. Estava tão envergonhada que não conseguia encarar a mãe.

— Você mesma fez?

— Aham.

Yoon-jae apenas olhou fixamente para a peça, com uma expressão suave. Do lado de fora da sala, os barulhos de pratos batendo, da televisão, de cadeiras sendo arrastadas e de vozes se misturavam, porém aquele pequeno cômodo parecia isolado de tudo, como se estivessem dentro de uma cápsula do tempo.

— Sabia que eu tenho um certificado de arranjo de flores? Quando trabalhava em uma revista, antes de me casar, gostava tanto de flores que fazia aulas todos os finais de semana.

Prometi a mim mesma que no futuro, quando envelhecesse, viveria mexendo com flores. Mas cá estou eu, cortando patas de porco quentes em vez de caules de flores. A vida é realmente imprevisível.

— Você fazia esse tipo de coisa, mãe?

Aquela era a primeira vez que Jeong-min ouvia a mãe dizer que gostava de flores. E tinha até um certificado de arranjo floral, ainda por cima! Isso a recordou do fato óbvio de que sua mãe também era uma mulher, e aquilo a atingiu profundamente. Teriam deixado de ter muitas conversas importantes ao longo dos anos? O aroma de hortelã que escapava da caixa de doces impregnava o ar, fazendo seus olhos arderem.

— Lógico. Minhas mãos agora estão calejadas e ásperas, não combinam mais com flores. Mas, às vezes, eu fantasio que me tornei florista e apareci como entrevistada na revista onde eu trabalhava. Me pergunto como seria se eu tivesse realizado esse sonho. É óbvio que também gosto de vender patas de porco. Afinal, foi com isso que criei bem minha filha.

— Você me criou bem? Eu é que cresci bem — retrucou Jeong-min, indiferente, sem encarar a mãe. Depois murmurou, cheia de arrependimento: — Eu devia ter trazido flores ou alguma outra coisa para colocar no vaso.

— Traz na próxima vez. Assim você vai ter um motivo para me visitar de novo — disse Yoon-jae, dando um sorriso matreiro.

Naquele momento, alguém bateu à porta. Uma funcionária de meia-idade, que Jeong-min não conhecia, entrou na sala e entregou duas xícaras de café instantâneo para elas.

— Falaram que sua filha veio visitar! Ela é bonita que nem a senhora!

Yoon-jae começou a se gabar de Jeong-min, sorrindo e dizendo: "Minha filha, a roteirista de televisão..." Embora isso fosse algo do passado, Jeong-min perdeu o timing para corrigir a informação e apenas sorriu constrangida. Quando ela já tinha se cansado dos elogios da mãe, a funcionária saiu para preparar o restaurante para o turno da noite. A mãe tinha o hábito de se vangloriar dos feitos da filha para clientes e funcionários como se fossem acompanhamentos dos pratos, e restava a Jeong-min ficar envergonhada.

— Como andam os negócios? — perguntou Jeong-min, enquanto tomava o café, tentando se distrair do constrangimento. A doçura do café instantâneo a fez estremecer.

— O mesmo de sempre. E o seu trabalho?

— Me demiti faz um ano — respondeu Jeong-min calmamente.

— Eu queria te dizer para deixar aquele emprego mesmo. Roteiristas de televisão mal dormem.

Yoon-jae certamente sabia que a filha havia deixado o programa. O último trabalho de Jeong-min foi um programa de renome, cujo público principal eram pessoas de meia-idade. Quando os créditos finais começavam a subir, momento em que a grande maioria das pessoas muda de canal, Yoon-jae se certificava de que seus clientes não tirassem do programa. "Veja, o nome da minha filha está ali", dizia ela. Então ela não teria deixado de notar quando o nome de Jeong-min parou de aparecer nos créditos.

— O que acha de eu assumir seu restaurante?

— De jeito nenhum! Não vou deixar você trabalhar em restaurante!

Embora Jeong-min estivesse brincando, Yoon-jae ficou irritada. Sua mãe detestava quando ela dizia aquilo. Jeong-min rapidamente voltou atrás.

— Pensando bem, eu nem gosto tanto assim de *jokbal.*

— Você tem que trabalhar com escrita, sentada a uma mesa.

— Não consigo mais, minhas pernas ficam dormentes.

O sorriso amargo de Yoon-jae diante da resposta insatisfatória da filha foi o mesmo que ela deu quando Jeong-min desistiu de inscrever suas histórias em concursos literários na época da universidade.

Jeong-min sempre sonhou em ser escritora. A literatura tinha sido seu refúgio desde criança, e ela nutria secretamente o desejo de se tornar romancista. Embora tivesse ingressado na graduação de japonês, compatível com suas notas, ela logo desistiu de trabalhar na área. Durante um ano, escreveu incansavelmente todos os dias. Às vezes, era uma história completa, outras, apenas parágrafos ou frases soltas, ou até palavras fragmentadas. Como esperado, todas as suas inscrições em concursos foram rejeitadas. As razões para as rejeições eram inúmeras, mas o maior problema era que suas histórias tinham apenas um personagem. Eram histórias medíocres preenchidas apenas com os pensamentos e monólogos do protagonista, que usava camisas de mangas longas e calças em pleno verão. Naquela época, suas histórias eram apenas um registro de diálogos desajeitados consigo mesma.

Quando ficou evidente que não tinha futuro como escritora, Jeong-min fez um acordo com a realidade. Ela poderia continuar escrevendo, mas não precisava escrever suas próprias histórias; por isso, decidiu se tornar roteirista de televisão. Só precisava contar as histórias dos outros, através da boca dos outros. Mais tarde, percebeu que era algo que tinha escolhido para se tornar digna de pena, assim como os funcionários do restaurante da mãe que conheceu na infância, mas não se importou. Tornar-se uma pessoa cansada do trabalho parecia mais reconfortante do que atormentar a si mesma com suas próprias histórias mal escritas.

O vaso era apenas uma desculpa para Jeong-min encontrar a mãe. Achava que deveria contar a ela que tinha se encontrado com Ju-ran e com o *ahjussi*.

— Mãe, esbarrei com Ju-ran e o pai dela recentemente.

— Como assim? — indagou Yoon-jae, surpresa.

— Encontrei os dois no ateliê de cerâmica que eu frequento. O *ahjussi* está participando de um programa de artesanato para pessoas com deficiência lá. Ele vendeu a casa em Seul e agora mora em Ilsan.

— Como será que ele está...? — Yoon-jae deixou a frase morrer no ar, como se não soubesse como se sentir com aquela informação.

— Ele me pareceu bem. A gente nem se reconheceu de primeira.

— Realmente, muito tempo se passou.

Yoon-jae assumiu uma expressão distante, perdida em lembranças do passado, como se tivesse esquecido que Jeong-min estava bem ali. Ver aquela expressão foi como olhar no espelho, e Jeong-min sentiu um calafrio. Apesar de ter os traços físicos do pai, suas expressões eram mais parecidas com as da mãe, com quem conviveu mais.

Depois de revirar as memórias por um tempo, Yoon-jae perguntou:

— Você ficou sabendo que a Ju-ran se casou?

Jeong-min franziu o cenho.

— E como você sabe disso, mãe?

— Ela veio aqui uma vez, dois anos atrás, antes de se casar. Ela disse que ele é dentista, um homem muito bom e gentil. Como sabia que você fica sensível quando o assunto é a Ju-ran, não contei na época.

Aquilo acabou com o humor de Jeong-min. A mãe tinha *escondido* aquilo dela. As conversas entre mãe e filha sempre ficavam feias quando Ju-ran era mencionada.

— Com que cara a gente olha para a Ju-ran?

Mas foi ela quem veio me procurar! Disse que queria se desculpar, que tinha agido errado com você. Não sei exatamente o que aconteceu, mas aproveite essa oportunidade para resolver essas velhas mágoas.

— Essas desculpas não são sinceras. São apenas para amenizar a própria culpa e apaziguar o próprio coração. Não quero pedir nem aceitar desculpas assim — respondeu Jeong-min firmemente.

— Então você vai carregar essa culpa pelo resto da vida? — devolveu Yoon-jae, estremecendo de frustração.

— Como posso esquecer? Como posso viver como se nada tivesse acontecido? Alguém tem que lembrar, já que meu pai resolveu esquecer. É o certo a se fazer, mãe.

— Mas nós não fizemos nada de errado. Tudo bem seguir em frente, Jeong-min. Viver como um ouriço, se escondendo atrás de espinhos para que ninguém se aproxime, só machuca a você mesma.

— Eu sei... sei que estou me agarrando à culpa e não consigo deixar isso para lá.

Jeong-min tinha ficado presa às memórias daquele dia doloroso, autoflagelando-se todos os dias. Só assim parecia que a culpa diminuía um pouco. Mascarar aquela dor com outra ainda maior era a única forma de amenizá-la.

— Deve haver coisas pelas quais você queira se desculpar e outras que você gostaria de perdoar, então, da próxima vez que encontrar Ju-ran, diga o que realmente deseja. Depois que a vi, me senti muito mais leve — disse Yoon-jae, a voz meio abafada.

Como seria a sensação de se livrar dessa dor esmagadora no peito? Abriria os olhos sem preocupação alguma pela manhã, como um bebê? Ou talvez recuperaria o sorriso genuíno e tranquilo, sem a necessidade de fingir? Jeong-min imaginou com cautela uma libertação sobre a qual não tinha se permitido pensar nos últimos treze anos.

— Já estou indo.

Jeong-min massageou as pernas dormentes, levantou-se e, antes de sair, virou-se para a mãe.

— Ah, fazia tempo que eu não desejava nada para a nossa família, mas ultimamente ando desejando uma coisa.

— O quê?

— Que você encontre um homem que te ame de verdade e seja feliz ao lado dele.

Yoon-jae riu, derrotada.

— Vou me esforçar. Mas eu também tenho um pedido. Não esqueça que você cresceu comendo só coisas boas. Estou falando de comidas cuidadosamente preparadas, ou que precisam ser bem cozidas, ou até mesmo aquelas que devem ser consumidas cruas para manter todos os nutrientes. Às vezes, parece que você se esquece disso.

Yoon-jae pensava que seu papel como mãe estaria cumprido se garantisse que sua filha nunca perdesse uma refeição. Ela pensava que, se Jeong-min comesse alimentos bem preparados, a filha automaticamente cresceria bem. Só mais tarde percebeu que isso não era tudo.

— Lógico que não esqueci. Graças a isso, sou bem mais alta que você.

Apesar de ter respondido com leveza, Jeong-min percebeu que o pedido da mãe poderia ser mais difícil do que o seu próprio, pois era das memórias da família que ela se livrava primeiro quando a vida ficava difícil, em uma tentativa de aliviar o peso de viver.

O namorado de Yoon-jae tentou convencer Jeong-min a ficar para o jantar, mas ela mentiu dizendo que precisava trabalhar no dia seguinte, apesar de ser domingo, e saiu rapidamente. Mesmo sabendo que a filha estava mentindo, Yoon-jae não a questionou. Em vez disso, fez o namorado comprar frutas na loja ao lado e as entregou a Jeong-min. Eram duas sacolas cheias de caquis verdes e maçãs vermelhas.

— Da próxima vez que você vier, vamos comer juntas — gritou Yoon-jae de braços cruzados, observando a filha se afastar.

Jeong-min concordou com um aceno de cabeça, sem se virar. Ela considerava a relação com a mãe mais como a de ex-companheiros de guerra do que de família. Elas sobreviveram juntas àqueles tempos difíceis, e essa distância entre as duas parecia ser o melhor para ambas.

No metrô, a caminho de casa, Jeong-min ofereceu uma maçã bem vermelha à senhora sentada ao seu lado. A outra mulher pareceu se perguntar o motivo daquilo, então Jeong-min explicou, enquanto indicava a fruta: "É que agora é o momento perfeito para comê-la." Surpresa, a senhora colocou a maçã cuidadosamente na pequena bolsa de tecido que carregava e sorriu agradecida. Jeong-min guardou os caquis para comer depois, quando estivessem maduros.

Quando o metrô voltou à superfície, Jeong-min escreveu um breve texto sobre presentear as pessoas com cerâmica e postou no Instagram do ateliê junto com a foto do vaso tirada por Gui-shik. Dava para ver o rio Han pela janela do vagão, e o cheiro de *jokbal* impregnado no seu sobretudo havia ido embora, deixando apenas o doce aroma das frutas. E o vaso que ela tinha dado à mãe continuava vazio. Pensando em quais flores combinariam com o azul da peça, Jeong-min observou as luzes noturnas refletidas no rio Han outonal por um longo tempo.

A esposa ceramista e o marido florista

Tinha pedido café para viagem na nova cafeteria perto do ateliê. Durante os dias úteis, apenas Jo-hee e Ji-hye estavam no ateliê, então ela comprou três. Ela tinha escolhido um vienense exclusivo da loja e um puro e simples, além do *drip* que o dono do estabelecimento, que tinha estudado o assunto no exterior, recomendou com orgulho. Com medo de que as bebidas esfriassem, Jeong-min apressou o passo. Ela já tinha avisado Jo-hee para não fazer café naquele dia, porque havia uma nova cafeteria, de onde ela levaria as bebidas para que experimentassem. Embora o café do ateliê fosse ótimo, explorar as maravilhosas cafeterias da vila Bamgashi tinha se tornado um novo passatempo de Jeong-min.

Mas, mesmo de longe, Jeong-min pôde sentir a presença animada de alguém no ateliê. Os inúmeros vasos de plantas do lado de fora pareciam vibrantes, apesar do ar frio. Pela porta aberta, ela viu que havia visitantes. Dois homens que Jeong-min nunca tinha visto.

— Jeong-min, você chegou na hora certa! — Jo-hee a saudou com um sorriso radiante.

— Quanta gente no ateliê. Hoje tem evento ou algo do tipo?

— Não, o dono do novo restaurante japonês aqui da rua veio comprar uns pratos.

— Sério? — indagou Jeong-min, falando alto sem querer. Imediatamente fechou a própria boca, surpresa consigo mesma.

— É ela a responsável pelas redes sociais do ateliê! — explicou Jo-hee ao dono do tal restaurante, Seung-ho, que conferia o número de pratos na caixa.

Ele cumprimentou Jeong-min de forma educada, parecendo interessado.

— Eu sigo o Instagram do ateliê! Estava pensando onde comprar pratos, tigelas, essas coisas, e decidi vir aqui depois de ver o perfil de vocês. Gostei demais da série Coração, que foi postada recentemente.

— Obrigada. Que bom que você gostou.

Jeong-min não sabia como reagir. Era a primeira vez que encontrava alguém de fora do círculo de alunos do ateliê que lia o que ela escrevia. Ela estava com vergonha, mas também orgulhosa.

— As postagens são encantadoras! Foi a ideia de colocar meus sentimentos e intenções nos pratos que me trouxe até aqui. Você conseguiu conquistar o coração de um consumidor, então é um sucesso.

— Só consegui ter essas ideias por conta do excelente trabalho da professora Jo-hee — disse Jeong-min, lançando um olhar para a louça dentro da caixa. Havia tigelas de sopa em um tom de terracota, pratos quadrados para sashimi e pratos com um padrão azul que lembrava seixos. — Dentre os trabalhos da professora, essa linha é perfeita para a culinária japonesa. Você tem um ótimo gosto.

— Tudo é tão bonito que foi difícil escolher.

Antes de ir embora, Seung-ho mencionou que o restaurante abriria oficialmente no fim do mês e as convidou para ir lá após a inauguração. Jo-hee agradeceu a Jeong-min sem parar, apontando para a prateleira que tinha se esvaziado graças à compra de Seung-ho. Jeong-min mal podia acreditar no efeito positivo das postagens da série Coração, que havia começado com "Presentear com Cerâmica".

Os cafés que Jeong-min comprou já estavam frios. Porém, todas estavam tão animadas que tomaram rapidamente, então, no fim das contas, estavam na temperatura certa. Havia três cafés, mas quatro pessoas. O outro homem desconhecido continuava ali, observando as três mulheres tomarem suas bebidas com uma expressão fechada.

— Ah, é mesmo! Essa minha cabeça... Esse daqui é o Sota, meu colega da pós-graduação. Ele veio para a Coreia do Sul por um programa de intercâmbio do Japão e agora trabalha como designer em uma empresa de marketing de experiências com filial aqui. Ah, ele fala coreano melhor que eu, então não precisam se preocupar. Como eu não falo nada de japonês, ele teve que se virar para que a gente conseguisse se comunicar e acabou ficando muito bom no idioma.

Após Jo-hee enfim tê-lo apresentado, o homem se sentou, embaraçado.

— Estava mesmo me perguntando quando você ia me apresentar, Jo-hee.

— Foi mal, foi mal! Esta é a Jeong-min. É ela quem cuida do Instagram e sobre quem você estava tão curioso.

Como já havia conhecido Ji-hye, Sota se aproximou de Jeong-min para cumprimentá-la.

— Finalmente estou te conhecendo! A conta do ateliê mudou da água para o vinho nos últimos tempos, e eu sabia que a Jo-hee não poderia ser a responsável por aqueles textos tão emocionantes. Então, quando perguntei sobre o Instagram, ela me disse que estava recebendo a ajuda de uma aluna. Fiquei curioso por conhecê-la. Prazer.

Parecia que as pessoas estavam surgindo de todos os cantos para elogiá-la. Constrangida, Jeong-min fazia reverências enquanto repetia agradecimentos igual a um papagaio.

— Obrigada, o prazer é meu.

Sota tinha uma energia única. Apesar de ter a mesma idade que Jo-hee, tinha o sorriso radiante de um garoto. O cabelo, que parecia naturalmente enrolado, exibia um penteado bagunçado, porém não parecia nem um pouco desleixado. Como a empresa onde ele trabalhava era mundialmente famosa, ao ponto de haver pelo menos uma filial em cada país, Jeong-min já tinha ouvido falar bastante do lugar. Talvez por causa disso ele parecesse ter um gosto notável. Os detalhes da calça chino marrom que Sota vestia chamavam atenção.

— Estive ocupado com o trabalho, então não pude vir antes. Mas, assim que vi no Instagram o anúncio de que as aulas avulsas voltaram, vim correndo.

— Para saber o que aconteceu para que eu mudasse de ideia?

Jo-hee entregou um café para Sota. Ele bebeu rapidamente, como se estivesse com a garganta seca.

— O quê? Não! Eu não fiquei preocupado. Sei que você é forte, Jo-hee. Só vim te dar os parabéns.

Jeong-min descobriu como era o ateliê de antigamente, que jamais conheceria, através da conversa que se desenrolou entre os dois.

O ateliê Soyo originalmente era um espaço administrado por um casal. A esposa ceramista ficava em um lado do lugar, e o marido florista, Ho-soo, ocupava a mesa que agora estava vazia. No letreiro original do ateliê, depois de "ceramic &" estava escrito "flower". Jo-hee havia feito os inúmeros vasos colocados na frente do estabelecimento para que Ho-soo plantasse flores. Eles nunca se cansavam de discutir quais fariam primeiro: os vasos de cerâmica ou os arranjos de flores. Ele pedia que ela fizesse os vasos do jeito que desejasse, e Jo-hee insistia que primeiro precisava saber que tipo de vaso ele queria. Ho-soo gostava de fazer os arranjos depois de ver os vasos dela e ganhar inspiração, e Jo-hee gostava de fazer vasos que combinassem com os arranjos de flores que ele montava. Mas levava tempo para completar uma peça de cerâmica, enquanto as flores murchavam, às vezes, em apenas uma manhã. Por conta desse impasse, Ho-soo sempre acabava ganhando as discussões.

Porém, no outono do ano anterior, mais ou menos na época em que Jeong-min se demitiu da emissora, Ho-soo deixou o mundo de forma repentina por conta de um motorista embriagado.

Motorista bêbado. Ao ouvir novamente aquelas palavras, que traziam sua culpa à tona, Jeong-min remoeu aquilo dentro do peito. Ela se deu conta do porquê a vila Bamgashi tinha "espinho" no nome. Parecia que ela estava dentro de um *manhwa*, uma história em quadrinhos coreana, de romance em que apenas os rostos dos personagens mudavam, mas as falas estavam sempre se repetindo. Até ficou desconfiada, imaginando se todos os personagens e situações não seriam na intenção de desenterrar aquele segredo sombrio que Jeong-min havia tentado tanto esconder. As sombras do passado eram lançadas no presente e, não importava o quanto se esforçasse, ela não conseguia passar para a próxima cena. Queria gritar sem parar para conseguir ver até quando aquilo se repetiria, porém parecia que não tinha permissão para isso.

Depois do que aconteceu com o marido, Jo-hee fechou o ateliê. Não conseguiu se acostumar a ir até lá sozinha, sem Ho-soo. Quando estava no ateliê, parecia que ele iria puxar assunto a qualquer momento da mesa ao lado — falaria sobre o que comprou no mercado de flores da madrugada, qual a ideia do próximo arranjo que faria... Então Jo-hee parou de sair de casa. Tornou-se uma *hikikomori*, isolada de tudo, e temia o mundo para além de sua porta. Sota era o único que conseguia arrancar alguma reação dela, que havia se agarrado à tristeza e se escondido em uma caverna.

Os dois arrombadinhos de Jo-hee também haviam sido presentes de Sota. Alguém do trabalho dele estava à procura de um dono para um vira-lata e um lulu-da-pomerânia, e Sota os colocou nos braços de Jo-hee com uma desculpa ridícula: "Eles se parecem com você, então fique com eles." O motivo para algo assim ser possível era que tinha sido Sota a arranjar o encontro às cegas de Jo-hee e Ho-soo, e também ajudou na organização da cerimônia de casamento e até do funeral. Sota era a testemunha do amor entre a esposa ceramista e o marido florista. Então, com o esforço persistente do amigo, Jo-hee se reergueu aos poucos e conseguiu voltar a tocar os negócios.

Quando Jo-hee reabriu as portas do ateliê, os alunos a estavam esperando. Gui-shik limpou o espaço todos os finais de semana para que ela pudesse botar a mão na massa assim que voltasse, não importava quando. Ele administrava a argila e o forno e espanava o pó das cerâmicas nas prateleiras. Ji-hye passava no ateliê ao menos uma vez por semana nos dias úteis e regava as plantas que ficavam do lado de fora do estabelecimento, porém, como não sabia a frequência nem a quantidade de água que deveria dar, todas as flores acabaram morrendo e apenas os cactos sobreviveram. Ye-ri alimentou Hoya no lugar de Jo-hee e fez a coleira com nome para ele. E no dia em que o ateliê reabriu, Jun foi o primeiro a chegar, e ficou aguardando por Jo-hee.

Beleza, tristeza e uma certa misticidade. O ateliê Soyo era a síntese de coisas que não combinavam. A ponta do nariz de Jeong-min formigava com a visão de Jo-hee e Sota conversando com tranquilidade. Como seria possível expressar toda a tristeza de perder a pessoa que mais se ama e ficar sozinha? Jeong-min resolveu não tentar medir o peso daquele vazio, que não se expressava em números e era invisível. Apenas podia entender o medo de sair de casa, o desejo desesperado de cortar todos os laços com o mundo, deixar de existir e sumir da memória das pessoas gradualmente. Depois de ouvir toda a história de Jo-hee, Jeong-min sentiu que tinha se aproximado muito mais dela.

— Como o número de inscritos nas aulas avulsas está aumentando aos poucos, acho que logo você também vai ter que usar aquela mesa. Se não, não vai ter lugar.

Era a mesa de madeira maciça que Sota deu de presente quando o ateliê foi inaugurado. Apenas um ano antes, Ho-soo sentava-se àquela mesa para fazer arranjos de flores. Era a única recordação da presença de Ho-soo no ateliê. O logo da empresa onde Sota trabalhava, colocado na parte de baixo da mesa, já tinha desaparecido havia muito tempo.

— Se você não tiver problemas com isso, lógico. Tem um design novo de mesa de madeira. Quer que eu te dê? Deve ser maior do que essa.

— Não, não existe mesa de madeira no mundo de que eu goste mais do que essa. Lembra? Quando vimos, ele e eu gritamos "É esta!" ao mesmo tempo.

— É mesmo, o Ho-soo adorava ela — disse Sota com tranquilidade, tomando seu café até a última gota, a expressão nem um pouco tristonha.

Jeong-min admirou a relação sólida e a atitude descontraída de ambos ao lidarem com aquelas lembranças e olhou novamente para a mesa. Lembrou-se de quando havia tocado na mesa que não deveria ser usada e corou um pouco.

Os quatro juntaram forças para mover a pesada mesa e o espaço das aulas se transformou em algo muito mais impressionante. Sentaram-se ao redor da mesa para recuperar o fôlego. Para Jeong-min, sentar-se àquela mesa pela primeira vez provocava uma estranha sensação de familiaridade e novidade ao mesmo tempo. Sota, ao seu lado, puxou conversa.

— Mas, Jeong-min, você trabalha com marketing? Pelo que vi na conta do ateliê no Instagram, suas habilidades são ótimas. Não sei se chamo de microconto ou texto-pílula... mas as histórias sobre a personagem Yu-jeong, que aparece em cada postagem, capturando o processo de cura emocional através da cerâmica, são impressionantes. É como se eu estivesse ao lado dela, observando tudo. E, ao entender quanta dedicação é necessária para fazer uma peça de cerâmica, isso só aumenta o desejo de ter uma. Você é realmente boa no que faz.

— Na verdade, nunca trabalhei com marketing. Fui roteirista de televisão. E minha graduação foi em japonês, algo nada a ver com marketing. Escrever para captar a atenção das pessoas sempre foi o meu trabalho, então gerenciar as redes sociais do ateliê tem sido tranquilo.

— Sabia! Na nossa empresa, também temos uma ex-roteirista na equipe de marketing. Ela é muito talentosa. Uma vez, um projeto de colaboração com outra marca ficou tão apertado que o cronograma parecia impossível de cumprir. Enquanto todos estavam sobrecarregados e só conseguindo gritar "E agora? *E agora?*", ela manteve a calma e resolveu tudo em um piscar de olhos, sem precisar da ajuda de ninguém. Quando perguntei como ela conseguiu fazer aquilo, ela respondeu que sempre lembrava de uma vez antes de um programa ao vivo, quando o script foi perdido às seis da manhã. Ela disse que nada mais na vida parecia tão assustador.

Jeong-min riu. De fato, roteiristas de televisão enfrentam situações como aquela com certa frequência. Muitos de seus *sunbaes* acabaram indo trabalhar com marketing ou relações públicas, e costumavam dizer: "Isso não é nada comparado ao ritmo da televisão." Quando Jeong-min comentou que ser roteirista era uma profissão exaustiva, Sota riu alto.

Jeong-min e Ji-hye se sentaram lado a lado nas rodas, enquanto Sota observava o trabalho de Jo-hee. O ateliê, antes movimentado pelo cliente que havia comprado as louças, voltou à sua tranquilidade habitual. Jo-hee respondia pacientemente às perguntas de Sota sobre cerâmica. Observando os dois de costas, Jeong-min imaginou como eles eram anos atrás, andando pelo *campus* da universidade com roupas cobertas de argila e tomando café juntos, como naquele dia. Talvez, naquela época, Sota falasse um coreano um pouco mais atrapalhado e usasse uma linguagem mais formal ao falar com Jo-hee. E havia Ho-soo, sempre ao lado deles.

Sota lamentou precisar voltar ao trabalho. Mesmo ao sair, disse que enviaria algumas cadeiras para combinar com a mesa, mostrando seu cuidado com Jo-hee. Embora ela geralmente recusasse qualquer gentileza, aceitou o gesto de Sota com um simples aceno de cabeça.

Jeong-min acordou depois da meia-noite. O barulho das obras na rua abafava o canto outonal dos grilos. Porém, a estranha harmonia entre a escuridão e o ruído de construção fez com que Jeong-min resistisse ao desejo de praguejar. Até mesmo as ruelas da vila Bamgashi estavam mudando aos poucos, como a mulher. Lojas vazias que antes exibiam placas de "Aluga-se" começaram a ser redecoradas, dando lugar a cafeterias distintas, restaurantes abertos por jovens chefs, lojas de móveis antigos e showrooms de marcas de design nacionalmente famosas. O bairro começou a ser conhecido nas redes sociais como um destino para passeios aos finais de semana, e as ruas, antes lotadas de gatos, passaram a ser frequentadas por hipsters e jovens mulheres calçando sapatos de bico fino. Embora Jeong-min gostasse da nova vitalidade do bairro, temia que pequenos estabelecimentos, como o que fazia sanduíches de fruta, a cafeteria que vendia sorvetes e o ateliê Soyo, pudessem desaparecer.

Jeong-min acariciou a cabeça de Hoya, que ronronava entre suas pernas. Ela estava certa de que trazê-lo para casa

foi uma das melhores coisas que fez naquele ano. Caso contrário, ele poderia ter se perdido entre as obras ou as pernas dos transeuntes, faminto e desorientado. O outono trouxe mosquitos que não iam embora, e a lua cheia iluminava a noite. O coração que se perdeu e se escondeu e o coração que sempre esteve à sua espera brilhavam resplandecentes ao longe.

Uma triste lenda

Jeong-min mandou uma mensagem para Jo-hee dizendo que ficaria uma semana sem ir ao ateliê. Talvez fosse culpa da estação, capaz de transformar até pessoas saudáveis em poços de desânimo, mas a apatia voltou a bater. Não era nada grave, porém os sintomas de dislexia e déficit de atenção voltaram a aparecer. Jeong-min se viu incapaz de atualizar o Instagram do ateliê. Tampou a estante de livros com um cobertor. Jogar fora a televisão um ano antes tinha sido uma decisão sábia. Caso contrário, ela poderia ter jogado coisas nela em um acesso de raiva. Jeong-min ficava de pavio curto quando estava sozinha. Liberava de uma só vez tudo o que tinha que segurar quando estava fora de casa e socava o ar, descontando a raiva em entidades nas quais nem acreditava.

Jo-hee respondeu à mensagem:

Certo. O tempo está frio, então mantenha o aquecedor ligado.

As duras letras em uma tela de vidro poderiam transmitir emoção? Jo-hee nunca se intrometia na vida dos outros. Em vez de perguntar diretamente como a pessoa estava se sentindo, ela oferecia uma xícara de café quentinho e um pão doce, permitindo que a pessoa se abrisse. O café parecia conter algum tipo de remédio especial, pois, assim que ingerido, as pessoas já começavam a contar sua história. A bebida parecia extrair o veneno, fazendo com que as pessoas saíssem do ateliê diferente de como haviam entrado.

Quando Jeong-min estava prestes a bloquear a tela do celular, recebeu mais uma mensagem de Jo-hee.

Mesmo que não seja para trabalhar em alguma peça, passe no ateliê. Tenho algo para você.

Jeong-min não teve escolha a não ser se levantar da cama.

Dentro de uma bolsinha colorida estava um carimbo de assinatura do tamanho de um polegar, conhecido como "nakgwan", que servia para estampar o logo de um ceramista nas suas peças. Feito de argila e gravado com o caractere chinês "珉" (Min), que compunha o nome de Jeong-min e significava "jade", o selo foi um presente de Jo-hee. Ela disse que havia passado a noite gravando o caractere naquele quadrado de argila tão pequeno que não devia ser maior do que a ponta de um dedo da mão. Só então Jeong-min lembrou que Jo-hee havia perguntado, semanas antes, como escrever seu nome em caracteres chineses. A ideia de presenteá-la com o carimbo veio de Sota. Entre várias opções para expressar gratidão por Jeong-min gerenciar o Instagram do ateliê, a primeira foi um desconto na mensalidade, a segunda foi o pagamento formal de um salário e a terceira foi o carimbo. Jeong-min ficou aliviada pela terceira alternativa ter sido escolhida. Ela já podia usar o forno de graça, então sentia que havia recebido gratidão suficiente. Gerenciar o Instagram não era algo que ela fazia esperando alguma coisa em troca.

Jeong-min ficou encantada quando, mesmo durante aquela breve visita, Jo-hee gentilmente lhe ofereceu uma bebida quente. Jeong-min demorou um pouco para responder, temendo que o simples ato de abrir a boca para falar pudesse fazê-la se desmanchar em lágrimas. Após uma pausa, ela recusou a oferta de maneira educada.

Querendo experimentar o presente, Jeong-min esticou um pedaço de argila fino e cilíndrico e pressionou o selo sobre ele. Uma vez, duas vezes... Em pouco tempo, a argila estava coberta pelo caractere. Os traços pequenos, mas nítidos, se destacavam na argila. Era difícil acreditar que aquelas marcas minúsculas suportariam a temperatura de 1.250 graus.

Entre os três caracteres de seu nome, o favorito de Jeong-min era o "min". Ao pensar na palavra "jade", Jeong-min imaginava não uma joia polida, mas uma pedra abandonada perto de uma lagoa. Uma pedra irregular e de origem desconhecida. Se alguém atento a pegasse e analisasse, veria manchas de jade verde brilhando na parte de trás da pedra. Essas joias escondidas em pedras comuns eram as que mais faziam o coração de Jeong-min acelerar. Além disso, ao pronunciar aquela palavra, a sensação que tinha na garganta lembrava a de uma bola de jade rolando sobre vidro.

— Por que você escolheu o caractere "min"?

— A palavra "jade" parece descrever você perfeitamente.

Jeong-min guardou o carimbo singular — não existia outro no mundo como aquele — na bolsinha com muito carinho. Como roteirista, ela nunca sentiu que estava realmente se expressando através da sua escrita, talvez por estar sempre escrevendo para os outros, atendendo aos desejos do público. As palavras pretas sobre o papel branco não eram suficientes para expressar quem ela era. Porém, a cerâmica lhe permitia se exprimir com sinceridade. Seus pensamentos, preocupações, toques e sentimentos estavam todos encapsulados em formas tangíveis. E agora, com o selo, sua identidade poderia ser estampada no mundo.

Jeong-min colocou a bolsinha colorida no bolso do cardigã e acariciou sem parar a superfície áspera do carimbo enquanto caminhava. Subitamente, sentiu o desejo de voltar a escrever. Lembrou-se de uma galeria de arte que a tinha deixado desesperada por causa de sua dislexia. Naquela época, ela havia desmoronado no chão, chorando, incapaz de conectar as descrições das obras de arte com as próprias pinturas. Diante dela, uma das várias mulheres pintadas por Chun Kyung-ja sorria de forma benevolente. Ao ver a pintura e depois ler sua explicação, não conseguia se lembrar da obra. Ao ler a explicação da obra e depois olhar a pintura, não conseguia se lembrar da explicação. Não compreendia nem mesmo as descrições mais curtas. Quando se deu conta de que havia perdido a capacidade de apreciar a relação entre a obra e a vida da artista, Jeong-min caiu de joelhos. Depois de todo aquele tempo, porém, sentia vontade de retornar àquele lugar. Ele conectava acontecimentos que não tinham relação alguma, como pontos de tinta que parecem caóticos quando vistos de perto, mas, ao se afastar, revelam uma paisagem serena. Às vezes, dois eventos desconexos se unem através de um momento emocional que não podemos controlar, formando uma sequência lógica que nos permite seguir em frente. Assim como "carimbo" e "escrita".

Gui-shik mandou uma mensagem perguntando se ela tinha algum compromisso, já que nem ao ateliê havia ido. Jeong--min respondeu apenas: "Passeio por Seul." Gui-shik logo respondeu, como se estivesse à espera da mensagem dela, enviando o emoji de um gato com uma das patas levantada dizendo "Vamos juntos", sendo que ele tinha uma alergia severa a gatos.

O homem tinha se demitido havia pouco tempo e começou a aparecer no ateliê durante a semana de vez em quando. Ele terminou a aula de cerâmica e foi até a frente do prédio de Jeong-min. Ela o viu pela janela e desceu as escadas correndo, pulando dois degraus por vez. Teve que recuperar o fôlego e enrolar um pouco antes de sair, para que não aparecesse rápido demais e ficasse na cara que tinha se apressado. Gui--shik acenou para ela, feliz em vê-la. A faixa de pele mais clara no dedo anelar da mão esquerda dele estava voltando à cor original. Jeong-min sabia que o longo relacionamento de Gui-shik tinha realmente chegado ao fim. Mas, na mão direita dele, havia um grande curativo entre o dedão e o indicador.

— Você se machucou?

— Peguei a faca de mau jeito enquanto trabalhava em uma peça. Esse curativo é um exagero, não está tão ruim assim.

— Você estava fazendo cerâmica com sono de novo? — Jeong-min tinha muito a falar sobre o hábito de Gui-shik de fechar os olhos enquanto fazia as peças.

— Não é isso. Só estou aumentando a sensibilidade das minhas mãos.

— Que história é essa? Se continuar com isso, vai acabar se machucando de verdade.

— Mas eu não fecho os olhos quando uso a lixa automática.

Jeong-min não teve escolha a não ser cair na risada diante do atrevimento de Gui-shik.

— Vou de metrô, tudo bem por você?

— Sim. Não vim de carro hoje justamente porque queria caminhar.

Jeong-min e Gui-shik pegaram a linha três do metrô e foram até a estação Gyeongbokgung. Aproveitando a calmaria que era o metrô no meio de um dia útil, os dois puderam deixar os casacos nos assentos vazios ao lado deles.

Desde que tinha vinte anos, todo outono Jeong-min ia caminhar ao redor do Palácio Deoksugung e visitar o Museu de Arte de Seul, que ficava ao lado. Era um importante evento anual que a lembrava da mudança das estações. Lógico, durante esse tempo, ela tanto tinha ido sozinha quanto na companhia de uma ou duas pessoas. Foi assim que descobriu que o cenário do Palácio Deoksugung, caloroso e familiar quando andava sozinha por lá, se tornava estranho e desconfortável quando estava com alguém. À medida que foi se aproximando dos trinta anos, aceitou a si mesma do jeito que era sem cair na autopiedade. Afinal, também existiam pessoas que ficavam melhor sozinhas. Mas daquela vez acabou indo junto com Gui-shik, sem nem ter planejado. Mesmo não gostando de atitudes impulsivas, por algum motivo era difícil recusar algo a Gui-shik. Apesar de saber muito bem que emoção era aquela e por qual nome chamá-la, se forçou a ignorá-la.

Essa pequena excursão — que, com suas três horas de ida e volta e três de passeio, duraria no total cerca de seis horas — tinha acontecido pela última vez havia dois anos. Jeong-min havia deletado o ano anterior de sua vida. Como não tinha interesse pelo mundo exterior, também não via necessidade de manter combinados e promessas que havia feito a si mesma. Por isso, o caminho que a levava em direção ao seu ritual particular por alguma razão pareceu sinistro, mesmo estando inesperadamente acompanhada.

— Por que você trouxe guarda-chuva? Hoje o tempo está aberto.

Gui-shik havia levado um guarda-chuva dobrável, mesmo com o céu tão limpo que parecia ter roubado a cor do oceano.

— Disseram que vai chover no comecinho da noite, e durante o outono costuma chover de repente. Por isso eu trouxe o guarda-chuva.

Tem previsão de chuva?, Jeong-min se perguntou, inclinando a cabeça para um lado.

Na verdade, a previsão dizia ter 20% de chance de chover. O motivo para Gui-shik ter levado o guarda-chuva mesmo assim era o desejo dele de passar um dia perfeito com Jeong-min. Mesmo que chovesse, os dois poderiam apenas abrir o guarda-chuva e continuar a caminhar.

— É a primeira vez que vejo uma pintura da Chun Kyung-ja. É bem... profundo — falou Gui-shik, enquanto coçava o queixo. Ele tinha observado todas as obras cuidadosamente.

— É complexo, não é? Até queria me gabar, mas eu também não entendo muito bem, apenas gosto.

— Por que você começou a gostar das pinturas dela?

Jeong-min apontou para uma frase escrita em letras grandes na parede que apresentava a primeira seção da exposição.

— Por causa disto.

Em cada recanto do meu corpo, parece estar enraizada a dor inevitável de uma mulher.

Não importa o quanto eu me debata, a história da minha triste lenda não pode ser apagada.

— Chun Kyung-ja, autorretrato, "A página 22 da minha triste lenda" (1977)

— A história de uma triste lenda…

— Todo mundo tem uma lenda triste, não é? Depois de ler isso, todas as expressões das mulheres nas pinturas começaram a me tocar profundamente. Eu olho para elas e penso: "Ah, então você carrega uma lenda assim…"

Não havia nem dez visitantes na área da exposição permanente, talvez por ser um dia útil. Jeong-min contou a Gui-shik a história de sua própria lenda triste enquanto observava a exposição. Falou dos dias de culpa e autopunição que ela teve que suportar, sussurrando para que apenas Gui-shik ouvisse.

Gui-shik refletiu bastante sobre a própria história, pensando nas partes mais difíceis. Três colheres de sopa de perda, duas colheres de sopa de culpa, uma pitada de desesperança e meia xícara de fadiga excruciante. Gui-shik também tinha todos esses elementos bem misturados em sua vida, que, quanto mais remoía em seu peito, mais podre ficava.

O avô paterno de Gui-shik tinha catarata congênita e acabou perdendo a visão antes de poder ver o rosto do neto. Na época em que morava com ele e com o irmão mais novo em Goseong, seus pais trocaram a iluminação da casa do avô como presente de aniversário. Gui-shik não compreendeu o propósito dos pais ao dar aquilo a alguém que não podia enxergar. A nova lâmpada LED iluminava a sala de estar no lugar da fluorescente, cheia de insetos mortos. Durante a comemoração, os presentes do avô foram entregues um por um, porém o clima logo pesou. Nas festas de família, as discussões eram inevitáveis. Quanto custaria o cuidador e a casa de repouso, com quanto cada um deveria contribuir, quem estava cumprindo melhor seu dever como filho... As vozes se elevavam e as pernas dos adultos iam e vinham sobre a cabeça dos jovens irmãos, que se encolhiam no chão da pequena sala.

— Mesmo que vocês briguem, não pisem nas crianças — dizia o avô, agitado e tentando acalmar seus filhos, olhando para o vazio.

Gui-shik sentiu que o avô estava sendo tratado como um mero objeto, então sugeriu que fossem dar uma volta. Quando chegaram à trilha no sopé da montanha, o avô soltou a mão do neto. Ele disse que havia um lugar ao qual tinha que ir sozinho. Foi a primeira vez que expressou o desejo de ir a algum lugar, algo que ele nunca havia feito antes, pois não podia sequer sair de casa sem ajuda. O jovem Gui-shik não conseguiu segurar a mão do avô, que se esquivava sem parar. Naquele dia, os passos do homem foram largos e apressados. E foi assim que o avô sumiu, sendo oficialmente declarado como desaparecido alguns anos depois.

Quando o rosto do avô começou a se desvanecer da memória de Gui-shik, o pai dele perdeu a visão do olho direito em um acidente de obra. Não parecia coincidência, mas, sim, destino. Quando será que sua vez chegaria? Quando o pai perdesse o brilho do olho esquerdo? Achava que logo seria punido por ter soltado a mão do avô.

Aquela era uma história que ele tinha mastigado e cuspido tantas vezes que parecia gosma. Porém, se ele começasse a contar, não sabia qual seria o fim... para Gui-shik, a lenda ainda estava se desenrolando.

— Eu repito para mim mesmo todos os dias que posso perder a visão a qualquer momento e que o mundo pode se transformar em um céu escuro de repente. Lógico, faço exames regulares e até agora está tudo bem. Mas sou um medroso, então vivo na ansiedade. Isso me tranquiliza, por mais contraditório que seja. Fingir que não sei ou agir como se estivesse tudo bem me deixa ainda mais ansioso, e estou cansado de fingir tranquilidade.

Foi por isso que Gui-shik começou a fazer cerâmica, atividade que aguça o tato. Ele queria treinar suas mãos para substituírem os olhos, caso algum dia perdesse a visão. Queria que suas mãos estivessem sempre prontas.

Jeong-min olhou nos olhos castanho-claros de Gui-shik. Era de partir o coração pensar que olhos tão brilhantes não veriam nada além de escuridão.

— Então é por isso que você às vezes fecha os olhos enquanto faz cerâmica.

— Hã? Você andou me espionando? — provocou Gui-shik, brincalhão, com um olhar afiado.

— Que espionar o quê?! Eu só estava admirando suas habilidades.

Parecia que Gui-shik havia encontrado outro motivo para voltar a Goseong durante a conversa com Jeong-min. Quando estava com ela, acabava descobrindo emoções e pensamentos que ele nem mesmo sabia que tinha. Não de forma opressiva ou como se fosse um fardo, mas suave e macio como a manta grossa com a qual o avô o cobria nos dias de inverno.

Ao sair do museu, os dois passearam por Deoksugung, caminhando e parando a todo momento. Depois de dar uma volta completa, entraram no jardim secreto pelo qual aquele palácio era conhecido, desfrutando do ritmo variado de cada passo que davam. Deoksugung parecia amplo e estreito ao mesmo tempo; às vezes, tudo estava à vista, mas quando o pôr do sol chegava, a paisagem se expandia, tornando-se impossível capturá-la por inteiro em um só olhar. Toda vez que a paisagem mudava, Jeong-min parava para olhar vagamente ao longe. Enquanto os dois estavam sentados em um banco, esperando o sol desaparecer completamente, Jeong-min de repente se desmanchou em lágrimas. Assim como água saindo de um cano congelado, as lágrimas não paravam de fluir. Eram lágrimas que ela havia segurado e guardado ao longo de um ano inteiro.

Gui-shik acariciou suavemente as costas pequenas de Jeong-min.

Jeong-min começou a chorar ruidosamente. Derramar lágrimas depois de tanto tempo não parecia ruim. Era como se a água estagnada estivesse sendo liberada e água fresca estivesse entrando, fazendo-a se sentir revigorada.

— Hoje, quando vi as pinturas e li os textos, não senti nada.

— Então quer dizer que esse é um choro de felicidade?

Em vez de responder, Jeong-min apenas sorriu docemente, com o rosto coberto de lágrimas.

— Devo estar tão patética chorando, mesmo que seja de felicidade. Que droga.

Naquele dia, Jeong-min havia observado as pinturas e lido tudo sem problemas. Ela apenas estava com medo. Tinha medo de que, caso a dislexia desse uma trégua, tivesse que voltar a trabalhar. Ela temia tanto a ideia de não estar mentalmente bem quanto a possibilidade de estar melhor. O medo do transtorno, a dificuldade de aceitar que estava lidando melhor com isso... tudo a assombrava; se apegar àquilo era como uma autorização para descansar um pouco mais. Porém, ela não precisava mais de permissão. Era ela mesma quem decidia até quando descansar e o momento de agir. Talvez a verdadeira maturidade seja alcançada quando a pessoa consegue estabelecer uma rotina de acordo com seu próprio ritmo.

— Estou com fome.

— O quê?

— Gastei tanta energia chorando que agora estou com fome.

— Então vou te levar a um restaurante incrível. Apesar dessa minha carinha, morei em Seul por mais de dez anos.

Apesar de ter falado com confiança, Gui-shik tinha a aparência simples de um jovem do interior, não importava de qual ângulo se olhasse para ele. Jeong-min queria muito provocá-lo, mas se conteve.

— Olha aqui, você está falando com uma nativa de Seul. Mas quero saber o que tem nesse restaurante.

— Os sabores surpreendentes de um lugar onde o sol brilha o ano inteiro.

— Bom, vou confiar em você.

Os dois saíram de Gwanghwamun e começaram a caminhar em direção à área de Sogyeok-dong. O tempo até então estava surpreendentemente agradável, sem nenhum sinal de chuva. O sol, como se ainda se lembrasse do verão, se pôs lentamente, dando a sensação de que a noite nunca chegaria.

Em um restaurante especializado em culinária do Sudeste Asiático, Gui-shik estava todo empolgado explicando o quão popular aquele lugar era. Jeong-min soltou um riso nasalado e disse: "Este estabelecimento já apareceu no programa em que trabalhei." Gui-shik não conseguiu esconder sua decepção; queria apresentar um lugar novo a ela.

— Mas eu nunca comi aqui, só filmei o programa com a equipe.

— Você usa expressões tão elegantes para descrever o sabor em um roteiro sem nem ter provado os pratos?

— Geralmente, é assim. Roteiristas são tão ocupados! Quando conseguiríamos tempo para provar a comida, fazer uma avaliação e só depois escrever o roteiro? — comentou Jeong-min, como se aquilo não fosse grande coisa.

— Se eu fosse o diretor do programa, teria pedido delivery da comida para a roteirista Yoo e dito para escrever um roteiro ainda melhor depois de experimentá-la.

Jeong-min abaixou a cabeça e começou a comer para esconder o rosto vermelho. Se houvesse um diretor como Gui-shik, talvez ela não tivesse desistido do trabalho. Gui--shik, sem perceber, ficou feliz ao vê-la comendo bem.

Depois de se despedir de Gui-shik e seguir de volta para Ilsan, Jeong-min entrou correndo na estação e pegou o trem que havia acabado de chegar, sem perceber que estava no errado, que ia para Gupabal, mas nem isso estragou seu bom humor. Mesmo quando se jogou às pressas no banco e acabou sentando sem querer sobre a barra da roupa do homem ao lado, ele sorriu generosamente. Naquele dia, o mundo parecia gentil com ela. Jeong-min respirou fundo por um momento e, em vez de ouvir música, prestou atenção aos sons que preenchiam o metrô.

Direção

A época de vestibular passou e o inverno se intensificou. O frio extremo forçava o ateliê a manter as portas sempre fechadas. As pessoas caminhavam pelas ruas com a respiração saindo como uma névoa branca, empurrando as portas do ateliê com as mãos vermelhas de frio.

Jun usava apenas uma jaqueta fina e um cachecol. Todos no ateliê o repreenderam de modo afetuoso por não estar bem agasalhado. Jun, que parecia um pouco mais relaxado após as provas, ficou meio envergonhado e disse que havia dormido demais.

As provas práticas para a faculdade de artes começariam oficialmente em janeiro. Jun tinha se inscrito para cerâmica e artesanato, graduações que avaliam os candidatos não tendo em vista o que eles fazem com a argila, mas com base em seus desenhos, assim como os outros departamentos de artes. Na verdade, como Jun estava frequentando uma academia de artes para se preparar para o vestibular, não havia necessidade de ir ao ateliê, mas continuava a aparecer lá por insistência dos pais. Eles eram designers de uma marca de cerâmica de luxo e um casal de ceramistas renomados.

Artesãos orgulhosos de sua arte, obviamente esperavam que o filho mais velho seguisse seus passos. Assim, começaram a ensinar-lhe cerâmica desde que entrou no ensino médio. Eles acreditavam que, para Jun estar à frente quando entrasse na universidade, ele precisava aprender cerâmica bem antes. Porém, ensinar os próprios filhos era uma tarefa difícil, tanto para os pais quanto para Jun. Então, eles o enviaram ao ateliê Soyo, deixando-o aos cuidados de Jo-hee.

Na época em que o vestibular parecia algo distante, Jun também gostava da cerâmica. Ele parecia ter um talento nato para isso. Sentia orgulho de seus pais e achava natural seguir os passos deles. Mas mudou de ideia por volta da adolescência, quando começou a frequentar a academia de artes. Aprender desenho e pintura fez com que ele se sentisse muito mais livre do que com a cerâmica. A ideia de poder criar um novo mundo em uma folha de papel o deixava em êxtase. Ele foi especialmente atraído pelas linhas delicadas e traços suaves da tinta, e se interessou pela pintura oriental. Porém, nunca ousou dizer aos pais que queria pintar, pois sabia que sair do caminho planejado por eles nem chegava a ser uma opção.

Quando ele desabafou com Jo-hee sobre querer aprender pintura oriental, ela lhe ofereceu tintas, sugerindo que ele poderia pintar nas cerâmicas. No entanto, Jun recusou a sugestão imediatamente. Para ele, pintar era algo que pertencia ao papel, e fazer isso em cerâmica era uma ideia inaceitável. Na mente de Jun, a pintura brilhava mais quando existia por si só.

Jun tirou apenas o cachecol e pegou um pedaço de argila. Ele se perguntava como passaria o tempo antes de voltar a frequentar a academia de artes. Fazer algo que não queria era como mascar um chiclete que já havia perdido todo o sabor. Enquanto cutucava a argila com os dedos, fazendo buracos, sentia-se cansado do cheiro de terra que o acompanhava desde a infância.

Jo-hee chamou a atenção de todos, sem conseguir conter o sorriso. Ela segurava uma peça de cerâmica com um design que Jun nunca tinha visto.

— Esta é uma tigela para nachos feita à mão hoje por Jeong-min. Não é um design incrível?

Era um pouco maior que uma tigela de arroz, com uma alça que parecia desproporcional ao corpo volumoso. Ao lado do prato, havia uma pequena tigela em forma de meia-lua, parecida com um pratinho para molho de soja. Algo daquele formato apenas ocuparia espaço na cozinha. Além disso, seria fácil aparecer rachaduras na junção das peças durante a queima no forno. E, afinal, um prato para nachos? Cerâmica pesada não parecia adequada para servir petiscos.

— A tigela maior é para os nachos, e a menor, para o molho de queijo. Assim, você não precisa colocar o molho na mesa e pode até comer na cama sem fazer bagunça. E ainda pode usá-lo para comer ramen, colocando *kimchi* na tigela menor. Uma tigela que serve para tudo! O que acham?

Jeong-min havia sido ambiciosa ao fazer aquela peça, porém a reação dos colegas à explicação entusiasmada foi meio sem graça.

— Então, o que acham desta?

Jeong-min mostrou outra peça: um copo baixo que parecia uma taça de vinho.

— Ah, é uma tigela para ovos? Você pode colocar ovos cozidos e sal... — comentou Gui-shik, tentando ajudar.

— Não. Como pode alguém que quer abrir um ateliê moderno não conhecer um *bowl* de iogurte? É um design tão popular hoje em dia...

Jeong-min assumiu uma expressão triste e Gui-shik fez o melhor que pôde para consolá-la. Ji-hye e Jo-hee arregalaram os olhos diante da cena. Parecia que os dois tinham se aproximado muito depois da semana em que Jeong-min não foi ao ateliê. Mesmo colados um ao outro, não pareciam sem graça pela proximidade. Ji-hye e Jo-hee disfarçaram o sorriso e assentiram uma para a outra, pensando: *Eles fazem um bom par, não fazem?*

Jeong-min perdeu a confiança mesmo com as tentativas de consolo de Gui-shik, e todos se esforçaram para destacar as qualidades da peça, elogiando-a. Apenas Jun fez críticas, alegando que ela não tinha retirado argila suficiente do interior da peça, o que a fazia parecer muito pesada.

Jun se sentia desconfortável quando via pessoas que frequentavam o ateliê apenas por diversão. Temia que percebessem como ele olhava para a argila. Por isso, às vezes falava coisas duras que não condiziam com o que ele sentia.

Ao ouvir a crítica de Jun, Jeong-min pegou uma ferramenta e sentou-se ao lado dele para afinar a espessura da tigela e torná-la mais leve. Aos olhos dela, Jun era um jovem com talento artístico nato, e ela achava que qualquer conselho dele seria útil.

— Agora está leve o suficiente?

— Por favor, não fique me perguntando cada detalhe. O design já não era bom desde o início.

— Como estou fazendo algo que quero e preciso, o design não importa. Só é divertido. Não acha?

— Se for só por diversão, não vale a pena.

Jeong-min se encolheu, parecendo uma tartaruga assustada, e voltou a trabalhar. O nervosismo de um estudante na fase do vestibular era maior do que ela imaginava. Ji-hye, que observava a conversa tensa, interveio.

— Jun, você precisa terminar o vestibular logo para poder voltar ao ateliê com a cabeça mais leve.

— Ah, não vai rolar. Hoje é meu último dia aqui.

Todos já imaginavam que Jun deixaria o ateliê, mas ouvir isso da boca dele foi uma tristeza. Jeong-min pensou imediatamente em Ye-ri. Sabia que a garota ficaria desolada com a notícia.

— Vai dar uma pausa? — perguntou Ji-hye, em tom suave.

— Não. Tenho que me sair bem na prova prática, já que fui mal na escrita. Agora vou frequentar a academia de artes até mesmo aos finais de semana. Meus pais concordaram.

— Entendo. Que pena. Mas venha nos visitar depois do vestibular, pelo menos uma vez, ok?

Jun assentiu, porém tinha certeza de que não voltaria ao ateliê depois do vestibular, afinal, frequentar o lugar não havia sido uma escolha própria, mas de seus pais. Para ele, o ateliê era apenas uma zona neutra para evitar conflitos com os pais durante a preparação para o vestibular. A argila na qual ele trabalhava ficou toda retorcida, o que geralmente não acontecia. A argila é um material honesto e, naquele momento, mostrava como Jun estava se sentindo.

No último dia de Jun no ateliê, o almoço foi *udon,* o macarrão japonês, e sushi. O plano original era comer no restaurante de Seung-ho, o chef que havia comprado as tigelas de Jo-hee, mas o estabelecimento estava tão cheio que havia até fila de espera. Como era sábado, pessoas de Seul e Paju tinham vindo de longe para visitar a vila Bamgashi. Estavam todos bem-vestidos, sentados em grupos grandes e pequenos, comendo combos para casais ou tamanho família. Cinco pessoas vestindo camisetas pretas sujas de argila não se encaixavam naquele ambiente. A aparência dos membros do ateliê, como visitantes indesejados, fez Jeong-min sorrir levemente.

Acabaram por pedir o sushi para viagem e ir comer no ateliê, como de costume. Jeong-min estava desapontada, pois queria que fossem comer fora para se despedir de Jun, porém comer no ateliê em meio à paz e à tranquilidade não era tão ruim. Colocaram o sushi em tigelas idênticas às que Seung-ho havia comprado, e isso fez com que parecesse que estavam comendo no restaurante. Certamente, as tigelas de cerâmica davam aos que estavam à mesa a sensação de estarem sendo bem tratados. As tigelas escolhidas por Seung-ho combinavam perfeitamente com a comida japonesa e faziam os alimentos parecerem ainda mais apetitosos. O *udon*, enviado por Seung-ho como cortesia por conta da falta de lugar no restaurante, também estava surpreendentemente saboroso. O macarrão estava macio, o caldo de frutos do mar, excelente, e o prato estava repleto de bolinhos de camarão e *odeng*, bolinhos de peixe. À medida que eles aqueciam o estômago, o frio que restava na ponta dos dedos gradualmente se dissipava, alcançando a temperatura corporal ideal. Jeong-min ingeriu cada gota do caldo do *udon*.

Quando os pedaços de sushi nas tigelas de cada um deles começaram a desaparecer, Ji-hye pigarreou algumas vezes antes de fazer um anúncio importante.

— Eu... fui aceita no programa de voluntariado internacional da KOICA, a Agência de Cooperação Internacional da Coreia! Estou indo para Bangladesh no próximo mês, então hoje será meu último dia no ateliê. A missão vai durar um ano e, se possível, vou pedir para ficar mais tempo.

Ninguém esperava essa notícia. Porém, todos aplaudiram e a parabenizaram de coração, e depois perguntaram por que ela não havia contado antes. Quando Gui-shik, pronto para sair em disparada, perguntou "Deveríamos comprar um bolo?", Jo-hee negou com a cabeça e pegou um bolo inglês da geladeira. Ji-hye havia mencionado o assunto para ela um dia antes, então Jo-hee havia preparado o bolo no dia anterior. Mas, mesmo que isso não tivesse surgido, ela já havia planejado fazer um bolo para desejar sorte a Jun no exame prático.

Embora relutante, Jun se levantou e soprou as velas juntamente com Ji-hye. Ao contrário do jovem, que voltou a se sentar logo depois, Ji-hye permaneceu de pé, fazendo seus desejos em silêncio. Ela ficou assim um bom tempo. Depois que cortaram o bolo e distribuíram as fatias, Jo-hee serviu chá e café, de acordo com o gosto de cada um. O bolo inglês, que havia sido armazenado na geladeira por um dia, tinha uma textura viva e um sabor mais intenso. Contrastando com o vento frio do lado de fora, o ateliê parecia ainda mais acolhedor. O aroma doce do bolo parecia ter cor, preenchendo o ar com tons quentes de amarelo e laranja e circulando em torno de todos ali.

— Eu realmente não sabia que você tinha interesse em trabalho voluntário, Ji-hye. Que legal! — exclamou Jeong-min, impressionada com a escolha da mais nova.

— Obrigada, *unnie*. Pode parecer uma decisão repentina, mas, na verdade, eu sempre quis me dedicar a isso. Porém, assim como acontece com todo mundo, o emprego veio primeiro. Continuava dizendo a mim mesma que, uma vez que conseguisse um emprego, faria trabalho voluntário todos os finais de semana... mas nada. Então comecei a me questionar: se é algo que eu quero fazer, por que não faço logo? Aí acabei me candidatando ao programa da KOICA. Sempre estive de olho nas oportunidades, mas esta foi a primeira vez que me inscrevi, com a intenção de deixar as coisas acontecerem.

Ji-hye também disse que ter aprendido vários idiomas enquanto se preparava para o mercado de trabalho a ajudou na seleção.

— Apenas pessoas preparadas conseguem aproveitar boas oportunidades. Embora seja triste ficar sem te ver por mais de um ano, estou torcendo por você, de verdade.

Jun, que estava comendo bolo em silêncio, lembrou-se de que, pela manhã, Ji-hye havia pedido para ele visitar o ateliê quando o vestibular passasse. Porém, Ji-hye já nem estaria mais na Coreia do Sul quando isso acontecesse. *Tsc, me pediu isso, e nem ela vai voltar ao ateliê*, pensou.

Ji-hye estava prestando atenção no humor de Jun desde mais cedo e tocou de leve o ombro do garoto.

— Jun, você sabe que estou realmente torcendo por você, certo? Eu queria que o grupo todo saísse para comer junto depois do vestibular, mas...

— Ah, tudo bem.

— Você é tão refinado! Mesmo que eu não esteja aqui para testemunhar a última fase desse processo todo, acredito que você se sairá bem.

Jun não estava acostumado a esse tipo de apoio sincero. Ele hesitou em responder, empurrando o bolo com o garfo.

— Mas você não estudava química, *noona*?

— Meus pais disseram que as ciências exatas têm melhor empregabilidade, então acabei escolhendo essa área. Mas sempre quis ensinar língua coreana.

— Seus pais... não ficaram desapontados?

— Decepcionei muitas pessoas com essa escolha, não apenas meus pais. Porém, essa foi a única decisão que tomei na vida que não me deixou decepcionada comigo mesma.

— Eu também quero escolher o que desejo. Seja lá o que for.

O olhar de Jun gradualmente se voltou para o chão.

— Sabe o que percebi depois de estudar por mais tempo que os outros? Que nosso caminho não se define com apenas uma escolha. Você é jovem demais! O vestibular não precisa determinar toda a sua vida. Pelo contrário, pode ser o início de um caminho mais amplo. Você terá que fazer muito mais escolhas daqui para a frente, então não julgue precipitadamente a escolha que está fazendo agora. É só não se deixar abater e seguir em frente, que o caminho que você deseja com certeza vai aparecer. E quando isso acontecer, não tenha medo de decepcionar os outros, mude sua rota e siga de cabeça erguida. E, por experiência própria... é melhor desapontar seus pais o mais cedo possível.

Jun ficou surpreso com as palavras de Ji-hye, que acertaram em cheio seu coração. Ela, que vinha ao ateliê todos os dias, provavelmente havia notado todas as expressões que ele fazia ao trabalhar com a argila.

Com a intenção de encorajar Jun, Gui-shik encheu a xícara de chá do garoto e disse:

— Eu me formei em engenharia urbana e agora trabalho em uma empresa de vendas on-line. No próximo ano, vou abrir um ateliê de cerâmica. E a Jeong-min se formou em língua japonesa, mas trabalhou como roteirista de televisão. Será que fizemos a escolha errada aos dezenove anos por estarmos em áreas diferentes agora? Eu diria que não. De fato, foram aquelas escolhas que me trouxeram até aqui. Então, experimente várias coisas. Só assim vai descobrir o que realmente quer fazer.

Só de ouvir as histórias de pessoas mais velhas sobre as escolhas que fizeram na vida, que não combinavam muito com elas, Jun se sentiu estranhamente reconfortado. Embora ele ainda não conseguisse entender de todo, sabia que, à beira do vestibular, havia deixado passar pistas importantes enquanto corria contra o tempo, impaciente. Era como se um grão de areia teimoso que bloqueava o fluxo da ampulheta enfim caísse suavemente.

Jun precisava ir à academia de artes, e relembrou a manhã daquele dia, em que se vestiu de qualquer jeito. Lá fora, ainda não havia nevado, mas estava tão frio quanto no auge do inverno. A única coisa que o garoto tinha para se proteger do vento era o cachecol. Quando ele se livrou da pressa que o consumia, restou apenas o arrependimento por não ter trazido um casaco. Enquanto se olhava no espelho em frente à porta do ateliê, ajustando o cachecol várias vezes, Gui-shik de repente saiu correndo e logo voltou.

— Veste isso. Eu tinha um extra no carro.

Gui-shik entregou a Jun um casaco *fleece* branco. A peça era grande demais para o garoto, mas, com ela, sentiu que poderia enfrentar o vento gelado das ruas sem medo.

— Obrigado — falou Jun, enquanto vestia o casaco e puxava o zíper até o peito.

Gui-shik se aproximou e fechou o zíper até o pescoço de Jun, dizendo:

— Quer saber o segredo para entrar naquela universidade renomada?

— Qual?

— Saúde, saúde e mais saúde!

O vestibular, que parecia interminável, finalmente estava chegando ao fim. Todos os integrantes do ateliê saíram para se despedir de Jun. Estavam todos sorrindo, parecendo quase infantis. Era uma demonstração de solidariedade, para que, na frente de Jun, que estava evidentemente ansioso, ninguém ficasse sério demais.

"Até logo!", disseram, em uma despedida que talvez não se cumprisse, enquanto Jun se virava para ir embora. Apenas Ji-hye não pôde dizer aquilo, sabendo que não voltaria a vê-lo. Jun, por sua vez, se despediu dela com um "Viaje em segurança". Ainda não conseguia imaginar como seria o ateliê sem Ji-hye, que sempre estava ali. O calor do ateliê envolvia o corpo de Jun enquanto ele caminhava, de modo que não sentiu o frio. Quando olhou por cima do ombro, o ateliê permanecia no mesmo lugar, como se fosse eterno, resistindo ao vento cortante e protegendo aqueles que poderiam se perder nos becos tão parecidos da vila Bamgashi. O ateliê se tornou um marco, um guia disposto a ajudar quem passasse por ali.

Mesmo sabendo que não daria tempo de colocar as peças no forno antes de partir, Ji-hye continuou a trabalhar na roda. Jo-hee prometeu que faria isso por ela. As duas fizeram uma promessa de dedinho, e Ji-hye imaginou como estaria dali a um ou dois anos. Ainda gostaria de cozinhar? Teria emagrecido? Teria conseguido um emprego ao voltar para a Coreia do Sul? Continuaria sendo amiga daquela pessoa? Independentemente do que acontecesse, esperava estar um pouco mais madura quando completasse trinta anos. Para Ji-hye, seus vinte anos pareceram longos demais.

Ji-hye havia combinado de se encontrar com Hyo-seok à noite. Ela chegou primeiro ao *izakaya*, um bar japonês, e se sentou, mas seu coração estava inquieto. Não era fácil dizer a ele que iria embora. Estava preocupada que ele pensasse que ela estava fugindo por ter falhado em conseguir um emprego. Lógico que Hyo-seok a parabenizaria, mas ela não estava muito confiante. Apesar de ter dado conselhos a Jun, como se tivesse desvendado todos os mistérios da vida, Ji-hye se via constantemente questionando se tinha feito bem em escolher aquilo.

Logo Hyo-seok entrou com passos ruidosos e se sentou ao lado dela. Ji-hye ficou aliviada por estarem em uma mesa de bar, onde não precisavam olhar diretamente um para o outro.

Assim que os aperitivos chegaram, Ji-hye contou a Hyo-seok que estava deixando a Coreia do Sul.

— Han Ji-hye, parabéns, sério! Eu te conheço há tanto tempo, mas você realmente...

Emocionado, Hyo-seok ergueu o copo de cerveja para brindar.

— Você já contou aos outros?

— Não, ainda não. Mas não pretendo contar para eles.

— Por quê? Devíamos pelo menos fazer uma festa de despedida! Na nossa escola, não havia um único garoto que não gostasse de você. Vão ficar tão tristes ao saber que o primeiro amor deles está indo embora...

Hyo-seok falou de modo brincalhão, sem ter ideia do que se passava na cabeça de Ji-hye.

— Primeiro amor? Esse tempo já passou. Hoje em dia, se eu for a uma reunião de ex-alunos, vou ser assunto por outros motivos.

Quando foi a uma reunião de ex-alunos depois de ter engordado e ouviu "Parece que você está feliz", Ji-hye passou a evitar esses encontros. Ela não gostava de ter que explicar que o ganho de peso não era resultado de felicidade, e detestava os títulos de "fracassada" e "a garota que todos gostavam naquela época".

— Mas você também não se declarou para mim e eu te rejeitei? O que você disse quando me deu aquele ingresso de cinema mesmo?

— Ah, esquece isso, por favor — disse Hyo-seok, pigarreando, constrangido.

Depois de se perder em pensamentos por um instante, Ji-hye tomou um gole de cerveja antes de falar.

— Tem uma coisa que quero te contar. Mas, se eu disser, talvez você não queira mais ser meu amigo.

— Ei, entre nós não existe isso. Vamos lá, me conta o que pode ser tão grave assim.

— Acho que começou quando você passou no vestibular e eu, não. Sempre íamos para a escola juntos, mas, pela primeira vez, estávamos em lugares diferentes, com rotinas diferentes. Eu seguia a programação rigorosa do cursinho, enquanto você escolhia seu próprio horário na universidade. Acho que foi aí que comecei a desmoronar.

Ji-hye não tinha realmente sentido inveja até antes de fazer vinte anos. Mesmo quando sentia, o sentimento logo passava e ela sabia como torcer sinceramente pelo sucesso dos amigos. Nunca havia comparado a própria vida com a dos outros. Mas então ela não passou no vestibular. Hyo-seok, com notas mais baixas no boletim, passou com facilidade. Na segunda tentativa, de novo ela não entrou na universidade que queria e acabou em sua segunda opção. A partir daí Ji-hye começou a se comparar com os outros em todos os aspectos, sofrendo com um complexo de inferioridade. Para compensar o tempo perdido, ela se matriculou em cursos de extensão e adiantou a própria formatura, além de dar duro para ter as melhores notas. Mas, talvez por ter expectativas muito altas ou por falta de habilidade, ela falhou repetidamente em conseguir um emprego, pulando de estágio em estágio. O sentimento de estar ficando para trás crescia dentro dela.

Antes que percebesse, Ji-hye se tornou a integrante mais antiga do grupo de estudos de preparação para concursos públicos. Por volta da época em que a necessidade de conseguir um emprego se tornou desesperadora, ela e uma colega mais nova do grupo acabaram chegando juntas à última fase de um processo seletivo. Porém, a colega não pôde comparecer ao exame final porque teve uma apendicite. Ao ouvir a notícia, Ji-hye enviou uma mensagem à outra, lamentando genuinamente o acontecido. Mas, ao bloquear a tela do celular, viu que o próprio reflexo na tela escura sorria sutilmente. Ela ficou desconcertada ao perceber que a pessoa traiçoeira que via na tela era ela mesma. Acima de tudo, ficou desapontada com o quão mesquinha era. No fim das contas, Ji-hye não conseguiu a vaga e, procurando uma alternativa, decidiu entrar na pós-graduação.

— A infelicidade dos outros era a minha felicidade. Mas minha própria infelicidade era dolorosa demais. Eu me odiava por ser tão desprezível.

— Todo mundo que está à procura de um emprego sofre essa pressão. É normal se sentir assim.

Mesmo com as palavras de Hyo-seok, Ji-hye continuava a desprezar a sua versão do passado. Justamente porque todo mundo estava na mesma situação, ela sabia que não deveria ter sentido aquelas coisas ruins. Além disso, houve momentos em que ela também sentiu uma inveja infantil de Hyo-seok.

— Eu não consegui te parabenizar com sinceridade quando você passou no vestibular, nem quando conseguiu um emprego.

Enquanto Ji-hye estava em crise, Hyo-seok havia cumprido seu serviço militar obrigatório, voltado à universidade e conseguido um emprego antes de se formar. Ji-hye deu os parabéns, mas, por dentro, sentia outra coisa.

— Essas coisas acontecem. Eu mesmo quis bater nos meus colegas que se gabavam de ter conseguido um emprego. Cheguei a falar umas coisas e quase arrumei uma briga. Você não fez nada de mais.

— Não foi só isso. Quando você conseguiu o emprego, eu secretamente te menosprezei. Achei que você, que sempre teve sorte, conseguiria algo melhor.

Antes de responder, Hyo-seok pediu uma porção de espetinhos grelhados.

— Você acha que as pessoas só escolhem o que estudar para o vestibular ou prestar concurso público? A felicidade também é uma escolha. Você pode ser feliz agora, se quiser. Veja, se você comer algo delicioso, seu humor vai melhorar na hora.

Ele colocou espetinhos de asa e coração de frango grelhados no prato de Ji-hye.

— Isso não é só uma forma de justificar o próprio fracasso? — Ji-hye ridicularizou a si mesma.

— Justificar o próprio fracasso? Olha só para mim. Eu decidi ser moderado para ficar contente com a vida que levo. Trabalho em um lugar onde posso cuidar de mim e das pessoas ao meu redor, ganho moderadamente, trabalho moderadamente, me divirto moderadamente... As pessoas dizem que não tenho ambição, mas talvez "moderação" seja a maior ambição de todas. Eu estou lutando para manter essa linha de pensamento porque quero ser feliz. É uma questão de escolha.

— Felicidade não é uma opção para mim faz tempo. Não sou capaz de ser feliz com a vida que levo aqui.

Ji-hye se lembrou das muitas noites em que passou horas cozinhando pratos complexos para evitar fazer currículos e cartas de apresentação. Ela não era e jamais poderia ser feliz. Sentia que a felicidade tinha lhe dito adeus. Escolheu o país para onde poderia partir o mais rápido possível por causa disso.

— Como assim, não está feliz aqui? A sua vida é cheia de felicidade.

— Você realmente acha que sou feliz? — Ji-hye encarou Hyo-seok.

— Vendo como você está agora... Acho que nada do que eu disser vai adiantar! Talvez você perceba isso quando voltar para a Coreia do Sul.

— E se eu continuar não percebendo quando voltar?

— Eu vou te mostrar, não se preocupe. E vou cuidar da felicidade que está bem aqui enquanto você estiver fora, então pode ir tranquila.

Ji-hye encarou Hyo-seok. Ele, meio sem jeito, esfregou a nuca.

— Ainda bem que somos amigos, Hyo-seok.

Era estranho dizer isso, então Ji-hye tomou um longo gole de cerveja para disfarçar o constrangimento. Hyo-seok virou sua cerveja para terminá-la. E, ao mesmo tempo, ambos fizeram uma careta e arrotaram. Eles caíram na risada e pediram mais cerveja. "Aqui, mais uma rodada!"

Como sair da caverna

Assim que dezembro chegou, Ji-hye partiu para o exterior. Jun ficou um longo tempo sem aparecer no ateliê. Embora esperassem por isso, a ausência do garoto fez com que todos sentissem falta de suas expressões indiferentes e de seu tom de voz rígido. As vagas deixadas por Jun e Ji-hye na roda de oleiro foram rapidamente preenchidas por novos alunos.

Naquele período, o ateliê começou a receber muitas mulheres de meia-idade, um pouco mais velhas que Jo-hee. Os frequentadores do ateliê geralmente se dividiam em dois grupos. O primeiro era formado por aqueles que frequentavam o lugar para "descarregar". Costumavam ser donas de casa que, após os filhos irem para a escola e o marido para o trabalho, aproveitavam as horas livres para extravasar a energia acumulada, moldando a argila até que seus ombros doessem. Elas sentiam que, em vez de passar o dia circulando por cafeterias com outras mães, essas horas gastas no ateliê tornavam o dia mais proveitoso. Desfrutavam desse cansaço que as fazia se sentirem jovens novamente. Além disso, quando estavam moldando a argila, deixavam de ser apenas "a mãe do fulaninho" e passavam a ser chamadas pelo próprio nome.

O segundo grupo era composto por aqueles que vinham para "recarregar". Trabalhadores chegavam ao ateliê com expressões exaustas, mas saíam de lá revigorados, esquecendo por um momento que precisariam voltar ao trabalho no dia seguinte. A satisfação de ter um novo hobby e a empolgação com o desafio elevavam o tom de suas vozes, mas Jeong-min acreditava que o café e os pães de Jo-hee também desempenhavam um grande papel nisso.

Ainda assim, quando chegava o horário de almoço no sábado, eles deixavam o ateliê cedo para passar tempo com a família ou os amigos. Naquele sábado, os integrantes do ateliê que ficaram para o almoço haviam sido apenas Jeong-min e Jo-hee, já que elas não tinham nenhum outro compromisso.

— Somos só nós duas. Ainda bem que você está aqui, Jeong-min, ou eu estaria sozinha no almoço de sábado.

— Imagina. Se não fosse por você, professora, eu provavelmente só ficaria em casa o final de semana inteiro.

O menu do dia era ramen. Diferente do verão anterior, quando havia poucas opções, agora, em apenas alguns meses, surgiram vários restaurantes na área. Experimentar a comida de novos lugares se tornou uma das diversões de Jo-hee e dos outros integrantes do ateliê. Lógico, em dias como aquele, em que estavam apenas as duas, a ausência dos rostos familiares tornava o ambiente um pouco solitário, mas, ao mesmo tempo, acolhedor. Abrindo a embalagem do ramen, Jeong-min quase caiu ao se levantar. Seus pés estavam dormentes por causa do aquecedor, que tinha sido colocado longe para evitar que a argila secasse rápido demais.

— Você é uma bênção para o nosso ateliê, Jeong-min. Sabe o dia em que você veio aqui pela primeira vez? Foi justamente naquela semana que voltei a sair de casa.

Jeong-min também se lembrava nitidamente daquele dia. Aquele também havia sido o dia em que ela havia saído de casa após meses vivendo como *hikikomori*, na tentativa de retomar sua vida. Teria sido o sol de verão sussurrando algo para elas? Duas pessoas completamente diferentes retornaram ao mundo ao mesmo tempo. E as linhas paralelas de suas vidas, antes sem conexão, começaram a se cruzar, traçando novos pontos. Talvez fosse destino ou apenas o resultado de suas escolhas — não importava. O importante era que essas linhas estavam se cruzando e avançando, impulsionadas pela onda de seja lá o que fosse que tinha causado aquilo. Jo-hee fechou os olhos como se sentisse essa onda desenhando grandes curvas. Quando os abriu novamente, voltou a falar:

— Quando vi você tomando café, pensei que talvez fosse parecida comigo. As pessoas que seguram uma xícara de café com tanto carinho geralmente têm uma história guardada lá no fundo do coração. Então, sem pensar, perguntei se você não queria experimentar fazer cerâmica. Tinha acabado de dizer a Ji-hye que não queria mais alunos por um tempo, porque estava com medo das pessoas após ter enfrentado a morte e o luto... Mas, ao ver você, essas palavras saíram de mim, e eu achei engraçado. Não, na verdade, achei interessante. E depois que você começou a cuidar das redes sociais do ateliê, o clima daqui mudou. Mais pessoas começaram a aparecer, e aqueles que não vinham havia muito tempo voltaram para revisitar as memórias que tinham daqui.

Jeong-min também sentiu algo inexplicável ao ver Jo-hee pela primeira vez, como se algo a puxasse na direção da mulher mais velha. "O que acha de fazer uma peça você mesma?", foi isso o que ela tinha dito? Naquele dia, Jeong-min pensou que "fazer" era uma palavra tão bonita de se ouvir.

— Ao aprender cerâmica, algo que sequer tinha pensado em fazer antes, eu também mudei muito. Houve muitos momentos que me emocionaram, mas o que mais me marcou foi quando fizemos o trabalho manual juntas, antes de começar a usar a roda. Eu não soube controlar bem a água, e a argila ficou encharcada, então você me disse para secar as lágrimas dela. Foi uma frase simples, mas me tocou profundamente. Quando eu mexia na argila, parecia que estava cuidando de mim mesma, acolhendo, tocando e até secando minhas próprias lágrimas.

Jeong-min mexeu os poucos macarrões restantes do ramen enquanto refletia sobre aquela situação. Dizem que, quando a vida fica difícil, nos apoiamos nas memórias do passado, e ela se preocupava em não ter nenhuma memória especial à qual se apegar, mas, ao aprender cerâmica no ateliê Soyo, finalmente sentiu que tinha uma. Uma lembrança a que se apegar em dias de exaustão.

— Aquecer cerâmica é como aquecer o coração. Quanto mais você molda a argila feia e grossa com as mãos e a olha com carinho, mais bonita e preciosa ela se torna. Um coração feio, que você mal quer olhar, pode revelar o que realmente contém se você continuar a observá-lo. Amor e compaixão, que você pensava não existirem, podem estar escondidos onde você achava que só havia ódio... e diversas outras emoções. E, então, chega o momento em que até esse coração feio se torna precioso.

Jeong-min percebeu que seu coração estava aquecido, não pelo caldo quente do ramen, mas pelas palavras de Jo-hee, que pareciam esquentar seus pés frios também.

— "Aquecer cerâmica é como aquecer o coração"... Não consigo explicar, mas essa frase é muito bonita.

— O inexplicável, às vezes, é o que mais nos marca.

Há coisas das quais gostamos mesmo sem entender o porquê, como estrelas cadentes ou auroras. Mesmo sem que ninguém nos diga, conseguimos identificar uma bela frase.

— Professora, ultimamente, tenho ficado ansiosa pensando se sorri menos hoje do que ontem. Acho que estou começando a ficar ambiciosa.

— Não tem problema em ser mais ambiciosa. A felicidade é algo que só quem já a experimentou pode desfrutar de novo. Então, aproveite ao máximo e deixe que essa sensação se torne parte de você, até que domine tudo.

Mesmo que tivesse crescido com pouco carinho e felicidade, era possível preencher essas lacunas. Pelo menos, naquele momento, enquanto almoçava com alguém de quem gostava, Jeong-min escolheu acreditar nisso.

Na noite de sábado, antes do início da aula de artesanato para pessoas com deficiência, Hyo-seok entrou no ateliê. Sem nem mesmo colocar sua mochila no chão, ele compartilhou o que todos provavelmente estavam curiosos para saber: novidades de Ji-hye.

— Acompanhei a partida da Ji-hye. Ela pediu que eu transmitisse suas despedidas a todos do ateliê.

Jo-hee e Jeong-min sentiram uma pontada de nostalgia.

— Estou orgulhosa, mas também preocupada. Será que vamos conseguir manter contato com a Ji-hye? — perguntou Jo-hee com cautela.

— Lógico. Olha a época em que vivemos! Temos chamadas de vídeo, o milagre da tecnologia moderna — disse Hyo-seok, empertigando-se. — Mas agora só tem vocês duas aqui. Ah, o Gui-shik *hyung* também vai embora em breve, não vai? — perguntou ele a Jeong-min, falando do outro homem com intimidade ao ponto de chamá-lo de "hyung", já que Gui-shik era mais velho.

Todos sempre acabavam perguntando de Gui-shik a Jeong-min.

— O quê? Ah, sim, Gui-shik vai embora em breve. Ele já se demitiu e está quase terminando de arrumar a casa de Seul.

— Hein? Você ainda não chama ele de "oppa", *noonim*?

— Bem... pois é, ainda não.

— Ah, é...? Achei que vocês fossem bem mais próximos. De qualquer forma, é uma pena que o *hyung* esteja indo embora, não é?

Sentindo-se um pouco pressionada pelas perguntas de Hyo-seok, Jeong-min assentiu, sem muita convicção. Ele, percebendo a falta de entusiasmo na resposta, fez uma careta.

— Os outros devem estar para chegar, o que acham de nos prepararmos? — Jo-hee bateu palmas e arregaçou as mangas do suéter antes que o clima pudesse ficar tenso. Graças a ela, Jeong-min conseguiu escapar das perguntas de Hyo-seok sem muito alarde. — Ah, se vocês estiverem livres hoje, poderiam me ajudar com a aula? Com o Natal se aproximando, vamos fazer um enfeite de árvore, e às vezes as pessoas acham difícil quando tem um tema fixo. Vou recompensar vocês com bastante carne!

Hyo-seok respondeu energicamente com um "Sim!" ao ouvir a palavra "carne". Jeong-min, lembrando que não tinha compromisso para aquela noite, também assentiu com um sorriso.

Quando os oito alunos do programa se sentaram em seus lugares, a aula começou. A tarefa do dia era criar enfeites de Natal, cada um do seu próprio jeito, em um molde previamente feito por Jo-hee e outros dois assistentes.

— Jeong-min, pode vir me ajudar? — Fazia tanto tempo desde que Gyu-won a havia chamado pela última vez que Jeong-min se sobressaltou.

— Ah, sim, lógico.

Ao se sentar ao lado do *ahjussi*, percebeu que ele estava tendo dificuldade em controlar a força ao segurar as ferramentas, resultando em áreas desiguais na argila.

— Primeiro, vamos suavizar essa parte que se soltou. — Jeong-min pegou um pedaço bem pequeno de argila e, molhando-o o suficiente, aplicou na área danificada. — E colocamos assim... Viu? Parece que nada aconteceu com ela, não é?

— Pensei que estava arruinado, mas, colocando mais argila, parece que voltou ao que era antes.

Jeong-min colocou uma mão sobre a de Gyu-won para ensiná-lo mais uma vez a segurar a ferramenta corretamente, mas hesitou.

— Acho que é a primeira vez que seguro sua mão, *ahjussi*.

Os dois ficaram em silêncio por um momento, provavelmente relembrando memórias já um pouco desbotadas pelo tempo.

— Perdão, *ahjussi* — disse Jeong-min, com dificuldade.

Era a primeira vez que ela se desculpava com Gyu-won depois do acidente. Desde então, ela não teve razão nem coragem para encará-lo.

— Não foi sua culpa. Não diga isso — falou Gyu-won, tirando a mão de baixo da de Jeong-min e colocando-a suavemente sobre a da mulher. — Está tudo bem. — Gyu-won lhe ofereceu um sorriso que dizia para que seu coração ficasse em paz. Era uma forma de perdão mais significativa do que qualquer abraço apertado. Sentindo que poderia chorar a qualquer momento, Jeong-min abaixou a cabeça e assentiu.

— Você passou por muita coisa.

Talvez por estar coberta de argila, a mão do *ahjussi*, na qual Jeong-min tocava pela primeira vez, não parecia estranha. Com a mão grossa e áspera, ele deu tapinhas reconfortantes na mão dela.

Quando a aula estava quase no fim, Ju-ran chegou para buscar Gyu-won e ficou surpresa ao ver Jeong-min ao lado dele. Porém, ela se aproximou, à vontade, e começou a brincar.

— Papai, a Jeong-min te ajudou, não é?

— Lógico. Graças a ela, fizemos um belo enfeite de Natal — disse o pai de Ju-ran, erguendo a peça com orgulho para que a filha visse.

— Obrigada, Jeong-min.

— De nada... Ah, dá para colocar uma lâmpada dentro do enfeite. — Sem saber o que dizer, Jeong-min começou a falar qualquer coisa, apontando para o interior do enfeite. — Vai ficar ainda mais bonito com luzes. Ele ainda não decidiu a cor do esmalte...

— Ah, então você ainda fica sem jeito quando alguém te agradece! — Ju-ran riu, interrompendo-a. — Quando for assim, é só continuar o assunto, já que foi dito sem segundas intenções. Só estamos realmente agradecidos.

— Ah, ok.

— Pessoal, vou colocar os enfeites no forno amanhã, assim ficam prontos antes do Natal. Vocês fizeram um ótimo trabalho!

Graças a Jo-hee, que naquele dia estava com um ótimo timing, a conversa constrangedora das duas acabou. Jeong-min foi sozinha para o fundo do ateliê, onde tirou o avental e se sentou. Ela ainda sentia a mão grossa e áspera do *ahjussi* sobre a sua.

Quando Jeong-min ajudou a carregar a cadeira de rodas para o carro, Ju-ran de repente agarrou seu braço.

— Deve ter sido difícil me ver.

— O quê?

— Eu fiquei com ciúme. Ver você e meu pai sentados juntos me deixou confusa. Fiquei me perguntando se vocês tinham se aproximado e eu que não tinha ficado sabendo. Deve ter sido difícil para você me ver sempre ao lado da *ahjumma*, chamando-a de "mãe".

— É, não era uma cena agradável — respondeu Jeong-min sem pensar, em tom de reprovação.

— A gente era tão jovem...

As duas permaneceram em silêncio por um momento, interrompido apenas pelos sons de um grupo de pessoas que passava.

— Só jovens? A gente também era sensível e frágil. Mas, Ju-ran, eu estou bem. Agora estou bem.

Quando Jeong-min olhava para trás, os eventos daquela época pareciam tão vívidos. Perguntava-se se aquilo tinha mesmo acontecido com ela. De fato, muito tempo tinha se passado.

— Fico feliz que você esteja bem.

Elas notaram que, onde antes havia apenas cascas de castanhas, naquele momento, no início do inverno, havia uma camada de neve cobrindo o chão. As pegadas tortuosas haviam desaparecido, cobertas por uma camada de neve.

— *Ahjussi*, eu preciso ir agora.

Ju-ran, que estava no banco do motorista, baixou a janela e entrou na conversa.

— Você deveria ter sido tão educada assim antigamente, sabia?

— Pois é. — Jeong-min hesitou por um momento. — Ju-ran, eu já sei como deixar a caverna. Só queria adiar um pouco a saída. Fiz isso para me proteger, para evitar me desgastar. Então, não se preocupe, eu sairei da caverna por conta própria. E não estou sozinha, então não precisa se preocupar comigo, sério.

Jeong-min pensou em todos do ateliê. Quando tentava remover a argila das mãos e ela parecia grudar ainda mais, sempre havia alguém ali para ajudá-la.

— Tsc, quer dizer então que você tem várias outras pessoas que se preocupam com você além de mim, é isso? — Ju-ran fez uma careta.

— Parece que sim. Da próxima vez, deixe eu me desculpar direito. Vamos sair para comer juntas ou algo assim.

Ju-ran concordou sem hesitar.

— Lógico. Está frio, volte lá para dentro.

Jeong-min observou o carro de Ju-ran desaparecer na esquina. Ela decidiu que, quando saíssem juntas, diria à velha amiga as últimas palavras que nunca teve coragem de dizer.

Já era tarde da noite quando saíram da churrascaria depois de comerem até se fartar. Mesmo com os protestos de Jo--hee, Jeong-min voltou ao ateliê para ajudar com a limpeza. Quando terminaram de arrumar, ela saiu e ficou parada em frente ao estabelecimento, observando a placa do ateliê, que não notava havia algum tempo.

소요 SOYO
ceramic art &

Jo-hee, que saiu para se despedir, comentou estar pensando se deveria mudar a placa, depois de tanto tempo. Jeong-min seguiu o olhar dela. Com o frio de rachar, as folhas já tinham caído havia muito tempo, voltando para o solo como nutrientes. A placa estava muito mais visível. As flores, cactos e trepadeiras que antes destacavam a presença do ateliê Soyo foram substituídos pela própria placa.

— Acho que gosto de como o espaço ao lado do "&" está vazio. Parece que, no futuro, muitas coisas ainda poderão acontecer no ateliê.

Jeong-min esperava que, ao olhar para a placa, Jo-hee não se sentisse tão triste por ter ficado sozinha ali.

— Eu também acho que está bom assim. Provavelmente, não conseguirei mudá-la tão cedo. Parece ser uma espécie de guardiã do ateliê.

Ambas as mulheres começaram a pensar nas mudanças que aconteceram nelas mesmas ao longo daquelas três estações. Mudanças cujas causas e efeitos eram tão incertos que apenas enumerá-las não ajudava a organizá-las. Decidiram, por enquanto, deixar essas reflexões para depois e pensar em como poderiam desfrutar mais dessas mudanças, como poderiam celebrá-las. Havia pouco tempo para aproveitá-las plenamente. O ano estava chegando ao fim, e ninguém sabia quanto tempo tinham juntos. Durante aquele inverno, fariam o máximo possível para aquecer seu corpo e seu coração. Aquela era a cena de fim de ano que Jeong-min imaginava.

Também havia um motivo prático para Jeong-min não ser capaz de visualizar um futuro no ateliê depois do inverno. Naquela manhã, ao sair de casa, encontrou por acaso o proprietário do apartamento onde morava e ele pediu que ela desocupasse o imóvel antes do término do contrato, no próximo verão. Durante o último ano, em vez de ganhar dinheiro, ela apenas gastou suas economias, e não estava em condições de pagar o aumento do aluguel. Então precisaria se mudar na primavera seguinte. Além disso, continuar frequentando o ateliê com um orçamento limitado era uma preocupação constante. A pressão financeira estava começando a se tornar pesada. E agora, com a responsabilidade de cuidar de Hoya, o peso aumentava ainda mais. Jeong-min sabia que não podia mais evitar as mudanças. Ela precisava decidir o que fazer sobre o seu futuro.

Caminhando sem energia para casa, Jeong-min parou diante da cafeteria Gromit. O sabor Chocolate Chip Cookie Dough Frozen Yogurt não estava no menu.

— Senhor, o Chocolate Chip Dough... foi descontinuado? — Jeong-min hesitou ao tentar lembrar o nome longo e complicado daquele sabor.

— Ah, o Chocolate Chip Cookie Dough Frozen Yogurt? Não está mais no menu, mas ainda vendemos — respondeu o proprietário alegremente, parecendo feliz por encontrar alguém que conhecesse o sabor. — Temos clientes fiéis que gostam desse sabor. Um deles está prestes a se mudar para longe, então continuaremos vendendo até lá. Ele é um cliente muito leal.

Jeong-min achou fofo imaginar Gui-shik contando animadamente sua história de empreendedorismo enquanto comprava o sorvete.

— Quero um pote desse sabor para viagem, por favor.

Feliz, Jeong-min voltou para casa com um pote do sorvete incrível e reconfortante. Não queria mais saber do sabor baunilha, tão simples e comum. No começo, ela pensava que iogurte e cookie de chocolate eram como A-ra e Gui-shik, que não tinham nada a ver. Ou melhor, ela queria acreditar que não combinavam. Mas finalmente via que os dois sabores incompatíveis eram como ela e Gui-shik. Jeong-min se sentiu tomada pela vontade de chorar. O relacionamento com Gui-shik também era uma das coisas sobre as quais ela precisava decidir que rumo tomaria.

A primeira neve

A vida na vila Bamgashi começou a florescer, e a atmosfera estava mais calorosa. Em todo lugar se ouviam conversas amistosas, e as pessoas caminhavam com uma certa leveza. Havia a diversão de procurar pequenas cafeterias especializadas em *espresso* ou restaurantes com chefs renomados, escondidos em cada esquina. Parecia que a qualquer momento uma nova história poderia começar naquele bairro.

Com o Natal cada vez mais próximo, as lojas decoravam suas árvores como se competissem para ver quem usava os pisca-piscas mais brilhantes. Nos cafés, tocavam canções pop estrangeiras, enquanto nos bares, baladas e pops nacionais se faziam ouvir. Jeong-min escutava músicas natalinas em todo canto, fosse indo às compras, fazendo corrida, ou durante o curto trajeto até o ateliê. Isso fez com que a proximidade das festas de fim de ano ficasse ainda mais evidente. Namorados se animavam em preparar surpresas um para o outro, pais compravam brinquedos para seus filhos, e as crianças compravam pequenos cartões com desenhos de rena para escrever cartas aos amigos.

Mercado de Pulgas 24/12 (sábado)
Das 14h às 19h

O ateliê também estava ocupado se preparando para as festividades. Um mercado de pulgas estava programado para ocorrer no parque central da vila Bamgashi na véspera de Natal. Jo-hee estava imersa no trabalho todos os dias para que o ateliê participasse do evento, e pela primeira vez Jeong-min a observava fazer peças de cerâmica. A visão era ainda mais impressionante do que ela havia imaginado. Na verdade, "impressionante" não era suficiente para descrever o que via. Jo-hee, não como professora, mas como ceramista, parecia estar em êxtase, calma e feliz. Era como se ela fosse a prova viva de que vocações existem. Sempre que tinha uma pausa, Jeong-min se sentava a distância e observava Jo-hee trabalhar. A força de seus pequenos braços era surpreendente.

— O que você está fazendo hoje?

— Vou focar em enfeites. Como teremos muitos jovens, precisamos ganhar o público com coisas fofas, não acha? Estou pensando em fazer descansos para talheres em formato de gato e caixas para guardar joias em formato de conchas.

— Que fofo! Não sabia que dava para fazer tantas coisas com argila, além de tigelas.

— Lógico que sim. Ah, que tal você também vender cerâmica no mercado de pulgas?

— Eu? Sou uma mera iniciante, nem tenho habilidade para isso. Não posso vender as peças que eu faço — disse Jeong-min, balançando as mãos em negativa.

— Mas cerâmica também é uma questão de ideia. Você tem designs únicos que as pessoas não costumam fazer, como aquela tigela para nachos. Mesmo que você venda por um preço mais baixo, alguém pode estar procurando por uma tigela exatamente assim — incentivou Gui-shik, ao lado de Jeong-min.

Ele planejava vender vasos no mercado de pulgas, algo que Jo-hee havia sugerido para que ele ganhasse experiência antes de abrir o próprio negócio. Jeong-min começou a dizer que não tinha a expertise de Gui-shik, mas ele continuou a encará-la, insistente, como se pudesse convencê-la apenas com o olhar.

— Tá bom, tá bom. Vamos fazer juntos. Satisfeito?

Jeong-min ergueu as mãos em rendição. Bastante satisfeito com a resposta, Gui-shik finalmente assentiu. Jo-hee, feliz em ter uma maior variedade de produtos para atrair clientes com mais facilidade, ofereceu-se para cobrir os custos da fornalha e da argila.

Jeong-min decidiu vender conjuntos de xícaras de café com apoio para filtro, além de algumas tigelas para nachos. Ela revisou o design para melhorar alguns pontos que havia identificado depois de usar a peça. Embora esse repentino aumento de produção logo antes do mercado de pulgas fosse incomum para Jeong-min, que era muito organizada, ela estava animada e confiante ao trabalhar ao lado de Jo-hee e Gui-shik. Ela refinou as junções das tigelas e criou xícaras em diferentes tamanhos. Quando terminou de perfurar o apoio para filtros, já estava escuro lá fora. Os dias estavam ficando mais curtos, e as noites, mais longas, mas Jeong-min gostava das noites de inverno. A vista noturna através das janelas do ateliê era reconfortante.

Os três estavam exaustos após um dia inteiro de trabalho. Jo-hee, que andava tão ocupada que nem conseguia cozinhar, trouxe lanches em vez de pão. Uma cesta de cerâmica em forma de vime estava cheia de tangerinas e bolinhos de arroz. O apresentador do programa de rádio estava lendo histórias melancólicas sobre a solidão no Natal, que, ao mesmo tempo, faziam sorrir. A história que mais causou risos e suspiros veio de uma ouvinte com o ID "EuSozinhaAcapella". Só o nome já sugeria tristeza. Ela havia reservado um hotel caro com vista para a Torre de Seul como uma surpresa de Natal para o namorado. Conseguir a reserva para a véspera de Natal foi uma luta, mas a mulher tinha sido fã de cantores famosíssimos quando mais jovem e sabia truques para conseguir ingressos para shows disputados. Porém, poucos dias antes, o namorado terminou com ela. Ela acrescentou, entre parênteses, que não foi qualquer término, mas um sem piedade nenhuma. Como a reserva foi feita em novembro, o período para reembolso já havia passado, o que significava que ela perderia o dinheiro. Mas, no dia anterior, um ex-namorado de anos atrás, com quem havia terminado amigavelmente, ligou para ela. A ouvinte perguntou: "Devo levar ele para não perder o dinheiro?" Depois, ela acrescentou que precisaria perguntar o nome dele, pois havia deletado o número do ex e não lembrava mais como ele se chamava. Ao ouvir isso, Jo-hee, Gui-shik e Jeong-min não puderam conter o riso.

— Não tem como superar essa história, não é? — comentou Gui-shik quando a história terminou e veio o intervalo para os comerciais.

— Eu tenho uma ainda mais triste. — Jeong-min olhou para ele com um sorriso brincalhão, prendendo a atenção dos dois. — Eu namorava um colega de trabalho e ele terminou comigo no Natal.

— Nossa, que cara escroto! — Jo-hee estremeceu, horrorizada.

— Mas em todos os meus relacionamentos… — Jeong-min começou a contar nos dedos quantas vezes namorou, mas baixou a mão ao encontrar o olhar de Gui-shik. — Eu sempre fui a que foi deixada.

— Os homens são tão estranhos! Como eles puderam te deixar?

— Disseram que, por mais tempo que passassem comigo, não conseguiam se aproximar de mim. Disseram que eu não parecia uma pessoa, que estava mais para uma estante ou um armário… Não era nem com algum animal que me comparavam.

Jeong-min acreditava que falava o suficiente, mas sempre diziam a ela: "Você fala muito pouco." Ela sabia mais ou menos o que eles queriam ouvir. Mas como não havia enganado ninguém, achava que estava tudo bem ser assim. Eles não perguntaram diretamente, então ela não tinha obrigação de contar. Ela não escondia nada de propósito, apenas deixava espaços em branco nas entrelinhas, como em um livro. Jeong-min achava que até mesmo em um relacionamento algum espaço em branco era necessário.

— Mas, Jeong-min, você está aqui, feita de carne e osso, e mesmo que eu não possa ver, há sangue fluindo dentro de você. Você pode ser tocada!

Jo-hee agarrou um dos ombros de Jeong-min e olhou para ela com atenção.

— Ufa… que bom que ainda sou uma pessoa, e não um móvel!

— Lógico! Você é uma valiosa integrante do nosso ateliê. Tenho até medo de que você me deixe!

Jeong-min sentiu uma amargura oculta naquelas palavras. Gui-shik provavelmente também sentiu o mesmo.

— Eu não vou te deixar. Não se preocupe.

Jeong-min apertou as mãos de Jo-hee com firmeza.

— Só quero me sentir animada naquele diaaa!

A segunda parte do programa de rádio começou com o apresentador imitando uma voz aguda e doce. A música pedida por "EuSozinhaAcapella" começou a tocar: "Underneath the Tree", de Kelly Clarkson. O apresentador fez uma piada, chamando-a de "Debaixo da Torre de Seul", em vez de "Debaixo da árvore", e sussurrou em um tom grave que esperava que eles ficassem animados ao ver a torre juntos.

Enquanto ouvia a música, Jeong-min refletiu sobre o Natal anterior, que passou sozinha, e outros Natais com ex-namorados cujos nomes ela mal conseguia lembrar, assim como na história da rádio. Com certeza, deve ter havido bons momentos, porém nenhum deles foi marcante. Apesar de o Natal ser seu dia favorito do ano, mais até do que seu aniversário, em abril, Jeong-min nunca teve um Natal memorável, talvez porque sempre esperou demais da data.

Jo-hee provavelmente estava relembrando o último Natal que passou com Ho-soo, e Gui-shik, os quatro Natais que passou com A-ra. Parecia que todos estavam hipnotizados pela música de Natal. Quando a canção terminou, os três se levantaram como se nada tivesse acontecido e começaram a limpeza. Era como se tivessem feito uma breve viagem no tempo, mas, com o Natal daquele ano logo ali, não havia tempo para se perder nas lembranças dos Natais passados.

— Jeong-min, vamos carimbar sua assinatura antes que as tigelas endureçam.

— Será que devo mesmo usar meu carimbo? Sou uma simples artista desconhecida. Talvez seja melhor deixar sem assinatura, como as cerâmicas vendidas em supermercados...

— De jeito nenhum. O carimbo não serve apenas para dizer quem fez a peça. Para quem a compra, a assinatura ajuda a se lembrar do dia em que a comprou. Que estava na vila Bamgashi com tal pessoa na véspera de Natal, o que adquiriu no mercado de pulgas daquele lugar, e até o que estava sentindo quando comprou a peça. O carimbo ajuda a deixar as lembranças daquele dia frescas. Ninguém confia memórias tão preciosas assim a uma peça sem marca, comprada em um supermercado.

As palavras de Jo-hee fizeram Jeong-min mudar de ideia. Ela não queria que sua cerâmica fosse esquecida em algum canto da cozinha de alguém. Se sua peça pudesse ajudar a criar um Natal memorável para alguém, isso já valeria a pena. Jeong-min marcou o lado das tigelas e o fundo das xícaras com seu carimbo. A argila macia cedeu facilmente, deixando sua marca: 珉, jade. Ela desejava que o tempo precioso de alguém rolasse tão suavemente quanto uma pedra preciosa.

O trabalho com a cerâmica estava concluído, porém Jeong-min e Gui-shik ainda tinham algo a fazer. Eles decidiram postar uma foto por dia no Instagram até o Natal, promovendo o mercado de pulgas. Seria como os populares "Blogmas" ou "Vlogmas", um registro diário dos preparativos para o Natal.

A série Coração de Jeong-min estava se saindo melhor do que o esperado, e o ateliê já havia passado dos 3.000 seguidores. As vendas on-line também aumentaram, e alguns clientes até visitaram o ateliê pessoalmente ou fizeram grandes pedidos para restaurantes. Jeong-min, que no início podia usar à vontade o forno e tinha ganhado o carimbo como pagamento pelo gerenciamento do Instagram, passou a receber um salário fixo depois que começou a ajudar a embalar as encomendas. A reação positiva às postagens deixava Jeong-min esperançosa. Ver os comentários e mensagens no chat que diziam coisas como "Suas fotos e textos são muito sensíveis" ou "Suas palavras tocam minha alma", antes de dormir, tornou-se um hábito, embora a maioria dos comentários viesse de integrantes do estúdio, Hyo-seok ou Sota.

Enquanto Gui-shik tirava fotos dos enfeites que Jo-hee fez naquele dia, Jeong-min tentava pensar em alguma ideia. Ela precisava de um conteúdo breve e impactante, que pudesse deixar o público na expectativa.

— Parece estar levando mais tempo do que o normal.

Gui-shik, que já havia tirado as fotos e passado todas elas para o notebook, observou Jeong-min. O bloco de anotações dela estava em branco e ela parecia absorta. Ele gostava da expressão concentrada que surgia no rosto de Jeong-min quando ela escrevia. Observava com respeito como ela não escrevia qualquer coisa, mesmo sendo textos curtos; como ela pensava cuidadosamente no que escrever. Além disso, a expressão pensativa de Jeong-min despertava a imaginação de Gui-shik, fazendo-o se perguntar como ela devia ter sido em sua época de roteirista, quando ele ainda não a conhecia.

— O que você acha melhor fazermos? Seria ótimo se conseguíssemos algo que realmente chamasse a atenção das pessoas.

— Eu entendo como você se sente, mas quanto mais você se força, menos criativa você se torna. Tente relaxar um pouco.

Gui-shik sugeriu que talvez uma ideia surgisse ao ver as fotografias, então se sentou ao lado de Jeong-min e abriu a pasta com as fotos que planejavam postar. As fotos capturavam o trabalho do cotidiano de forma simples, e Gui-shik estava se tornando um bom editor, já selecionando as melhores para as postagens e para os stories. Começou a tirar fotos de produtos como um hobby para praticar antes de abrir seu negócio, mas agora parecia bem mais profissional.

Cerâmica artesanal, ao contrário de produtos fabricados em escala industrial, nunca é exatamente a mesma. Ainda que o design seja igual, o fato de as peças serem feitas à mão significa que sempre haverá pequenas variações de tamanho ou forma. Além disso, as condições climáticas e a umidade no dia da esmaltação também afetam a cor final. Essas diferenças podem parecer insignificantes para quem não conhece cerâmica, mas é por isso que uma boa propaganda e ótimas fotos são essenciais. É por isso que os dois sempre se juntavam para pensar. Toda vez que Jeong-min começava a escrever, eles discutiam sobre vários tópicos e, às vezes, Gui-shik via o momento em que a lâmpada se acendia sobre a cabeça de Jeong-min. Ele tentou sugerir alguns tópicos dessa vez também, mas não foi muito útil.

— Bem, vamos voltar ao básico. Pode parecer simples demais, mas você já ouviu falar que lobos, quando falham em uma caça, voltam ao ponto onde viram a presa pela primeira vez para reavaliar a situação? Vamos tentar fazer o mesmo e reavaliar o tema. Muito bem... Natal. O que o Natal significa para você, Jeong-min?

— É o meu dia favorito do ano. Mais do que meu aniversário. É o dia em que eu mais tenho expectativas e mais quero ficar feliz — respondeu Jeong-min, depois de parar de olhar as fotos, pensativa.

— Nunca ouvi alguém dizer que gosta mais do Natal do que do próprio aniversário.

— O aniversário é só meu, não é? Então eu fico feliz sozinha. No Natal, parece que é aniversário de todo mundo. Todos são protagonistas! É uma alegria compartilhada, sem razão específica, apenas celebramos e nos divertimos. Eu gosto dessa felicidade sem motivo.

— Quando você diz isso até que faz sentido... Todos são protagonistas no Natal. Todos fazem aniversário nessa data. E a maioria dos trabalhos do ateliê Soyo são pratos e xícaras, certo? Pratos que contêm comida. Xícaras que contêm bebidas.

Jeong-min bateu palmas animadamente.

— É isso! É isso! — exclamou ela. Mal conseguindo conter as ideias que surgiam, disparou: — Um banquete de aniversário para o Natal, o aniversário de todos. Vamos recomendar pratos que combinem com as comidas típicas de Natal, como frango assado, lasanha, *stollen*... aquele pão natalino... sopa e vinho quente! Podemos incluir receitas simples também. Uma das grandes vantagens da cerâmica é que pode ser usada no micro-ondas e no forno! Vamos destacar isso também.

Jeong-min digitou rapidamente as ideias no notebook de Gui-shik. Ela sempre dizia a ele que ideias são voláteis e têm que ser anotadas na hora.

Gui-shik não conseguiu desviar o olhar da expressão radiante de Jeong-min. O brilho de pura alegria que às vezes surgia no rosto da mulher o fascinava. Foi assim que Gui-shik percebeu que Jeong-min genuinamente amava escrever.

Depois de anotar tudo, Jeong-min estendeu a mão para Gui-shik. Eles fizeram um toca aqui. Embora Jeong-min não tivesse mãos pequenas, em comparação com as de Gui-shik pareciam minúsculas.

— E para você, Gui-shik, o que o Natal significa? Fiquei tão empolgada falando sobre mim que esqueci de perguntar disse Jeong-min, devolvendo o notebook para Gui-shik.

— Na verdade, para mim o Natal sempre foi meio triste. Sentia que, apesar de começar o ano com promessas grandiosas, acabava sem nada digno de nota. Era um período em que me deixava levar pelo marasmo, desanimado com a rotina que não mudava. Mesmo com a chegada do Ano-Novo, eu sabia que continuaria no mesmo emprego, vendo as mesmas pessoas, vivendo no mesmo bairro e comendo as mesmas comidas. De vez em quando, até a cerveja se tornava sem graça. Como eu não tinha nada pelo que esperar, só ficava deprimido.

Embora parecesse estar sempre sorrindo por conta dos cantos dos lábios curvados para cima, na verdade, Gui-shik mantinha uma expressão geralmente neutra. Ele confessou que, durante o Natal, sempre se sentia deslocado, como um estranho em meio às pessoas que estavam encerrando o ano com alegria e ansiosas pelo novo ano. Nessas ocasiões, sempre se sentia como um forasteiro.

— Mas o Natal deste ano parece diferente. O próximo ano trará tantas mudanças! Estou um pouco ansioso. Um novo espaço em Goseong, novas pessoas que conhecerei... Eu sempre detestei a animação natalina, mas agora entendo um pouco.

Uma mulher que adorava o Natal, mas que sempre passou esse dia como um outro qualquer. Um homem que sempre odiou o Natal, mas que começava a sentir a emoção que a data trazia. Não esperavam que acontecesse algo extraordinário. Desejavam apenas que aquele Natal, comparado aos dias comuns, fosse ligeiramente mais alegre e que pudessem rir um pouco mais. A expectativa que tinham para o Natal era semelhante a um leve e tranquilo dar de ombros.

— Está nevando! — exclamou Jeong-min, puxando Gui-shik para o lado de fora.

Era a primeira neve do ano, que tinha demorado a cair, deixando todos preocupados. A neve branca e fria parecia ter esperado até que todos daquela rua sentissem alguma animação antes de começar a cair suavemente para ser bem-vinda por todos. Escolheu com cuidado o momento de sua chegada, pois sabia que teria algum significado para todo mundo.

Jeong-min e Gui-shik estenderam as mãos ao mesmo tempo. A leve frieza do floco de neve roçou a palma da mão dela, e quando Jeong-min olhou para a palma da mão de Gui-shik, a neve já havia derretido.

Quero falar

De Ilsan para Gangnam?! Sentada no estreito assento do ônibus M para o Terminal Rodoviário de Gangnam, Jeong-min sentiu um leve enjoo. Parecia que já havia passado por meia dúzia de pontes com nomes semelhantes ao longo da via expressa Gangbyeon, mas ainda estava passando pela Ponte Wonhyo. Tudo isso por causa de uma mensagem que o ateliê recebeu na semana anterior, o que levou Jeong-min a sacrificar uma tarde tranquila de um dia de semana para enfrentar mais de três horas de ida e volta da infernal Gangnam. A mensagem veio de uma editora que, embora não fosse famosa, publicava livros de maneira consistente.

Devido ao aumento na frequência das postagens na conta do Instagram do ateliê como preparativo para o mercado de pulgas, haviam ganhado quinhentos seguidores em apenas duas semanas. Uma dessas novas seguidoras era a editora Raposa-do-ártico, que tinha uma ilustração fofa de uma raposa como foto de perfil. A editora entrou em contato com Jeong-min, querendo discutir a possibilidade de publicar um livro. A mensagem do editor-chefe era obstinada, como um trem sem freios.

Jeong-min, porém, não conseguia entender. As postagens no Instagram eram tão breves; não conseguia imaginar como aquilo poderia virar um livro. A editora sugeriu um encontro na semana seguinte para apresentar uma proposta formal, e embora Jeong-min não estivesse totalmente confortável com a abordagem, sua curiosidade havia sido atiçada. Mesmo que ela não fizesse ideia do que escrever, tinha certeza de que continuaria escrevendo. E, para alguém como Jeong-min, que vivia uma vida incerta como uma nuvem flutuante, qualquer certeza, mesmo que mínima, significava muito.

Assim que chegou a Gangnam, o trânsito começou a ficar insuportável. Vestida com várias camadas de roupa, Jeong--min começou a suar. Ao descer do ônibus, foi surpreendida por uma rajada de vento frio que rapidamente secou seu suor e fez sua temperatura corporal despencar, deixando-a arrepiada. Parecia um presságio do que o dia traria.

No décimo terceiro andar do prédio mais antigo entre todos os edifícios idênticos da região, havia um escritório de plano aberto que ocupava todo o andar. Quando desceu do elevador, o cheiro forte de livros novos quase a fez relaxar. Jeong-min adorava o cheiro de papel mais do que qualquer perfume; cercada por ele, ela se sentia animada e cheia de energia.

— Olá. Você é a escritora Yoo, com quem temos uma reunião marcada para hoje, às dez horas?

— Sim, sou Yoo Jeong-min.

— Que bom que conseguiu vir de tão longe, cedo assim. Eu sou Kim Ji-tae, o editor-chefe.

Ele tinha uma expressão um pouco cansada, e seus grandes óculos de aros grossos pareciam enfatizar ainda mais isso. Vestia uma camisa casual de flanela xadrez vermelha e calça de sarja azul-marinho, o que contrastava com sua formalidade pelo Instagram. Era difícil imaginar que aquele homem havia escrito "Recomendamos fortemente a publicação" com tanta ênfase quando dava a impressão de estar desinteressado no mundo. Ele conduziu Jeong-min para uma pequena sala de reuniões nos fundos do escritório. Disse que havia lido todos os posts antigos da conta do ateliê e que, nos últimos dias, havia começado a aguardar ansiosamente por novas postagens. Sua paixão pela publicação de livros foi reacendida, algo que não acontecia havia muito tempo, disse ele, antes de continuar a tagarelar.

— Tenho lido muitos manuscritos, mas já fazia um tempo que não encontrava algo que realmente me agradasse. Porém, quando li as coisas que você escreve, senti como se tivesse descoberto um talento promissor neste mercado editorial estagnado.

O tom de sua voz era quase um monólogo, como se não esperasse resposta de Jeong-min, e parecia haver uma pitada de teatralidade misturada ali. Seu discurso extravagante continuou até que Jeong-min se sentou. Ela começou a pensar que talvez ele fosse dramaturgo.

Uma jovem funcionária entrou, serviu um café tépido em uma caneca de plástico estampada com a mesma raposa da foto de perfil da editora e a colocou diante de Jeong-min. A jovem se sentou ao lado do editor, mas parecia que ele havia se esquecido de apresentá-la e continuava falando. A funcionária sorriu timidamente e repetiu a ação de erguer e abaixar a mão que segurava seu cartão de visita, como se esperasse o momento certo para se apresentar, já acostumada com a falta de tato do homem.

— Aqui está a proposta de publicação. Gostaria de ler primeiro?

O título era "1.250 graus", com o subtítulo "Proposta de publicação de ensaios da autora Yoo Jeong-min". Ao ver a palavra "ensaios", Jeong-min franziu o cenho.

— Com minha experiência, sei como planejar uma publicação. Sinceramente, seus textos precisam de muito trabalho. Sei que você tem experiência como roteirista de televisão, mas escrever para um programa e para um livro são coisas completamente diferentes. A linguagem oral e a linguagem literária são muito distintas. Pode ser que se sinta mal com o que eu vou dizer, mas você terá que reaprender a escrever. Porém, o tema é ótimo. Seria um livro de ensaios no formato de um diário, onde você descreve suas experiências e reflexões enquanto faz cerâmica. Seria uma forma de relembrar ao leitor o valor do esforço e da dedicação. Quando as pessoas pensam em cerâmica, podem ver como um hobby sofisticado, uma forma de arte distante da realidade, mas, na verdade, não é. Seria um livro de ensaios sobre como a prática da cerâmica ajuda com o cansaço do dia a dia, como um hobby terapêutico. Ensaios sobre hobbies terapêuticos estão em alta, mas o tema "cerâmica" ainda não apareceu nas livrarias. Esta é a nossa oportunidade.

Jeong-min mal conseguia se concentrar na proposta por causa do fluxo incessante de palavras do editor, que não lhe deu tempo para ler, embora fosse o que tinha pedido. Ele falava tão alto que ela se sentia zonza.

— Ah, você deve estar curiosa sobre o título, "1.250 graus". Lógico, é um título provisório, algo a ser discutido com você. "A cerâmica só se torna cerâmica depois de suportar o calor do forno. Não importa o quanto você trabalhe nela, o calor extremo é algo que a peça tem que suportar sozinha. Assim como nas relações humanas", você escreveu algo assim na série Coração. Naquele momento, senti que "temperatura" era a chave! Eu geralmente sou rápido ao escrever propostas, mas não fazia uma em apenas uma noite havia muito tempo. Quando um bom título me vem à mente, o processo de criação se torna muito mais fácil.

O editor continuava a falar sobre "sensações" e "sentimentos", sem perceber que isso diminuía sua credibilidade como profissional.

— Mas eu não tenho muito conhecimento sobre cerâmica. Não sou ceramista profissional — disse Jeong-min.

— Quanto ao adiantamento e aos *royalties*, como é seu primeiro trabalho...

Ou o editor fingiu não ter escutado as palavras de Jeong-min, ou ele estava tão animado com a proposta que simplesmente não as ouviu. De qualquer forma, continuava a expor suas ideias. A jovem ao lado dele, talvez do departamento de marketing ou editorial, continuava a sorrir timidamente, como se estivesse pedindo a Jeong-min que considerasse a proposta com carinho, apesar do editor.

Jeong-min, incapaz de aguentar mais, ajeitou a postura na cadeira e interrompeu o editor.

— Um momento, preciso dizer algo. Embora eu esteja interessada em ser publicada, não quero escrever ensaios. Como você deve ter visto no Instagram, eu escrevo principalmente em formato de ficção. Nunca pensei em escrever ensaios. Além disso, não tenho histórias suficientes ou sabedoria de vida para escrever um livro de ensaios.

— Mas a personagem principal dos seus textos, Yu-jeong, não é baseada em você? Mesmo que esteja no formato de ficção, o conteúdo não é muito diferente do de um ensaio. E os ensaios são a tendência nas livrarias hoje em dia. Além disso, são mais acessíveis para novos escritores.

— É verdade, Yu-jeong é inspirada em mim. Mas não tenho coragem suficiente para escrever abertamente sobre mim. Só consigo escrever escondida atrás de personagens com outros nomes.

O editor pareceu surpreso com a firmeza de Jeong-min.

Ela nunca gostou muito de ensaios. Via esses livros como medalhas de honra escritas por pessoas que conseguiram superar a depressão e a desesperança, algo que ela nunca acreditou ser capaz de fazer. Na época, Jeong-min estava tão destruída que nem podia sonhar em superar seus problemas. As histórias de pessoas que superaram dificuldades não a confortavam; pelo contrário, diminuíam sua autoestima e até despertavam inveja. Ela se perguntava se, um dia, conseguiria superar tudo e escrever algo assim, mas a resposta era sempre "não". Escancarar sua história de vida para estranhos exigia uma coragem que ela não tinha. Jeong-min não conseguia nem compartilhar seu estado atual com os amigos, quanto mais com um grande público.

Ela terminou o café, tentando acalmar sua mente tumultuada. Gastou três mil wons na passagem de ônibus para ir até ali, e gastaria o mesmo valor para voltar, totalizando seis mil wons, o que poderia ter sido gasto em uma cafeteria chique. Então tentava se convencer de que aquilo valia a pena. O café, lógico, estava amargo e sem graça, como o de qualquer grande cafeteria, o que a fez se sentir ainda mais justificada em sua comparação.

O editor não tentou impedi-la de sair, mas entregou seu cartão de visita e disse que ela poderia entrar em contato a qualquer momento, caso mudasse de ideia. Mesmo naquele instante, ele parecia ansioso para continuar falando. A jovem assistente também entregou seu cartão, e, por algum motivo, Jeong-min pôde sentir um ar vitorioso na expressão da mulher, que não conseguiu se juntar à conversa.

Perder o ônibus M de volta para Ilsan significava ficar esperando sozinha na parada por trinta minutos. Gangnam estava tranquilo naquela tarde, com todos refugiados em seus escritórios aquecidos. As únicas coisas em movimento eram os carros. Eles passavam levantando rajadas de vento desconfortáveis, e Jeong-min sentiu o frio se infiltrando entre as costuras do casaco. Ela não queria tirar as mãos dos bolsos por nada, mas foi obrigada a fazê-lo quando o celular começou a tocar. Era uma antiga colega de trabalho.

— Alô?

— Oi, sou eu.

Era Goo, a roteirista principal com quem Jeong-min trabalhou por mais de dois anos naquele último programa. Era a primeira vez que ela ligava desde o incidente em que Jeong-min discutiu com o chefe.

— Oi, Goo. Quanto tempo! Eu deveria ter entrado em contato antes, mas...

— Não, tudo bem. Só queria saber se você ainda trabalha como roteirista... Da última vez que nos falamos, você disse que ia dar um tempo.

Será que ela estava ligando por causa daquilo? A memória do clima tenso daquele dia voltou à mente de Jeong-min, causando-lhe uma breve tontura, como se estivesse usando óculos com o grau errado.

— Sim, ainda estou tirando um período de descanso.

— Na verdade, estou te ligando para falar de outra coisa.

Pela entonação, parecia mesmo que não era sobre a emissora. Jeong-min suspirou de alívio. Mas, ao ouvir o "na verdade" da mulher, soube que aquela ligação não duraria menos de dez minutos. Tinha bastante familiaridade com o jeito de Goo, que sempre ligava de repente e começava a falar sem parar. E, geralmente, eram coisas que poderiam ter sido resolvidas por mensagem.

Ela trocou o celular de mão e pensou em aguentar a conversa nem que fosse por pouco tempo, mas o problema eram seus pés. Jeong-min, que sofria de má circulação nas extremidades durante o inverno, sempre se esquecia de usar meias extras. Logo, ela desistiu do ônibus e foi para o metrô. Infelizmente, o metrô exigiria várias baldeações.

— Há um tempo produzi trailers de livros para os vencedores de um concurso literário de uma plataforma de ensaios chamada Different. Soube que o concurso vai acontecer novamente este ano. Porém, ao criar os trailers, não fiquei impressionada com as obras premiadas. Achei que você deveria tentar participar, por isso, te liguei. A concorrência é acirrada, mas... Ah, você pode falar agora? A chamada está ficando barulhenta.

Ela entrou no metrô e passou por lojas subterrâneas que levavam ao terminal de ônibus expresso, que devia estar lotado. A quantidade de lojas de roupas femininas que pareciam todas iguais, vendendo produtos pelo incrível preço de cinco mil wons, fazia com que qualquer um se perdesse por lá.

— Ah... eu estou entrando no metrô agora. Um pouco barulhento, não é?

Jeong-min esperava que Goo encerrasse a ligação, mas ela não dava sinais de que faria isso. Apenas disse que "seria rápido", ignorando completamente a ínfima esperança de Jeong-min de encerrar a conversa.

— A concorrência é alta, mas eu tenho escrito para a televisão há mais de quinze anos. Embora seja um pouco embaraçoso, estou pensando em enviar um ensaio também. Tenho um que comecei a escrever desde o ano passado, revelando a corrupção nos bastidores da televisão. É uma confissão sobre os segredos das audiências, o salário irrisório dos roteiristas, as péssimas condições de trabalho... Usei um pseudônimo, mas estou com medo de que algum produtor conhecido possa ver, já que quase metade do texto é crítica aos produtores. De qualquer forma, vou te enviar o link. Você pode votar no meu ensaio? E compartilhe com os jovens que você conhece, por favor.

— Você sempre falou que queria publicar um livro. Vou torcer por você. Mande o link e vou compartilhar e votar, juro.

Jeong-min escolheu as palavras que Goo queria ouvir, pois assim a conversa se encerraria rapidamente.

— Se puder votar duas vezes com duas contas diferentes, eu agradeço.

Finalmente, a conversa acabou. Goo não havia pensado em Jeong-min, apenas queria falar sobre o próprio ensaio. Se Jeong-min não estivesse em uma estação de metrô barulhenta, Goo provavelmente teria dado um resumo detalhado do conteúdo do texto, tintim por tintim. Jeong-min sentia-se atordoada. A combinação de sair do frio para o calor da estação e a conversa inesperada com Goo deixou sua cabeça confusa. Enquanto isso, o som de notificações no KakaoTalk indicava que Goo já havia enviado o link.

Durante o trajeto de volta para casa, Jeong-min continuou respondendo às mensagens da antiga colega. Sentia como se estivesse em um transe, e quando deu por si, já estava na frente de casa. Depois de olhar para a pequena tela do celular durante uma hora e meia no metrô, seus olhos doíam e a exaustão se multiplicou.

Vou ler seu ensaio hoje à noite.

Cansada da conversa ininterrupta com Goo, que tinha muito a dizer, Jeong-min decidiu encerrar a troca de mensagens. Sabia que a promessa de que leria era apenas uma forma educada de terminar o bate-papo. Na verdade, ela também tinha muitas coisas a dizer. Então decidiu ligar para Gui-shik.

Gui-shik logo atendeu, e ela começou: "Você não vai acreditar no que aconteceu comigo hoje..." Gui-shik, que estava assistindo a um programa de televisão no sofá, percebeu que a conversa seria longa. Ajeitou-se para ficar o mais confortável possível, assim não precisaria interromper Jeong-min por causa de uma perna dormente. Também deixou a televisão no mudo, para se concentrar no que a mulher iria falar. Os comediantes na tela continuavam a falar e rir, mas Gui-shik estava pronto para ouvir Jeong-min.

Há dias em que se quer muito falar sobre si mesmo. Seja o editor-chefe, que àquela altura devia estar arrancando os cabelos à procura de outro escritor, ou Goo, que já devia estar ligando para outros colegas, ou mesmo Jeong-min, conversando com Gui-shik, todos eles sentiam o desejo de desabafar.

O mercado de pulgas natalino

Depois da forte chuva da noite do dia 23, o céu da véspera de Natal estava incrivelmente azul. Enquanto as nuvens flutuavam tranquilamente no céu, o parque central da vila Bamgashi estava agitado. Jo-hee, Jeong-min, Gui-shik e até Sota estavam ocupados organizando tudo. Pessoas usando cachecóis andavam apressadas pelo parque, aproveitando o tempo bom.

Às duas da tarde, as pessoas começaram a sair de barriga cheia dos restaurantes e aos poucos se reuniram no parque. A barraca do ateliê Soyo estava localizada bem ao lado da entrada, por onde todos passavam ao entrar e ao sair. Qualquer pessoa que fosse à feira passaria pela barraca pelo menos duas vezes, então era uma localização estratégica.

A primeira venda do ateliê foi um sucesso. Um casal de recém-casados, que havia acabado de se mudar para um apartamento nas proximidades, falava animadamente sobre como queria decorar o novo lar. O homem, que queria encher a casa com objetos que fossem durar muito, segurava firmemente a mão da esposa. A tigela de arroz redonda que Jo-hee tinha feito era perfeita para a casa que eles estavam descrevendo. Era uma peça robusta com detalhes que podiam até parecer traços deixados pelo trabalho manual, mas, na verdade, haviam sido deixados de propósito durante o processo de criação. As marcas eram como o olhar carinhoso que o casal trocava.

Jeong-min embrulhou a tigela e colocou um cartãozinho junto com ela. Ideia de Jo-hee, cada cartão trazia o título de uma música natalina e explicava a razão daquela canção ter sido escolhida. Influenciada por Ho-soo, que era um grande amante da música e colecionador de LPs, Jo-hee tinha um profundo conhecimento musical. Jeong-min não sabia qual música estava no cartão que deu ao casal, mas esperava que fosse um jazz natalino para complementar a atmosfera do novo lar deles. Esperava que a tigela e o cartão criassem novas memórias de inverno na vida deles.

A segunda cliente foi uma mulher com longos cabelos brancos presos em um rabo de cavalo. O pescoço longo e elegante da senhora foi o que chamou a atenção de Jeong-min primeiro. Pelo rosto marcado pelas rugas, parecia ter mais de sessenta anos, mas era uma mera suposição.

— Vocês têm uma travessa que vá ao forno? É para fazer lasanha.

A voz era calma e baixa. Gui-shik deu uma leve cotovelada em Jeong-min e sussurrou: "Acho que essa é para você." Jeong-min rapidamente pegou as travessas e as colocou diante da cliente.

— Aqui estão as travessas para lasanha. Todas têm a mesma cor verde-azulada, mas estão disponíveis em três tamanhos.

A mulher observou atentamente as peças, apesar de serem basicamente iguais, e, por fim, escolheu a maior. Sota, sempre atento, pegou a maior caixa debaixo da mesa e a entregou para Jeong-min. Enquanto envolvia a travessa em jornal e plástico-bolha, Jeong-min perguntou:

— A senhora veio depois de ver nosso Instagram?

— Instagram? Ah, então é assim que se chama... Minha neta está voltando para a Coreia do Sul depois de muitos anos longe, e há algumas semanas disse que queria comer lasanha. Quando ela era pequena, nós duas morávamos em Praga, e aos domingos íamos à missa e depois comíamos lasanha. Acho que ela sentiu falta desse tempo. Mas eu não tinha uma travessa que vai ao forno. Pedi a ela que me enviasse um link ou alguma informação para comprar uma, e ela me mostrou a foto dessa travessa. Como eu estava por aqui depois de fazer compras, decidi dar uma passadinha.

A senhora apontou para a ecobag cheia de coisas, que mostravam a empolgação dela para preparar o prato que a neta havia pedido.

— Fiquei até com vontade de provar essa lasanha! — comentou Jeong-min. Só de pensar em uma lasanha quentinha naquele dia de inverno, ela já ficou com água na boca.

— Na verdade, não tenho uma receita especial, como outras avós. Provavelmente, a receita que você postou no Instagram não é muito diferente. Talvez o que minha neta realmente queira lembrar não seja o sabor da lasanha, mas, sim, o inverno em Praga, seus dias de escola e quando a avó era um pouco mais jovem. Então essa travessa é ideal. Ela se parece muito com a que usávamos em Praga. Quando vi esse tom suave de verde-azulado, entendi por que minha neta recomendou a travessa do ateliê de vocês.

O post de Jeong-min no Instagram, "A travessa perfeita para lasanha", havia despertado na mulher as maravilhosas memórias de seus dias em Praga. Era mágico como essas lembranças ressurgiam de algo aparentemente tão simples.

— Nossa professora fez questão de que essas travessas fossem desta cor; deve ter sido especialmente para a senhora.

Jeong-min entregou a sacola com a travessa embrulhada para a senhora. Parecia que a peça sempre havia pertencido a ela.

— Será que vou reconhecer minha neta depois de tanto tempo? Ou será que eu é que estou tão velha que ela não vai me reconhecer? — indagou a cliente, preocupada e ansiosa.

Ela contou que, quando a neta chegou ao ensino fundamental II, seus pais foram para Praga e, com saudade da terra natal, a avó voltou para a Coreia do Sul antes. Fazia pelo menos dez anos que não se viam.

— Não tem como vocês não se reconhecerem. Sua neta com certeza vai reconhecer a senhora, pois se lembra até da travessa em que a avó servia lasanha.

Por fim, a senhora sorriu, parecendo bastante aliviada.

— Ah, estou tagarelando sem parar, não é? A essa altura, ela já deve estar no avião... Preciso começar a preparar a comida antes que ela chegue — disse a cliente. Ela começou a se afastar da barraca, mas se virou para agradecer novamente a Jeong-min. — Tenha um ótimo dia.

Essas palavras comuns de despedida soaram mais sinceras do que um "Feliz Natal". Jeong-min retribuiu o sorriso e desejou o mesmo à mais velha. Para aquela senhora, a importância do dia não estava em ser a véspera de Natal, mas, sim, em passar o dia com a neta. No dedo indicador da mão esquerda, ela usava um antigo anel rosário de ouro. Jeong-min esperava que a canção no cartãozinho fosse uma música tranquila, cantada em uma língua desconhecida que pudesse transportar a avó e a neta para um inverno distante em um país estrangeiro, como um tapete mágico.

Os vasos de Gui-shik eram populares. Uma das peças mais procuradas era um vaso pequeno, com padrão de diamante preto sobre um fundo vermelho, que o tornava único. Em dado momento, um homem com roupas sujas e cheiro forte de suor ficou olhando fixamente para o vaso por um longo tempo.

— O senhor está à procura de um vaso?

Mesmo com a pergunta de Gui-shik, o homem permaneceu em silêncio. Gui-shik esperou pacientemente que o cliente falasse algo.

— Esse padrão... como... você fez?

As palavras saíram de forma lenta e hesitante, e o tom era informal.

— Pintei o padrão com um pigmento especial antes de esquentar a argila. Esse pigmento é resistente ao calor do forno, por isso, a cor permanece vibrante.

O homem esfregou o padrão com o dedo, como se quisesse confirmar se a cor realmente não sairia. As unhas dele estavam sujas.

— Qualquer um... pode... aprender a fazer isso?

Gui-shik se inclinou um pouco em direção ao homem e mostrou as próprias mãos.

— Lógico! Eu mesmo fiz, e minhas mãos nem são tão habilidosas.

O homem enfiou a mão no bolso interno da leve jaqueta *puffer* que usava, pegando algumas cédulas. Ele entregou uma nota de cinquenta mil wons, duas de dez mil, uma de cinco mil e cinco notas de mil. Recusou a oferta de Gui-shik de embalar o vaso, segurou-o junto ao peito e foi embora.

A maioria dos clientes se interessava apenas pela utilidade do objeto, não pela forma como ele foi feito. Mas aquele homem fez a Gui-shik a mesma pergunta que ele tinha feito a Jo-hee quando havia comprado sua primeira peça de cerâmica: "Como você fez isso?" Gui-shik sentiu uma conexão com o cliente, uma crença de que ele apreciava o esforço e a dedicação colocados na criação do vaso. Ele imaginou que, quando o homem plantasse algo precioso no vaso, talvez ele mesmo começasse a criar algo, fosse cerâmica ou outra coisa. Gui-shik ficou animado ao imaginar a mudança que sua cerâmica poderia provocar nas pessoas.

Embora o mercado de pulgas não estivesse lotado, sempre havia alguém passando pela barraca. Um número considerável de clientes disse que havia visto o post de Jeong-min no Instagram, "Natal, o aniversário de todos", e decidiu vir. Jeong-min sentiu uma alegria indescritível. O fato de alguém ter lido o que ela havia escrito e ter sido tocado a ponto de sair de casa para ir ao mercado parecia um milagre de Natal.

As tigelas e enfeites de Jo-hee e as cerâmicas de Gui-shik foram vendidas para alguns clientes que as preencheriam com lembranças, mas as tigelas para nachos e xícaras de café de Jeong-min não venderam nada. Apesar do preço acessível de quinze mil e dez mil wons, respectivamente, não foram escolhidas por nenhum cliente, e Jeong-min não conseguiu esconder a decepção

Foi então que Sota lhe ofereceu *bungeo-ppang*, um doce recheado em formato de peixe.

— Recheio de doce de feijão-vermelho ou de creme?

Jeong-min estava séria, mas ouvir aquela pergunta de um estrangeiro a fez rir involuntariamente.

— Como designer, posso garantir que suas cerâmicas são excelentes — disse Sota, tentando animá-la.

Porém, Jeong-min já havia percebido que, quando Jo-hee e Sota diziam que algo era "excelente", muitas vezes significava que a coisa não era tão boa assim, mas que eles desejavam tecer algum elogio. Enquanto Jeong-min e Sota discutiam de forma brincalhona se era melhor começar a comer o doce pela cabeça ou pela cauda, um menino se aproximou.

— Qual é a coisa mais barata que vocês têm?

Ele tinha olhos enormes e pálpebras duplas, o que era raro de se ver, e pele bronzeada. Parecia com alguém que Jeong-min conhecia.

— A peça mais barata é esta xícara de café, que custa dez mil wons. E tem esta peça um pouco maior, uma tigela para nachos, que custa quinze mil — explicou Jeong-min. Ela se sentiu um pouco envergonhada de oferecer suas cerâmicas como as peças mais baratas, como se suas utilidades pouco importassem.

O menino analisou as peças atentamente.

— Você está vendendo barato porque estão rachadas ou têm algum defeito? — indagou o menino, encarando Jeong-min com uma expressão inquisitiva.

Apenas quando Jeong-min se abaixou, ficando na altura do menino, e olhou com atenção para o rosto dele que percebeu com quem ele se parecia.

— Não, não é nada disso. Só vendemos peças resistentes, sem nenhum defeito. O preço é baixo porque foram feitas por uma artista iniciante.

Enquanto Jeong-min estava agachada, uma sombra se assomou a ela. Ela ergueu a cabeça e viu que era Ye-ri.

— *Unnie*, esse é o meu irmão mais novo. Estamos escolhendo um presente para a nossa mãe, pois ela faz aniversário no Natal.

Os dois eram tão parecidos que poderiam ser confundidos com gêmeos. A única diferença era que Ye-ri era alta para a idade que tinha, enquanto o garoto era pequeno e franzino.

— Quanto tempo, Ye-ri! Ah, então deve ter comemoração em dobro, né?!

— É como qualquer outro dia — disse Ye-ri, dando de ombros.

Ela havia se mudado para longe recentemente e, por isso, não tinha visitado o ateliê nem a casa de Jeong-min com tanta frequência. Jeong-min se lembrava de Ye-ri ter mencionado que sua nova casa era do mesmo tamanho que a anterior, então não poderia levar Hoya para lá. Jeong-min queria dar a tigela para o irmão de Ye-ri como presente, mas vendo como os irmãos estavam examinando cuidadosamente os itens, não poderia simplesmente oferecer a tigela de graça.

— Para que serve essa tigela? E essa peça menor que vem junto, qual é o propósito dela? — A prática Ye-ri começou a questionar Jeong-min sobre a funcionalidade da tigela, em nome do irmão.

— É uma tigela para nachos com espaço para o molho de queijo. Quando usada para ramen, o potinho ao lado pode ser utilizado para colocar *kimchi*. Para *mandu*, o potinho serve como recipiente para o molho de soja. Embora o design possa parecer um pouco rústico, é uma peça bastante versátil.

— Isso é a sua cara, *unnie*. Se bem que reduz a quantidade de louça para lavar, o que é ótimo.

Ye-ri convenceu o irmão a comprar a tigela, argumentando que ela cuidaria da maior parte das tarefas domésticas no lugar da mãe, sempre ocupada, e que essa peça seria mais prática. O menino, embora não estivesse muito convencido, acabou concordando.

Enquanto Jeong-min embrulhava o presente, Ye-ri conversou alegremente com os outros integrantes do ateliê. Foi quando aconteceu o que Jeong-min temia: a menina descobriu que Jun não estava frequentando o ateliê recentemente. Ela ficou emburrada, embora tentasse disfarçar. Mesmo assim, Ye-ri prometeu que iria à festinha de Natal do ateliê que aconteceria depois do mercado de pulgas. Jo-hee deu um doce para cada um dos irmãos e disse, imitando uma bruxa, que eles comeriam muita coisa gostosa se fossem ao ateliê às sete da noite. Ye-ri respondeu "Professora, o Halloween já passou faz tempo", como se não estivesse interessada, mas disse que iria.

Depois que Ye-ri e seu irmão compraram a tigela, as cerâmicas de Jeong-min começaram a vender. Crianças comprando presentes para os pais, universitários decorando seus quartos com o pouco dinheiro que ganhavam com bicos e donas de casa tentando gastar os últimos créditos de um vale do comércio local — todos eles escolheram as peças de Jeong-min por alguma razão. Não importava o motivo, Jeong-min ficou feliz ao imaginar suas cerâmicas sendo úteis na cozinha de seus novos donos. Quando a última xícara de café branca foi vendida, a mesa da barraca do ateliê Soyo ficou vazia. Tudo havia sido vendido. Embora se sentisse realizada, Jeong-min também experimentou um vazio, como se um buraco tivesse surgido em seu peito.

— Senti isso tantas vezes nesta vida de ceramista, mas nunca me acostumo. Por mais estranho que pareça, ao mesmo tempo que ver tudo saindo é bom, também é ruim. É meio deprimente.

— Concordo, professora. Parece que todo o esforço que fizemos desapareceu, e isso me deixa com uma sensação de vazio.

Sota, que estava atrás delas, colocou os braços em volta dos ombros das duas.

— Isso só mostra o quanto vocês se dedicaram às peças.

Jeong-min se sentiu reconfortada ao perceber que esse sentimento de vazio era natural para quem dedicou todo o coração e alma ao trabalho. Diferentemente de um ano antes, quando teria fugido por medo desse vazio, dessa vez ela queria mergulhar de cabeça em seu trabalho e dedicar o tempo necessário a cada coisinha. Queria redescobrir a alegria de construir algo dia após dia.

Após o mercado de pulgas, todos voltaram ao ateliê para arrumar as coisas. O lugar estava tão gelado quanto lá fora. Mesmo com os quatro ali, o frio parecia persistir em cada canto. Jo-hee, com entusiasmo, disse que o ponto alto do dia ainda estava por vir e começou a organizar a comida. Eles esquentaram o frango assado, a massa com queijo ao forno e a pizza que haviam comprado em um restaurante próximo, e o lugar finalmente começou a se aquecer. Sota acendeu os pisca-piscas da pequena árvore de Natal que havia preparado no dia anterior, enquanto Gui-shik e Jeong-min colocaram a mesa.

— Eu trouxe vinho para celebrar. Não sei se todos vão gostar, mas o dono da loja recomendou muito esses — disse Gui-shik, mostrando duas garrafas de vinho tinto diferentes.

— Vinho tinto é perfeito para o Natal. Combina com a comida também. Gui-shik, você tem bom gosto! — disse Jo-hee, enquanto pegava as taças de vinho.

— Estou trazendo o vinho não apenas para celebrar o sucesso do mercado de pulgas, mas também porque hoje é meu último dia no ateliê. Temos que fazer um brinde.

Gui-shik planejava ir para Goseong antes da inauguração oficial de seu ateliê lá para cuidar dos preparativos. Jeong-min, que estava inclinada arrumando a toalha de mesa, quase chorou ao ouvir isso. Ela ainda não sabia como se despedir de Gui-shik; não havia preparado nada para o momento.

— Eu também trouxe algo. É um bolo feito por um confeiteiro famoso. Para mim, Natal sempre significa um bolo de morango com chantilly.

Tentando soar alegre, Jeong-min pegou o bolo que havia escondido no ateliê naquela manhã.

— Ah, Jeong-min, até você... Obrigada. Eu queria ter preparado tudo, mas vocês foram mais perspicazes — disse Jo-hee, juntando as mãos, visivelmente emocionada.

Quando as comidas foram servidas nas travessas e o bolo decorado com um biscoito de gengibre em forma de Papai Noel, finalmente sentiram que era véspera de Natal. Foi então que alguém abriu a porta do ateliê.

— Jun!

— Estava mesmo me perguntando quando você ia aparecer!

— Entre logo!

Todos falaram ao mesmo tempo, fazendo Jun sorrir sem jeito.

— Eu tinha esquecido de devolver o casaco que peguei emprestado do Gui-shik *hyung*. Não sabia que estavam dando uma festa.

Eles não esperavam que Jun aparecesse, considerando que ainda estava no meio dos exames de admissão. Mas lá estava ele, e Jo-hee o abraçou calorosamente, perguntando se ele já havia jantado. Ele havia comido mais cedo, mas disse que não para deixar Jo-hee feliz. Gui-shik e Sota arrastaram um sofá de dois lugares de um canto do ateliê para que Jun tivesse onde sentar. Logo depois, Ye-ri chegou, e todos os integrantes do ateliê, exceto Ji-hye, estavam reunidos.

Ye-ri corou ao ver Jun e sorriu timidamente. Ela vinha dizendo a Jeong-min desde o verão que desejava que o Natal chegasse logo para que ela ficasse mais velha e se aproximasse da idade de Jun. Jeong-min cedeu seu lugar no sofá ao lado do garoto para Ye-ri.

Sota, fingindo ser um garçom sofisticado, serviu vinho nas taças de cada um, enquanto todos riam da encenação que não combinava com ele. Até quando serviu suco de laranja para Jun e Ye-ri, girou a garrafa com estilo e disse "Enjoy!", "Aproveitem!" em inglês, o que fez todos rirem ainda mais. Todos pediram bis, rindo dele, e pegaram seus celulares para registrar o momento.

A mesa estava pronta para a celebração de Natal, o aniversário de todos. Devido à performance de Sota, a cera das velas já havia derretido bastante. No momento em que a cera estava prestes a cair no bolo, todos sopraram as velas com força. Os adultos gritaram "Feliz Natal!", enquanto Ye-ri, com as mãos unidas, fazia uma oração silenciosa. Os adultos, com expressões travessas, esperaram pacientemente até que Ye-ri terminasse de fazer seu pedido. Quando ela enfim abriu os olhos e reclamou dizendo "Ah, qual é!", ficando envergonhada, todos caíram na risada.

— Eu tenho algo para dizer — falou Ju de repente, enquanto compartilhavam as interações mais marcantes com clientes do mercado de pulgas.

Era raro que o garoto iniciasse uma conversa, então todos se viraram para ele. Sentindo-se um pouco pressionado, Jun se afastou um pouco da mesa.

— Eu passei na minha primeira opção no vestibular antecipado para o curso de cerâmica. Então estou aproveitando um descanso.

Todos aplaudiram como se a vitória fosse deles mesmos, e Gui-shik, com um sorriso, bagunçou o cabelo de Jun enquanto dizia que sempre soube que ele iria conseguir.

— No começo, eu nem sabia se devia ficar feliz com isso, então não consegui vir ao ateliê. É que, na verdade, eu quero desenhar, não fazer cerâmica. Quando disse isso aos meus pais, eles ficaram furiosos, mais do que eu tinha imaginado. Ainda estamos brigados, mas decidi seguir em frente. Estudar cerâmica não significa que eu não possa desenhar. Tenho como desenhar nas cerâmicas, e também há a opção de ter uma segunda formação. O mais importante é que quero trilhar meu próprio caminho agora. Talvez tenha sido algo que Ji-hye *noona* disse que me fez perceber isso, mesmo que ela não esteja mais aqui — disse Jun depressa, depois tomou um grande gole de suco de laranja. Ele estava nitidamente desconfortável com todos os olhares.

— Jun, sempre teremos um espaço para você aqui no ateliê, então venha quando quiser trabalhar em algo.

As palavras de Jo-hee o tranquilizaram, e ele sorriu aliviado. Jeong-min levou as mãos ao rosto, emocionada por esse lado mais tranquilo de Jun, quase nunca visto. O Jun não é um robô! Ele tem expressões faciais! E, ainda por cima, disse que gostaria de desenhar. As dúvidas que tinha sobre o garoto, que nunca estava com uma cara boa no ateliê, se dissolveram e ela se sentiu grata por ele ter compartilhado seus verdadeiros sentimentos.

A notícia da admissão de Jun animou ainda mais a pequena festa de Natal.

— Jeong-min, você também tem algo para compartilhar, não tem? — perguntou Gui-shik, cortando um pedaço de bolo para ela.

Ela arregalou os olhos, tentando sinalizar para ele parar, mas Gui-shik a ignorou.

— Recentemente, você recebeu uma ótima oportunidade — continuou ele. — Algo que merece ser celebrado.

Agora, todos os olhares estavam voltados para Jeong-min. Ye-ri perguntou com curiosidade do que se tratava, e Jo-hee olhava para ela com expectativa. Ela não tinha planejado contar ao grupo sobre a proposta da editora. Estava prestes a desconversar e fugir do assunto, mas Gui-shik lhe lançou uma piscadela, encorajando-a. "Você consegue!", o gesto dizia.

— Há pouco tempo, recebi uma mensagem de uma editora pelo Instagram do ateliê. Eles gostaram dos meus posts e queriam publicar um livro — revelou Jeong-min. Todos começaram a aplaudir antes mesmo que ela terminasse de contar a história. — Esperem, não é para tanto! No fim das contas, não vai rolar.

— Mas só o fato de ter recebido uma proposta já é incrível! Tem tanta gente escrevendo hoje em dia. Parece que você tem chance nesse meio, Jeong-min! Não, você está transbordando de possibilidades!

Sota disse que foi o primeiro a notar o potencial de Jeong-min, orgulhando-se da própria percepção aguçada. Jo-hee apoiou uma mão no ombro dele.

— Você, fique quieto! Agora é a hora da Jeong-min falar. Mas tudo bem perguntar por que não deu certo?

— A editora queria que eu escrevesse um ensaio, mas eu quero escrever romance. Então, recusei. Eu não tinha certeza sobre o que queria escrever até me encontrar com eles. Mas, depois da reunião, percebi que quero escrever histórias. Agora, estou organizando meus posts para transformá-los em livro. Vou participar de concursos literários e enviar meu trabalho para editoras. Jamais imaginei que voltaria a escrever romances. Quando não consegui nada em vários concursos literários no início dos meus vinte anos, desisti desse sonho. Achei que havia abandonado isso para sempre, mas, aparentemente, não. É engraçado como eu mesma não fazia a menor ideia disso.

— Jeong-min, você vai me fazer chorar! — Jo-hee fingiu enxugar os olhos, dizendo que tinha amolecido com a idade.

— Isso tudo foi graças a você, professora. Se você não tivesse confiado em mim para cuidar do Instagram, eu nunca teria tido essa oportunidade.

— Sempre achei seus posts calorosos, mas, agora, saber que você vai transformá-los em livro... Posso ser sua primeira leitora? — pediu Jo-hee, erguendo sua taça em direção a Jeong-min.

— Lógico! Mas o livro ainda nem foi publicado.

— Espera, então eu serei seu primeiro fã!

Gui-shik também ergueu sua taça, e todos os outros seguiram o exemplo. Jo-hee fez um brinde, resumindo todas as celebrações: "Ao sucesso do mercado de pulgas, à aprovação de Jun na universidade, à proposta de publicação de Jeong-min, à abertura do ateliê de Gui-shik e... a todos nós!" Antes que se dessem conta de todas as mudanças que haviam ocorrido naquele ano, todos brindaram. Era um momento tão precioso para todos que eles se sentiram um pouco ansiosos, com medo de que a felicidade logo fosse desaparecer.

A festa continuou até tarde da noite, apenas com os adultos, até que a massa com queijo ao forno esfriou. Graças ao vinho trazido por Gui-shik, todos estavam um tanto embriagados, e deram início à segunda rodada com um prato de petiscos rapidamente preparado por Jo-hee. Gui-shik, que estava mais afastado, de repente se sentou ao lado de Jeong-min.

— Jeong-min, quer ir para Goseong comigo? — indagou Gui-shik casualmente, enquanto pegava um canapé.

Jo-hee e Sota estavam tão imersos nas próprias memórias que não ouviam a conversa dos outros dois. Jeong-min sentiu como se tivesse ficado completamente sóbria. Gui-shik, por outro lado, exibia uma expressão indecifrável, talvez por estar bêbado ou fora de si. O rosto dele estava pálido como o de um urso-polar, como sempre. O que Jeong-min havia imaginado enquanto acariciava Hoya em casa estava se tornando realidade. *Se ele me chamar para ir a Goseong com ele...* Era estranhamente vergonhoso, pois parecia que havia sido pega no flagra sonhando com aquilo. Além disso, pensava estar à espera de uma proposta de Gui-shik, mas, quando ela veio, Jeong-min se viu em um conflito interno.

— Você pode cuidar da cafeteria e escrever enquanto olha para o mar. O lugar tem uma vista incrível para o oceano. Agora é inverno, mas no verão há muitos surfistas. E se você quiser fazer cerâmica de vez em quando, pode ir ao ateliê. Os dois são conectados por um corredor. Acho que o ambiente da cafeteria, onde as pessoas estão sempre conversando, pode inspirar sua escrita. Lógico, essa não é a única razão... Talvez eu esteja falando sem pensar direito agora.

Gui-shik começou a perder o ímpeto enquanto falava sobre a ideia de Jeong-min ir com ele para Goseong, especialmente ao perceber a reação indiferente dela.

— Eu não esperava por isso, então acho que não posso dar uma resposta agora. É muita coisa para pensar — disse Jeong-min com cuidado, tentando esconder qualquer traço de embriaguez.

Ela tinha trinta anos e sabia que ir para Goseong com Gui-shik não era uma decisão que pudesse ser tomada apenas com base em sentimentos.

— Entendo. Foi muito repentino. É algo em que venho pensando há algum tempo, mas, lógico, para você isso deve parecer inesperado. Lógico. Fui precipitado... — Nitidamente desconfortável, Gui-shik mudou de posição várias vezes.

— Como é que é? Você está chamando-a para trabalhar com você? — Sota, que havia escutado partes da conversa, interrompeu.

— É. Pode-se dizer que sim. Jeong-min é uma pessoa muito talentosa.

Graças a Sota, Gui-shik conseguiu escapar da situação constrangedora.

— É verdade. Eu também pensei em fazer uma proposta para ela trabalhar na minha empresa, mas Jeong-min deixou evidente que não gosta de ficar presa a nada. Na época, fiquei um pouquinho chateado, mas entendi melhor hoje, quando ela falou sobre querer escrever romances. Quando uma pessoa tem um grande desejo no coração, não dá para prendê-la a outras coisas.

— Ficar preso a algo é ruim para qualquer um... — concordou Gui-shik, com uma leve tensão no rosto que apenas Jeong-min notou.

Não era sua intenção, porém Gui-shik ficou com medo de sua proposta ter soado daquela forma para Jeong-min. Para ele, Goseong representava uma nova aventura e um desafio, mas, para ela, poderia parecer algo claustrofóbico e sufocante. Gui-shik ficou desolado. Lembrou-se de uma conversa com A-ra, em que ela recusou a mesma proposta, dizendo: "Você sempre pensa apenas no lado positivo." Gui-shik se deu conta de que a ideia de escrever olhando para o mar, preparar café e fazer cerâmica aos finais de semana talvez fosse apenas uma fantasia sua, e que suas palavras, embora bem-intencionadas, poderiam ter soado egoístas. Ficou com raiva de si mesmo. Brindou com Jeong-min como um pedido de desculpas, mas o vinho doce havia ficado amargo. Ele queria limpar o paladar com um pedaço de queijo, mas não conseguiu. Mesmo bebendo mais, ele continuava sóbrio; apenas sentia um desconforto crescente.

Depois da resposta pouco entusiasmada de Jeong-min, Gui-shik se virou e começou a conversar com Sota, ou melhor, apenas escutá-lo. Olhando-o de soslaio, Jeong-min notou que ele também já estava sóbrio. Quando ela imaginava a vida em Goseong com Gui-shik, um sorriso surgia involuntariamente em seu rosto. Porém, logo pensava nas coisas que teria que deixar para trás, e o sorriso desaparecia. Ela estava em um momento importante da vida, em que queria perseguir novos sonhos e não queria se arriscar em uma aventura que poderia ser precipitada. Enquanto Jeong-min travava uma luta interna, Gui-shik tentava conquistar o coração dela. Porém, ela ainda não estava pronta para abri-lo. Seu coração estava frágil, capaz de se estilhaçar a qualquer momento.

Sota, visivelmente embriagado, colocou as mãos nos ombros de Jo-hee e disse: "Pode deixar que eu cuido da Jo-hee, vão logo para casa." Mas parecia que ele estava mais bêbado do que a amiga. Ela afastou as mãos dele com uma expressão contrariada. Chegou à conclusão de que deveria ser ela a acompanhar Sota para casa e perguntou a Jeong-min e Gui-shik se poderiam terminar de arrumar as coisas. Jeong-min não queria ficar sozinha com Gui-shik, mas Sota não estava bem, então não teve escolha. Gui-shik começou a arrumar as coisas em silêncio.

Eles arrumaram e limparam a mesa sem trocar uma palavra. O desconforto era tão grande que nem parecia certo tentar quebrar o silêncio. Quando Jeong-min encheu o último saco de lixo e estava se preparando para ir embora, Gui-shik a impediu.

— Ainda não terminamos.

— Ué, para mim parece que está tudo arrumado...

Gui-shik dirigiu-se aos fundos do cômodo, onde havia uma pilha de cerâmicas inutilizadas que vinha sendo guardada desde a reabertura do ateliê, uma espécie de cemitério de peças que tinham dado errado. Eram peças que não podiam ser vendidas, fosse porque estavam trincadas, lascadas ou porque o forno as havia deformado antes mesmo de serem finalizadas.

— No final do ano, precisamos quebrar tudo isso. Assim fica mais fácil descartar depois.

Gui-shik mal terminou de falar e já havia jogado uma pequena tigela dentro de um barril de metal, onde se partiu com um estalo alto. Sem hesitar, ele começou a quebrar as cerâmicas defeituosas que ele próprio havia feito. O som era agudo e cortante, e Jeong-min estremeceu, mas, ao mesmo tempo, sentiu uma estranha sensação catártica ao ver as peças se despedaçarem. Suas próprias peças defeituosas eram numerosas se comparadas às dos outros alunos, e ela pegou uma xícara de café que havia rachado ao ser submetida ao calor do forno. Ao ser jogada, a xícara girou e se estilhaçou com um som seco e satisfatório. Jeong-min quebrou mais peças, uma após a outra. Algumas estavam tão frágeis que se desintegraram com o menor toque.

Quando acertava as peças com um martelo, os cacos que voavam em todas as direções aliviavam seu estresse. Aos poucos, Jeong-min começou a se divertir. *Eu costumava desejar que minhas peças saíssem perfeitas, e agora estou destruindo tudo com minhas próprias mãos.*

— Parece que quase todos os vasos que você fez acabaram aqui.

Gui-shik segurou um vaso deformado, uma tentativa malsucedida de Jeong-min de imitar o estilo dele.

— Todos os meus vasos racharam ou quebraram. Os poucos que ficaram bons eu dei para outras pessoas... Vasos são bons para presentear, né? Deve ser por isso que não tenho nenhum em casa.

Jeong-min quebrou sua última peça, uma tigela de nachos que havia se despedaçado completamente. Um dos pedaços rolou até seus pés. Era um fragmento lascado e sem brilho, mas que, em algum momento, havia sido uma de suas criações mais cuidadosas.

— Não sente um vazio ao destruir tudo assim?

— Podemos fazer de novo e de novo. Por isso que eu não me importo se minhas peças racharem ou quebrarem, porque vou continuar criando. Tanto as pessoas quanto as cerâmicas não saem perfeitas na primeira tentativa. O valor está em tentar várias vezes até conseguir algo bom.

Enquanto Gui-shik quebrava os fragmentos maiores com um martelo, refletia sobre as palavras impensadas que havia dito a Jeong-min mais cedo. Naquele momento, estava quebrando o que tinha dito juntamente com as cerâmicas, para tentar conquistar o coração de Jeong-min de novo e de novo.

Jeong-min entregou o fragmento que estava segurando a Gui-shik.

— Você pode me fazer aquele convite outra hora?

Estabelecer novos laços com alguém sempre havia sido um desafio doloroso para Jeong-min. Levando em consideração suas experiências passadas, o fim de um relacionamento era sempre a pior parte. Era um velho hábito dela pensar no fim antes mesmo de começar. Dessa vez, queria que fosse diferente. Mas precisava de um pouco mais de tempo.

Gui-shik aceitou o fragmento e assentiu. Ele decidiu que, na próxima vez, encontraria as palavras certas para tocar o coração dela.

Já havia passado da meia-noite. Jeong-min não sabia como aquele Natal seria lembrado, mas esperava que fosse uma memória duradoura.

De todos os lugares possíveis, logo na vila Bamgashi

Depois que até o Ano-Novo Lunar já havia passado e dizer "Feliz Ano-Novo" começava a parecer constrangedor, Jeong-min finalmente combinou de se encontrar com Ju-ran. Jeong-min havia tomado a iniciativa de marcar, mas Ju-ran pediu que se encontrassem quando ela estivesse melhor. Duas semanas depois, ela entrou em contato, dizendo que, já que havia se demitido, tinha muito tempo disponível.

Ju-ran mencionou que estava fazendo tratamento em um hospital de Ilsan e sugeriu que se encontrassem na estação Baekseok, na quinta-feira da semana seguinte, para almoçar. Jeong-min estava curiosa sobre qual hospital Ju-ran estava frequentando, qual era o seu problema de saúde, por que havia deixado o emprego tão repentinamente, mas lembrou-se de que Ju-ran gostava de falar sobre coisas mais sérias cara a cara. Ju-ran tinha o hábito de dar pequenos indícios de suas histórias como prévias da conversa, como trailers de um filme, e Jeong-min sabia muito bem que não deveria pressioná-la.

No restaurante de *hotpot* de *mandu*, os bolinhos coreanos, que havia perto da estação Baekseok, Ju-ran estava vestida com várias roupas de frio, mas não conseguia esconder o quanto havia emagrecido. Ela parecia ter perdido muito peso em poucos meses.

— Você se lembra de quando economizávamos alguns trocados para comprar *mandu*? E agora aqui estamos nós, comendo um *hotpot*, já adultas. É tão estranho.

Ju-ran devia estar com frio, pois segurava a tigela de arroz com ambas as mãos. Seus dedos, finos como galhos de árvores no inverno, estavam vermelhos.

— Pois é — respondeu Jeong-min, servindo um pouco de *mandu*, carne e caldo no prato de Ju-ran. Percebeu que estava mais confortável na presença dela.

— Aliás, vi que suas publicações no Instagram estão indo muito bem, hein?

— Você acompanha?

Jeong-min ficou constrangida. Havia uma personagem inspirada em Ju-ran nas histórias do passado de Yu-jeong. Mas ela não teria percebido, não é...?

— Sim, Hyo-seok me contou. Li tudinho. Sou uma leitora fiel, sabia? Até ativei as notificações. Mas, se você queria me colocar na história, deveria me pagar um cachê... Acho que você pode pagar o *hotpot* hoje. Meu cachê é caro, mas deixo passar desta vez.

— Hum, parece que você leu com bastante atenção...

— Lógico. Também tem bastantes comentários, parece ser popular.

Jo-hee, Ji-hye, Hyo-seok e Sota sempre comentavam, além de alguns outros perfis desconhecidos. Jeong-min tinha certeza de que alguns dos comentários anônimos eram de Gui-shik, dado o estilo e até os desvios ortográficos similares.

— São apenas alguns leitores. Você também deixou comentário?

— Não, só fico de olho. Ah, mas sempre deixo uma curtida.

Jeong-min se perguntou se Ju-ran leria a história caso fosse publicada como livro e o que ela diria a respeito. Saber que Ju-ran não comentava a fez pensar que ainda tinha um longo caminho a percorrer.

Ju-ran brincava com a comida em seu prato, comendo apenas alguns brotos de feijão ou pedaços de acelga, evitando as porções maiores de *mandu* e carne. Jeong-min ficou preocupada, perguntando-se se o prato não estava do agrado dela, já que havia feito o esforço de ir até Ilsan.

— Queria te perguntar uma coisa. Por que você começou a ir ao hospital?

— Ah, tem sido uma loucura. Até semana passada, eu estava trabalhando e vindo para Ilsan aos finais de semana para fazer um tratamento de fertilidade. Meu marido conhece um médico que recomendou esse hospital. Na verdade, foi por isso que saí do emprego. Ser secretária parece fácil, as pessoas pensam que é só se vestir bem e ficar sentada, mas é um trabalho que exige muito do nosso corpo. Eu tinha que acompanhar o chefe em viagens de negócios por todo o país, ficar grudada no celular para não perder a reserva de passagens, agradar aos clientes... Tudo isso é muito cansativo. Achei que o estresse do trabalho poderia afetar minhas chances de engravidar, então decidi sair.

O marido de Ju-ran era seis anos mais velho que ela. Ela admitiu que os sogros estavam preocupados com a idade do filho e pressionavam por um neto, mas isso nem era um problema tão grande assim. Ju-ran disse que era ela quem mais queria ter um filho.

— E descobriram a causa para vocês ainda não terem conseguido?

— Não. Meus sogros acham que é por causa da idade do meu marido, mas ele ainda é jovem, e ambos somos saudáveis. O médico só continua dizendo para evitarmos o estresse. Acho que nem o próprio médico tem mais o que falar.

— Deve ser o estresse. Seu sonho sempre foi ter muitos filhos, lembra?

Jeong-min sabia o quanto Ju-ran havia sonhado em ser mãe desde criança, o que tornava a situação ainda mais triste.

— Talvez seja um complexo meu. Mesmo que o divórcio seja comum hoje em dia, eu... eu só quero fazer parte de uma família, pelo menos uma vez. Mãe, pai e filhos, todos juntos. Pode parecer arrogante falar assim, mas casei bem. Meu marido é inteligente, trabalhador e sempre está ao meu lado. Sinto que podemos viver juntos, felizes, sem nos separarmos como meus pais. Mas quando tive um aborto espontâneo, foi horrível... Cheguei a culpar Deus. Achei que estava levando uma vida decente, sem fazer nada de errado. É pedir demais querer uma família? Será que isso é ganância?

Os olhos de Ju-ran ficaram vermelhos e ela lutou para conter as lágrimas. Jeong-min lhe entregou um lenço de papel. Ela sempre foi aquela que ouvia, que ficava em silêncio enquanto os outros desabafavam, entregando lenços sem expressar pena ou empatia abertamente. Poderia parecer frieza para alguns, mas era a maneira de Jeong-min de ouvir sem julgamentos.

— Sempre que estou com você, acabo falando sobre essas coisas, mesmo sem querer. Outras pessoas tentam me consolar compartilhando suas próprias experiências ou oferecendo palavras de esperança... mas você não faz isso.

Ju-ran chorou por um bom tempo. Quando finalmente parou, ela sorriu timidamente, ainda com o nariz vermelho. A Ju-ran de quinze anos fazia a mesma coisa... Jeong-min se lembrou disso e sentiu o próprio nariz formigar.

Quando os olhos de Ju-ran voltaram ao normal e ambas haviam enchido a barriga, Jeong-min começou a vasculhar a sacola que havia trazido. Aquele era o momento.

— Aqui. Pedi para nos vermos para te dar isto. Refleti por um tempo sobre o que você poderia estar precisando e me lembrei de que você gostava das *pajeons* que servíamos como acompanhamento no restaurante de *jokbal*. Dá para você colocar algum tipo de *jeon* ou qualquer outra coisa neste prato.

Jeong-min passou o prato fundo e espaçoso em formato de cesta que havia embalado. Era uma das peças que tinha feito na roda, no dia em que conseguiu encontrar o equilíbrio da argila pela primeira vez. Tinham saído duas peças inteiras do forno naquele dia, sendo uma o vaso de flores que Jeong-min tinha dado de presente para a mãe. Ao pensar para quem deveria dar a outra peça, o rosto de Ju-ran não parava de passar pela sua cabeça. No fim, Jeong-min escolheu presentear a velha amiga.

— Você que fez?! Na aula avulsa, você não parecia tão boa assim. Quando foi que ficou habilidosa desse jeito? É a primeira vez em toda a minha vida que recebo um presente carinhoso desses! Obrigada.

Jeong-min ficou embaraçada com o estardalhaço da outra, típico de Ju-ran, porém sentiu que havia sinceridade nas palavras dela.

As duas se dirigiram à vila Bamgashi à procura de uma cafeteria. Tiveram que caminhar pelo menos por uns trinta minutos até a estação Jeongbalsan, que ficava na vila. As duas andaram lentamente, revisitando memórias triviais, como a escova de dentes preta que o pai de Ju-ran sempre oferecia quando Jeong-min dormia na casa deles. O caminho estava coberto por uma camada de gelo, a última neve do inverno ainda não derretida. Era provável que o gelo derretesse completamente em pouco tempo. A primavera estava se aproximando.

Ao se aproximarem da vila Bamgashi, Jeong-min perguntou, hesitante:

— Você se lembra daquele dia?

— Sim — respondeu Ju-ran devagar, como se estivesse revivendo o passado. — Meu pai de repente sugeriu que fôssemos dar uma volta à noite. Aquela foi a primeira vez que andei em um carro de entregas, e foi triste. Pensar que ele passava os dias naquele espaço pequeno, levando felicidade e tristeza para as pessoas, me fez sentir que ele estava preso. Mas, na verdade, não me lembro muito do que aconteceu depois. Só lembro de ter visto você e a *ahjumma* na delegacia. Ao crescer, fui juntando as peças do que aconteceu, conversando com meu pai sobre aquele dia.

— Depois daquele dia, meu pai partiu sem dizer uma palavra. Nunca tive a chance de ouvir qualquer explicação dele. Tinha tantas perguntas e coisas que queria escutar dele, mas tinha algo que eu queria dizer antes de qualquer coisa — revelou Jeong-min, parando de andar e fixando o olhar em Ju-ran. — Queria perguntar se ele estava bem. A camisa do meu pai estava coberta de sangue... Mesmo tendo você e seu pai na minha frente, eu me preocupei com ele primeiro. Horrível, não é? Percebi que sou igual a ele, que não consigo escapar disso... Por isso, achei que não podia ficar ao seu lado. Pensei que tinha que ficar o mais longe possível, pois tinha medo de te machucar de novo. Você era muito importante para mim.

Jeong-min finalmente conseguiu dizer as palavras que guardava havia tanto tempo e sentiu um alívio profundo. Ju-ran refletiu sobre o que a amiga tinha dito antes de responder.

— Você nem imagina o quanto eu queria te ouvir dizer que eu não era uma amiga qualquer, mas, sim, alguém importante... Mas não é normal se preocupar com seu pai? Ele era sua família. É difícil quando você sente que algo tão natural assim não é o certo.

Jeong-min sentiu como se a tensão que havia mantido em seu corpo por tanto tempo finalmente estivesse se dissipando. Ela sempre reclamou que o mundo era cruel com ela, às vezes até violento, mas percebeu que a pior violência era a que ela mesma se impunha. Negligenciar os próprios sentimentos era o pior tipo de crueldade. Finalmente, ao abrir mão dessas emoções, como se limpasse toda a sujeira do próprio coração, sentiu-se leve, como se a vida tivesse se tornado mais fácil de suportar.

— Desculpa, Ju-ran. Sinto muito mesmo pelo que aconteceu com seu pai.

Foi a primeira vez que Jeong-min pediu desculpa a Ju-ran, palavras que ela não conseguia dizer antes, com medo de que soassem como se estivesse tentando apenas se livrar daquele fardo.

— Deixa disso. O seu pedido de desculpas é suficiente.

Ju-ran não falou em perdão, pois não era Jeong-min a pessoa que precisava ser perdoada.

— Mas, me diz uma coisa... como é que você conseguiu sorrir daquele jeito quando nos reencontramos?

— Pois é... No começo, eu te achava terrível. Cada vez que te via na escola, eu sentia arrepios. Mas depois de dez anos, em um domingo na igreja, de repente me lembrei daquele dia. Lembrei que, no dia em que visitou nossa igreja, você saiu no meio do culto, dizendo que não conseguia rezar usando a palavra "Pai" para se referir a Deus. Diante disso, o que mais eu poderia fazer...? Teria sido melhor se você fosse uma pessoa terrível e odiável.

Um vento morno passou por elas, balançando os galhos das castanheiras e chamando atenção para os montinhos de casca de castanhas que havia pelo chão.

— Por que será que nos reencontramos logo aqui, na vila Bamgashi?

Ju-ran fingiu pensar profundamente, emitindo um leve som de "hum". Ela não esperava por uma resposta, estava apenas pensando em voz alta, mas Jeong-min sorriu ao ouvir essas palavras.

— Ju-ran, você sabe por que a vila Bamgashi se chama assim?

Câmeras estavam posicionadas em vários cantos do ateliê Soyo para a gravação. Quando tudo estava pronto, a roteirista Goo entrou.

— Goo! Quanto tempo. Como você está?

— Estou bem. Muito obrigada por aceitar participar, Yoo, você salvou o meu dia!

A roteirista Goo, com quem Jeong-min havia se encontrado pela última vez havia quase um ano, não tinha mudado nada. Depois de cumprimentar o cinegrafista e o diretor, que já estavam lá, ela também cumprimentou Jo-hee.

— Vamos começar a gravação em dez minutos. Aproveite para dar uma última olhada no espelho e se preparar — gritou o diretor para Jo-hee.

A professora, visivelmente nervosa, mexia nos cabelos enquanto se olhava no espelho. Hyo-seok, tentando acalmá-la, falou com animação:

— Professora, você está ótima! Não precisa mexer mais, vai acabar estragando.

Ele, que tinha ido ao ateliê para assistir à gravação, assumiu o papel de empresário de Jo-hee, ajudando-a a arrumar o cabelo.

— Ok! Não mexe mais, está perfeito — disse Jeong-min, entregando uma garrafa de água a Jo-hee.

— Professora, é hora de se sentar.

Jo-hee sorriu e foi para o seu lugar. Ela parecia a mesma de sempre, porém Jeong-min parecia um pouco desconfortável. Goo havia entrado em contato com Jeong-min havia pouco tempo. Com o patrocínio da Secretaria de Educação, a roteirista Goo estava produzindo vídeos para o YouTube que apresentavam profissionais de diferentes áreas e disse ter se lembrado de que Jeong-min mencionou estar aprendendo cerâmica. Então, pediu para ela perguntar à ceramista do ateliê que frequentava se poderiam gravá-la.

De início, Jo-hee recusou, percebendo o desconforto de Jeong-min.

— Jeong-min, você não gosta nem um pouco de pedir favores nem de persuadir alguém, não é mesmo?

— Sim... Por isso que os *sunbaes* sempre se irritavam comigo. Mesmo que o elenco não goste, é papel do roteirista fazer com que as coisas aconteçam.

— Vou te colocar em uma situação difícil se recusar?

— Não! Não é isso. Nem é assunto meu, é só um favor para uma *sunbae* próxima...

Jo-hee deliberou sobre o assunto e aceitou a proposta, dizendo que poderia se tornar algo memorável. Já Jeong-min ficou nervosa, com medo de Jo-hee ter entrado numa fria por causa dela.

A roteirista Goo e o diretor trocaram autógrafos.

— Certo, bata palmas uma vez, por favor. Assim, as câmeras começam a filmar.

Após uma palma de Jo-hee, deram início às gravações. As perguntas não eram difíceis: "Como se tornar ceramista?", "Quais são as alegrias e dificuldades dessa profissão?", "Para quais estudantes você recomendaria essa carreira?"... Assim que a filmagem começou, o nervosismo de Jo-hee desapareceu e ela respondeu de maneira fluida, com piadas e gestos descontraídos, totalmente à vontade na frente das câmeras.

— A professora não está pra brincadeira, né? — cochichou Hyo-seok, que havia ido para o lado de Jeong-min.

— Nem me fale... Parece até que ela fez curso para isso

— É que a professora foi uma ceramista famosa e deu muitas entrevistas. Então está acostumada.

Aquele nervosismo todo foi só show? Jeong-min segurou a língua.

Graças à habilidade de Jo-hee, a entrevista foi concluída rapidamente.

— Agora, vamos para a última pergunta. Estamos curiosos sobre seus planos futuros como ceramista.

— Eu adoro ensinar, então administrar este ateliê e interagir com os alunos tem sido uma grande alegria para mim. Mas estou pensando em retomar minhas atividades artísticas, talvez realizar exposições novamente.

— Certo! Obrigada. Como você sabe falar bem, conseguimos acabar logo. Finalizamos a entrevista por aqui, descansamos dez minutos e gravamos as cenas de inserção.

A resposta que Jo-hee tinha dado deixou Jeong-min balançada. Será que aquilo significava que ela não daria mais aulas no ateliê Soyo? *Não me diga que ela concordou em dar essa entrevista para deixar uma última lembrança!* Jeong-min ia conversar com Jo-hee, mas a roteirista Goo a parou, chamando-a para ir comprar café. Ela parecia ter algo a dizer, então Jeong-min não teve escolha a não ser concordar.

— Yoo, você parece mais saudável — disse a roteirista Goo quando voltavam para o ateliê com as bebidas, analisando o rosto de Jeong-min.

— O quê?

— Você parece ter ganhado um pouco de peso... E sua compleição está melhor. Só dá para ter uma vida saudável largando esse emprego mesmo.

Jeong-min ficou um pouco surpresa ao perceber que realmente tinha ganhado peso, depois que havia passado a ter uma boa alimentação. Fazer cerâmica e cozinhar tinham, de fato, melhorado sua qualidade de vida.

— Mas e você, Goo? Ainda está trabalhando na televisão? Você disse que essa filmagem vai ser apenas para o YouTube.

— Minha nossa, Jeong-min! Não me diga que você é uma jovem por fora das tendências... Hoje em dia, YouTube e comércio ao vivo estão na moda, não a televisão. Então, já que tocamos no assunto, o que acha de voltarmos a trabalhar juntas? Estou pensando em abrir uma empresa de produção de vídeos para o YouTube, e adoraria ter alguém talentosa como você na equipe. Não seria nada grande, apenas um pequeno grupo de pessoas que compartilham das mesmas ideias.

— Ah... Obrigada pela oferta, mas não quero voltar a trabalhar com isso — disse Jeong-min, com uma expressão desconfortável.

— É por causa daquilo...? Se for, sinto muito por não ter conseguido ficar do seu lado. Fui uma péssima *sunbae*, não fui?

Goo disse que sempre quis ter falado isso para Jeong-min, e que até quando batiam papo por telefone ela ficava inquieta pensando nisso. Jeong-min sentiu uma pontada de emoção ao ouvir o pedido de desculpas sincero da roteirista Goo.

— Já deixei isso pra lá. Eu também errei na época. Além disso, estou pensando em tentar algo novo.

— O que você está pensando em fazer? Ser diretora de programa de notícias? Trabalhar em uma agência de publicidade? Ou vai virar programadora? Você ainda é jovem, Yoo. Pode recomeçar sempre que quiser.

Goo era direta e não conseguia controlar a curiosidade. Era o total oposto de Jo-hee. Mas Jeong-min não desgostava dela. Embora conseguisse prever a reação da outra mulher, não podia simplesmente não responder.

— Não é nada disso... Na verdade, estou pensando em escrever um romance.

A expressão de Goo mostrava sua desaprovação.

— Muitos roteiristas tentam escrever livros, seja romance ou ensaios. Mas o resultado... Eu mesma tentei escrever um livro e fui rejeitada em um concurso literário. Fiquei com o orgulho ferido! Escrever bem não é suficiente; não é uma área fácil. Além disso, não garante sustento.

As últimas palavras da roteirista Goo atingiram Jeong-min como um soco no estômago, mas ela estava decidida.

— Goo, lembra que eu imprimia todos os roteiros da equipe e andava pra lá e pra cá lendo eles?

— Lógico! Eu costumava dizer para outras equipes que você era nossa "ladrazinha de roteiros", sempre estudando com afinco. Sua paixão pela escrita era notável.

— Depois de entrar na equipe do programa, comecei a imprimir tudo o que eu escrevia. Gostava de revisar no papel e ouvir o som das folhas se mexendo. No verão passado, reuni todos os roteiros que escrevi e os coloquei em uma mala. Eles couberam perfeitamente em uma mala de sessenta centímetros. Mas o mais estranho é que, apesar de todo aquele volume, eu não conseguia me lembrar de uma única frase.

Após escutar em silêncio, Goo disse amargamente:

— Os roteiros de televisão são efêmeros. As pessoas os ouvem, mas não podem lê-los. Quando o programa termina, o roteiro também se vai. É só mudar de canal e tudo acaba.

— Sabe, eu... eu quero escrever algo que marque as pessoas.

— Você escreve bem, Yoo.

Era a primeira vez que Jeong-min ouvia um elogio à sua escrita vindo de uma *sunbae*. O coração dela bateu mais forte.

— Ainda faz muito frio em fevereiro, não é? — murmurou a roteirista Goo, tremendo, e abriu a porta do ateliê. — Você não vem?

— Ah! Sim, estou indo!

A gravação continuou com cenas de Jo-hee trabalhando na roda e colocando peças no forno, e Hyo-seok fez uma participação especial ensinando os alunos. Quando a equipe de produção finalmente foi embora, o ateliê voltou ao seu estado usual. Exaustos, Hyo-seok e Jeong-min se jogaram em cadeiras. Apenas Jo-hee parecia inabalável.

— Professora, fiquei só dez minutos na frente das câmeras e estou exausto. Você é mesmo incrível!

— Imagina, isso não foi nada. Vocês parecem cansados! Que tal sairmos para comer algo gostoso?

Jeong-min de repente se lembrou de que queria perguntar algo a Jo-hee desde cedo.

— Professora, você vai parar de dar aulas no ateliê?

— Eu queria te contar antes, mas não sabia que fariam essa pergunta na entrevista. Desculpa por não ter avisado... Como eu disse, estou pensando em me concentrar no meu trabalho como ceramista por um tempo. Não é algo imediato, vou fazer isso aos poucos. Vou voltar a trabalhar no estúdio do meu pai. É o sonho dele fazer uma exposição de pai e filha, sabe? Acabei quebrando a promessa de que este lugar estaria sempre de portas abertas, não é...?

— Não precisa se desculpar. Só me avise quando abrir a exposição, por favor — disse Jeong-min, tentando ao máximo parecer animada com a notícia.

— Me avise também! É sério, professora — pediu Hyo-seok.

— Mas é lógico!

Por algum motivo, o fim do ateliê Soyo não pareceu repentino. Parecia que Jeong-min já estava se preparando para a despedida à medida que cada aluno deixava o ateliê, um por um.

— Jeong-min, espere um pouco. — Jo-hee sorriu e pegou um vaso de trás do forno. — Acho que chegou a hora de dar isto para você. Não é um presente meu, foi Gui-shik quem fez antes de ir embora. Ele pediu para te dar, caso você ainda não tivesse um vaso quando a primavera chegasse.

— Quando ele fez isso...?

Como Gui-shik sabia que ela não tinha vasos? Jeong-min imaginou que ele devia ter feito a peça depois que eles quebraram as cerâmicas juntos. O pequeno vaso, com suas curvas elegantes, encaixava-se perfeitamente nas mãos de Jeong-min. As curvas lembravam o movimento das ondas, e, ao contrário das obras usuais de Gui-shik, com padrões pretos, esse vaso tinha uma cor verde suave e fosca que irradiava calor. Como o oceano. Lembrou-se de uma das conversas que tiveram no dia em que caminharam pela vila até tarde da noite, recordando-se até mesmo da expressão de Gui-shik quando ele perguntou qual cor lhe vinha à mente quando pensava no mar. Gui-shik havia mencionado certa vez que costumava presentear as pessoas cujo rosto lhe vinha à mente enquanto fazia uma peça. O rosto de Jeong-min provavelmente tinha surgido na cabeça dele durante o inverno. Gui-shik também tinha aparecido na mente de Jeong-min diversas vezes, e ela vinha acumulando peças enquanto pensava nele, sem conseguir entregá-las.

Jeong-min pediu que ele fizesse o convite novamente em outro momento, mas não esperava que fosse ser tão discreto. Isso era bem típico dele. Daquela vez, Jeong-min estava decidida.

— Professora, Hyo-seok... Preciso ir para Goseong!

O mar esverdeado

Jeong-min saiu do táxi e ficou tremendo de frio diante do ateliê por uns bons trinta minutos. Já não era primavera? Estavam em março! O frio havia diminuído em Ilsan, mas não em Goseong, talvez por conta do vento do mar. Embora Jeong-min já tivesse visitado o leste da Coreia do Sul várias vezes durante as férias, era sua primeira vez na praia de Gajin. Ao contrário da movimentada praia de Anmok, em Gangneung, a de Gajin era tranquila, com ondas um pouco mais agitadas. O mar era de um azul profundo, quase como safiras espalhadas como lascas de amêndoa. Não havia um pingo de verde-esmeralda à vista. Porém, se Gui-shik estivesse ao seu lado e dissesse que era verde, Jeong-min concordaria sem hesitar.

DAUM
ceramic studio & cafe

Gui-shik devia estar naquela cafeteria de frente para o mar. Jeong-min tinha lido tantas vezes a mensagem que ele havia mandado no grupo com o pessoal do ateliê Soyo, informando a localização do seu negócio, que acabou decorando. Era aquele prédio marfim diante da praia. Estava no lugar certo. O ateliê ainda não aparecia no Google Street View, já que não estava oficialmente aberto. A inauguração seria em duas semanas. Mas por que o nome "Daum"? Será que tinha algum significado especial? Essas perguntas ficaram revirando em sua mente enquanto ela olhava para o mar, sentada no banco em frente ao ateliê. Ainda estava claro, e ela achou que poderia ficar ali um pouco mais.

— O que você está fazendo aqui? — Gui-shik apareceu diante de Jeong-min de repente. Ela não tinha percebido a porta se abrir atrás dela, já que ainda não havia um sininho na entrada. — Ainda é muito frio em Goseong nesta época. Por que não me avisou que estava vindo? — Gui-shik lhe entregou um pequeno cobertor e se sentou ao lado dela. — Eu vi você pela janela. Achei que estava apenas passeando, mas, quando vi que se sentou, decidi vir ver o que estava acontecendo.

Ao perceber que Gui-shik a tinha visto vagando como se ela não tivesse nada melhor para fazer, Jeong-min se cobriu, envergonhada. Tremendo de frio, ela encolheu as pernas e as abraçou debaixo do cobertor.

— É impossível se cansar do mar, não importa o quanto a gente olhe para ele, não é mesmo? — comentou Jeong-min, ainda encolhida.

— Tem razão. Acho que é por isso que este lugar é perfeito para mim. É onde eu realmente me sinto eu mesmo. Por isso, dei o nome "Daum", como em "na-daum", "minha verdadeira natureza".

— Uau! — exclamou Jeong-min suavemente.

Parecia que Gui-shik tinha mais habilidade para escolher nomes do que ela mesma, que era escritora.

— Vamos entrar. Vou te mostrar o lugar.

Gui-shik abriu a porta e disse que ela era a primeira cliente. E o primeiro de qualquer coisa sempre tem um significado. Jeong-min se sentiu especial ao entrar no estabelecimento. O aquecedor estava ligado desde cedo, tornando o espaço acolhedor. Havia apenas seis mesas, de quatro e cinco lugares, e um balcão de frente para o mar, onde dava para se sentar sozinho. A cozinha, à vista logo atrás da máquina de *espresso*, era simples e organizada, e não buscava seguir nenhuma das tendências de redes sociais. Parecia um lar. Ao imaginar Gui-shik indo e vindo de Seul para Goseong para montar o lugar, Jeong-min sentiu vontade de bagunçar o cabelo dele em aprovação.

Ao lado da cozinha, havia uma passagem em arco que dava acesso ao ateliê de cerâmica. Da janela em frente à bancada de trabalho do ateliê, dava ver o banco onde Jeong-min esteve sentada momentos antes e o oceano.

— Está tudo tão adorável.

— Fique à vontade para explorar. Aqui, um café para você.

Enquanto Jeong-min olhava o ateliê, Gui-shik já havia preparado um café quentinho e ofereceu a ela uma xícara de americano. Ao segurar a xícara, Jeong-min se viu de volta ao dia em que tinha visitado o ateliê Soyo pela primeira vez. Foi tomada pela mesma sensação reconfortante.

— É uma delícia! E combina bem com essa xícara rosa-claro.

— Que bom que gostou. Ainda estou tentando descobrir como combinar melhor as cerâmicas com os tipos de café. Estou pensando em deixar os clientes escolherem suas xícaras.

— Então, vou participar dessa degustação.

— Será uma honra.

Gui-shik deu seu sorriso singular, fazendo uma reverência exagerada. Jeong-min sempre achava engraçado como ele conseguia ser tão autêntico. Sob o casaco *puffer*, ele estava vestindo um avental verde, sujo como sempre, com uma parte da costura desfiada.

— Obrigada pelo vaso. Eu adorei, sério.

— Ainda bem. Você me disse que não tinha nenhum vaso, lembra? Você estava melhorando cada vez mais na cerâmica, mas, por alguma razão, não conseguia fazer vasos. E aqueles que conseguia fazer bem, acabava dando para outras pessoas.

— Eu estraguei tudo tentando usar técnicas que não dominava, especialmente depois de ver as suas peças. E sempre quis ter um vaso feito por você.

— Você deveria ter dito isso antes. Fiz tantos vasos pensando em você...

— Eu também tenho muitas cerâmicas para te dar. Mas você é tão bom que fiquei envergonhada de te dar algo feito por mim. Em vez disso, queria te dar outra coisa. — Jeong-min ofereceu-lhe uma caixa mal embrulhada e acrescentou: — Estou um pouco atrasada, mas...

— Ah, é um avental!

— Você me emprestou o seu quando comecei. E parece que está na hora de trocar por um novo...

— Era exatamente o que eu precisava.

Gui-shik tirou o casaco e colocou o avental. A peça jeans com couro marrom combinava bem com ele.

— Use-o para fazer ainda mais cerâmicas boas. E sirva cafés deliciosos para as pessoas, assim como a professora Jo-hee.

Porém, Gui-shik estava com uma expressão amarga, parecendo insatisfeito com alguma coisa.

— Na verdade, não estou muito confiante. Será que consigo criar um espaço aconchegante como o ateliê Soyo? Não estou acostumado com um ateliê sem a professora, nem sem Ji-hye, Jun, Ye-ri e você. Me sinto um estranho aqui.

Gui-shik olhou ao redor. Havia se sentido tão solitário trabalhando ali sozinho nos últimos três meses. Mesmo tendo decorado o espaço cuidadosamente, as coisas não prendiam sua atenção por muito tempo. Nesses momentos, ele pensava nos rostos dos alunos do ateliê Soyo. Rostos que faziam com que o peito dele ficasse mais leve, e o de Jeong-min estava entre eles. Naquele novo espaço, onde ainda não havia construído lembranças memoráveis, Gui-shik sentia ainda mais saudade do ateliê Soyo.

— Bem, aqui não tem uma loja de sanduíches nem uma cafeteria com sorvetes... Vai ter que achar novos lugares para comer — comentou Jeong-min de forma brincalhona, dando uma risadinha.

Gui-shik percebeu que aquele riso era diferente do que Jeong-min soltava quando estava realmente à vontade. Ela ainda tinha mais alguma coisa para falar. Então Gui-shik pensou que deveria mostrar-lhe o mar mais de perto.

— Vamos ver o mar.

Eles andaram pela areia, fazendo um barulhinho suave ao pisá-la. Enquanto caminhavam, se atualizaram das novidades um do outro. O ateliê Soyo estava prestes a fechar; Hyo-seok disse que havia perdido a amiga de pinga e estava sentindo muito a falta de Ji-hye; Ye-ri e Han-sol haviam crescido bastante; Jun, agora calouro, era surpreendentemente bom de copo; Hoya estava bem e saudável... Jeong-min tinha muito a dizer a Gui-shik, mas ele não tinha tanto a contar a ela.

Ele disse que, desde que tinha se mudado para Goseong, não havia feito muita coisa. Ele acordava tarde, fazia cerâmica e passava o tempo visitando outras cafeterias para pesquisar diferentes tipos de café, já que ainda não tinha decidido quais usar no próprio estabelecimento. Mas ele falou animadamente sobre como era bom acordar tarde, como se fosse a primeira vez que fizesse aquilo na vida.

Gui-shik, que Jeong-min sempre via no pequeno ateliê da vila Bamgashi, era a única coisa familiar para ela naquele lugar desconhecido. Talvez por isso, mesmo com a vista estonteante do mar, seus olhos continuassem a se voltar para o rosto de Gui-shik. Sentia como se estivessem em uma ilha cercada pelo mar, só os dois.

— Como está indo o romance?

— Estou me esforçando, mas não é fácil.

— Eu gosto das coisas que você escreve, Jeong-min. Continuo acompanhando o que você posta na conta do ateliê no Instagram.

Jeong-min caiu na gargalhada. Depois de controlar o riso, mostrou a Gui-shik as diferentes contas do Instagram que ela havia anotado no bloco do celular. Ele tentou disfarçar, mas estava nitidamente envergonhado e desviou o olhar.

— Obrigada. Isso me deu muita força.

— Mesmo trocando de conta para não ser descoberto, você me pegou. Isso é assustador. Não consigo esconder nada de você, Jeong-min!

Gui-shik cobriu o rosto com as mãos. As orelhas dele estavam vermelhas.

— Mas você também, hein, Jeong-min... Mesmo sabendo que eu comentava em todas as suas postagens, nunca entrou em contato...

Ele parecia chateado. Havia esperado ansiosamente por uma mensagem de Jeong-min. Mesmo que não fosse uma resposta ao convite que havia feito, ele esperava por qualquer contato, ainda que fosse sobre algo trivial. Ele se segurou tanto para não entrar em contato primeiro, temendo que ela se sentisse pressionada a aceitar a proposta dele. Embora soubesse esperar por alguém, isso não significava que ele não se sentisse magoado.

— Eu disse que sou uma pessoa muuuuito lenta, não disse? — comentou Jeong-min.

Ela se sentia culpada, pois, embora não fosse sua intenção testar a paciência de Gui-shik, havia demorado todo aquele tempo para dar uma resposta. Não podia mais adiar.

— Sabe aquela cafeteria que vende sorvete? Felizmente o sabor Chocolate Chip Cookie Dough Frozen Yogurt ainda não foi descontinuado — contou Jeong-min. Havia memorizado aquele longo nome e passou a dizê-lo sem hesitar.

— Sério?!

— Parece que ainda há pessoas que pedem essa combinação — respondeu ela. Enquanto falava, quase sentia o sabor doce na boca.

Quantas vezes ela tinha comprado aquele sorvete para garantir que ele não fosse enterrado...

— Você era uma dessas pessoas, Jeong-min?

— Lógico! No começo, não entendia por que você gostava tanto desse sabor. Mas depois comecei a pensar nele com frequência. E à medida que comia, fui percebendo que não era tão enjoativo assim. Quando minha língua estava prestes a se cansar do doce do chocolate, o iogurte ácido e cremoso equilibrava tudo.

— Ah, você finalmente percebeu o quanto é gostoso! Fico muito feliz por isso.

— Mas agora ele pode realmente ser descontinuado. É que a última fã desse sabor está prestes a deixar a vila Bamgashi. O contrato de onde eu moro acabou... então, decidi passar esta primavera em Goseong.

Jeong-min olhou para Gui-shik. Ele também virou a cabeça e a olhou calmamente. Eles ficaram se encarando. Jeong--min sentiu algo bom no peito. Hesitou em continuar a falar, mas Gui-shik segurou uma das mãos dela com gentileza. Era como se estivesse sussurrando "Continue a falar, por favor".

— Acho que a história que estou escrevendo será sobre um ateliê de cerâmica que fica de frente para o calmo mar de Donghae.

— E há também uma cafeteria ao lado do ateliê, onde servem café em xícaras de cerâmica feitas por um homem. Certo? — indagou Gui-shik, os cantos de seus lábios se curvando em um lindo sorriso.

— Isso mesmo. Também tem um gatinho. Mas... Gui-shik, e a sua alergia?

— Eu dou um jeito.

Os dois caíram na risada.

Jeong-min queria receber a primavera naquele lugar com vista para o mar. Encontrar uma razão para estar junto não é difícil; o complicado é transformar essa razão em uma promessa a dois. Antes que a noite caísse, o sol reluziu intensamente sobre o mar, como se estivesse fazendo um último esforço para aquele dia. Um caminho que levava até a ilha se formou no mar esverdeado e reluzente. As duas mãos entrelaçadas estavam quentes, apesar do vento frio. As estações iam e vinham, como as ondas do mar.

Nota da autora

Eu amo quase todos os "soyo" do mundo.

Soyo (所要): o que é necessário ou exigido.

Soyo (逍遙): andar por aí livremente, vagando sem pressa.

Será que já dediquei tempo suficiente às coisas ou relações? Admirei tudo que não perdia sua essência em meio às grandes e pequenas mudanças que surgem no cotidiano? Como não amar esses tipos de "soyo", que fazem com que eu questione a mim mesma?

E também há o "soyo" (塑窯) que significa modelar e queimar a argila em um forno.

Eu me faço outra pergunta: será que minha textura é como a argila macia ou como a cerâmica dura? Para encontrar a resposta, acho que preciso fazer mais cerâmicas. Quando fecho a porta do forno e aceito que não há mais nada que eu possa fazer, sinto como se minha energia evaporasse pelos meus dedos, uma leve sensação de impotência se espalhando por mim. Essa é a única coisa que conheço no momento.

Sou muito grata ao meu professor de cerâmica, que me permitiu usar o ateliê Soyo como cenário para este romance. Colhi cuidadosamente o nome da vila e da oficina, assim como se recolhe uma pedra lisa e redonda na palma da mão, mas todo o resto do cenário é fruto da minha imaginação. Também sou muito grata a duas pessoas que gentilmente emprestaram seus nomes para personagens deste livro. As valiosas palavras das pessoas ao meu redor, que sempre me receberam calorosamente, mesmo quando eu oferecia meus cumprimentos de forma desajeitada, estão espalhadas por todo o romance.

Assim como a argila macia, espero que possamos acolher com carinho as falhas um do outro. Não tenha medo e aprenda a tratar as coisas preciosas com cuidado. Espero que um dia você encontre uma tigela única, capaz de conter plenamente quem você é. Como a cerâmica, queime sua vida lentamente, mas intensamente. Este livro é para você.

Início da primavera de 2023
Yeon Somin

Este livro foi composto na tipografia ITC Leawood Std
em corpo 9/15,1, e impresso em papel pólen natural 70g/m2
no Sistema Cameron da Divisão Gráfica
da Distribuidora Record.